順手撿個童養夫

1

平林 著

風文創 746

風文創 746

目錄

序文

平林

我出生於鄉村，長大後才離開，在城市讀書、工作、安家。生活在繁華的城市，可是在內心深處，我一直懷念曾經的鄉村田園。

有時午夜夢迴，我又回到了少女時期，走在鄉村白楊道上，道路兩邊是綠意盎然的麥田，撲面而來的是帶著麥苗清香的風，耳邊是風吹白楊樹葉的啪啪聲和布穀鳥的叫聲……醒來之後，我發現自己依舊身在遠離家鄉的城市，而家鄉也滿是高樓大廈，夢裡的田園早已消失，胸臆間填滿了失落與懷念。

好在我是一位言情小說作者，我可以用文字還原、建造一個古代的鄉村田園世界。在這個世界裡，女主角虞青芷經歷過繁華與折磨後重生，回到了少女時期，回到了夢中的田園，她要彌補前世的遺憾，也要為自己重新活一次。

虞青芷聰慧堅強，人格獨立，善良可愛，是現實生活中很多女孩子的縮影。她在田園生活、奮鬥和成長，和青梅竹馬的鍾佳霖相互扶持，一生相守。

這是一個多麼溫暖的故事。

希望我的故事，能夠溫暖你、陪伴你，這一段時光，你我一起度過。

第一章

大宋清平二十年，初夏。

京城的英親王府內院，正房院裡種滿了梧桐樹，此時桐花盛開，滿樹紫花，瀰漫著桐花的甜香，沁人心脾。

此時，正房內安靜得很。

英親王趙瑜的側妃虞青芷笑容嫣然，恭謹地奉了一盞茶給王妃李雨岫。

虞青芷大約二十三、四歲，烏髮如雲，身材婀娜，小臉晶瑩潔白，一雙大眼睛寶光璀璨，櫻唇飽滿，實在是個難得的美人兒。

王妃看了她一眼，淡淡道：「陛下……怕就是這兩日了。王爺一直在御前侍疾……妳是王爺心上的人，將來一個妃位是跑不了的，也回去準備準備吧！」

她雖然是英親王正妃，出身高貴，可是嫁過來才七、八年，王爺對她的情分自然比不過虞青芷這個在身邊十年的側妃。

安排在虞青芷身邊的人前幾日過來報信，說王爺喝醉了回來，對著虞青芷賭咒發誓，說要冊封虞青芷為貴妃。

一想到這個出身卑賤的女人會影響自己的地位，李雨岫的心裡就憋悶得慌。

虞青芷垂下眼簾，恭謹地答了聲「是」，這才退下去。

王妃常常這樣刺她，她都忍了下去，如今飛上雲端做貴妃的日子近在眼前，她更是要繼續忍耐了！

李雨岫端坐在紫檀木雕花羅漢床上，目送她退下，秀美的臉上忽然現出一抹獰笑。虞青芷這個鄉下教書匠的女兒，卑賤的農家女，居然也想當貴妃，簡直是癡心妄想！

虞青芷緩步下了臺階，看到臺階西側一株開著小黃花、攀著欄杆爬上來的植物時，不禁眼神微凝——王妃的庭院裡居然長有斷腸草?!

斷腸草看著雖然像金銀花，卻是致命的劇毒。

她收回視線，不動聲色地帶著大丫鬟秋雨回了自己住的聽雨樓。

留在聽雨樓的另一個大丫鬟冬雨帶著四個小丫鬟迎出來，笑著屈膝行禮。「側妃，您可回來了。」

冬雨是她從人販子手裡救回來的，對她一向忠心耿耿。

虞青芷笑了笑，扶著秋雨的手進了聽雨樓，在一樓的錦榻坐下來，伸了個懶腰。「好渴啊。」

如今正是特殊時期，去了李雨岫那裡，她連一口水都不敢喝，生怕李雨岫做手腳。

冬雨輕俏一笑，轉身端起黃花梨木小几上的水晶壺，又拿了一個倒扣著的水晶盞，倒了盞蜂蜜玫瑰茶，笑著把水晶盞奉給虞青芷。「側妃，喝盞蜂蜜玫瑰茶吧。」

虞青芷接過水晶盞，小口小口啜飲著。

她是十四歲那年進王府的，是趙瑜的第一個女人。當時伺候她的楊嬤嬤是蒔花弄草和製作胭脂水粉的高手，虞青芷跟著學了不少本事，最拿手的便是種玫瑰花，以及用玫瑰花製作香脂、香膏和玫瑰香油。

這些玫瑰花都是她自己在聽雨樓後面的花圃裡種出來的，總算放心些。

喝罷蜂蜜玫瑰茶，她有些累，便在羅漢床上倚著靠枕歪著，拿了本書看起來。

剛翻了兩頁，便覺得腹部如刀絞般劇痛，實在是忍耐不住，摀著腹部叫起來。

冬雨和秋雨正帶著小丫鬟在外面廊下做針線，聽到虞青芷的慘叫聲，急忙跑進來，發現她整個人縮成一團，臉色蒼白，嘴角沁血，叫聲極為淒慘，顯見疼得無法忍受，不由吃了一驚。

秋雨聲音顫抖。「冬雨，妳看著側妃，我去求王妃請大夫過來……」

冬雨的臉也有些白，強自鎮定。「妳快去吧，這邊有我呢。」

秋雨離開之後，冬雨把小丫鬟都支出去，自己走到錦榻邊，在柔軟的地氈上跪下來。

她呆呆看著疼得死去活來的虞青芷，嘴唇顫抖著，半晌方嘴唇翕動，用微不可聞的聲音輕輕道：「虞青芷，誰教妳霸占王爺呢？王爺是妳一個人的嗎？妳也太霸道了。」

王妃已經答應她了，事成後就安排她做王爺的侍妾，她也能夠常伴王爺左右了！

虞青芷覺得腹中像是有把刀子攪來攪去，疼得她恨不得即刻暈過去，根本沒聽清冬雨說什麼。

約莫過了半個多時辰，秋雨才滿頭大汗地帶著王府的大夫楊文池過來。

跟著大夫一起來的是個高挑俊俏的青年，一雙好看的眼黑泠泠的，正是虞青芷的大哥，大宋有史以來最年輕的吏部尚書虞佳霖。

這時候的虞青芷已經疼得臉色發青。她看向秋雨。「怎……怎麼去……去了這麼久？」

秋雨抹了把淚。「奴婢去求王妃，她們說王妃在睡午覺，不能打擾；奴婢叫了半日，無人理會，沒辦法只得去了外院，託人去見虞大人……」

虞佳霖一雙眼幽黑難測，負手立在錦榻邊，蹙眉看向還要拿出錦帕蓋在虞青芷腕上的楊文池，催促道：「快一點，別浪費時間。」

楊文池答了聲「是」，也不懸絲診脈了，手指搭在虞青芷的腕上。

冬雨和秋雨立在一邊，都不敢作聲，其餘小丫鬟在外面廊下瑟瑟發抖，跪成一團。

虞佳霖俊俏的臉上一絲表情都沒有，視線定在虞青芷蒼白如紙的臉上。

望聞問切一番之後，楊文池嘆息一聲。「虞側妃是中了劇毒，若是剛發現的話，催吐還有些用，到了現在……」他嘆了口氣，不敢看虞佳霖的臉，吐出了最後一句話。「已經沒救了……」

虞青芷聽得清清楚楚。

知道自己快要死了，她縮成一團，卻竭力向虞佳霖伸出手。「哥哥……」

哥哥不是她的親哥哥，性格也冷清，不太好相處，卻是個好哥哥。

虞佳霖握住她冰冷汗濕的手，黑泠泠的眼中氤氳著晶瑩的淚，濃長的睫毛也濕漉漉的。

他不顧房裡的人，單膝跪在地上，貼近虞青芷的臉，用只有彼此能聽到的聲音道：「妹妹，妳放心，哥哥會給妳報仇。」

他不是虞青芷的親哥哥，虞青芷卻是他在這個世上唯一的親人。誰敢害死他的虞青芷，他就讓誰一命換一命！

清平帝駕崩，新帝趙瑜回到潛邸，得到的第一個消息便是他的側妃中了劇毒，怕是活不成了。

聽到這個消息，趙瑜閉上眼睛，身子搖搖欲墜，卻被大太監蘭翎扶住了。

趙瑜推開蘭翎，低聲道：「隨我去聽雨樓。」

虞青芷躺在錦榻上，手被虞佳霖緊緊握著。

虞佳霖的手熱得很，都快要把她的手灼傷了。

腹部的疼痛漸漸減輕，虞青芷逐漸感覺不到痛苦，意識卻彷彿要掙脫身體的束縛，慢慢清晰起來。

在最後一刻，她的腦海浮現出故鄉南陽的山水，浮現出第一次見到虞佳霖時，他那雙大得嚇人的眼，想起自己為了給爹娘報仇，不顧哥哥的規勸進了英親王府，成了趙瑜的妾……

那麼多繁華，那麼多富貴榮華，那麼多風光，到了此時，她只有後悔——人生若是重新來一次多好，她再也不要那樣多情，她要堅強起來，讓爹娘好好活著，孝敬爹娘，掙銀子供哥哥讀書，認真經營農家小日子，發家致富，做一個快快樂樂的小地主……

趙瑜剛跑到聽雨樓外，便聽到裡面傳出一聲撕心裂肺的慟哭。「青芷——」是虞佳霖的聲音！趙瑜的心好似受到一記重擊，疼得喘不過氣來。

他一下子栽倒在聽雨樓前的臺階上，暈了過去。

李雨岫在丫鬟、婆子的簇擁下過來，冷冷看著被蘭翎扶起的趙瑜，耳裡滿是樓內虞佳霖的悲泣，她的嘴角微微挑了起來，露出一個似喜非喜的笑。

虞佳霖是她喜歡的男人，趙瑜是她的丈夫，心卻都在虞青芷那個賤人身上。

不過這個賤人終於死了，真好！

青芷醒了過來。

彷彿睡了很久，她覺得渾身輕快極了，舒服得很。

她睜開眼睛，卻一下子愣住了。

這不是自己生活了十年的聽雨樓！

青芷急忙坐起來，慌亂地打量著四周，發現這是個簡陋的小房間，前方兩扇簡陋的木格窗戶大開著，窗前的楊木書桌上擺著一個小小的白瓷酒罈子，裡面插著一枝月季花，旁邊是一本翻開的書。

一陣溫暖的風吹進來，吹得那本書翻了一頁。

這不是……當年自己的房間嗎？

她記得自己昏了過去，怎麼一醒來就回到小時候？難道她重活了一次？

青芷的心怦怦直跳，再低頭看看自己身上，發現身上穿著件嶄新的淺綠色繡嫩黃迎春花的窄袖衫，繫了條新百褶裙——她記得這套衣裙是十二歲生日時，母親給她做的，她喜歡得很。

想到十二歲生日，她忙收回思緒。記得自己十二歲生日過了沒多久，父親從外面撿回一個流浪的少年，便是哥哥虞佳霖。

她想了想，再次確定哥哥來她家時正是四月初，還下著雨。

正在這時候，外面傳來一聲溫柔的女聲。「青芷，醒了吧？誰讓妳喝酒的，這下子可嘗到苦頭了吧？」

是母親韓氏的聲音。

聽到早已去世的母親絮絮說著話，虞青芷的眼淚奪眶而出。

前世，虞佳霖去州城參加鄉試，父親得了重病，因祖母不肯請大夫以致病死，母親被謀奪她家宅子、田地的祖母、三姑母、四姑母和六姑母害死，而她在被六姑母家的表哥賣到煙花窟的路上被趙瑜救走，隨著趙瑜去了京城。

後來虞佳霖雖然考中舉人，卻因為給爹娘守孝，未能繼續科舉進入仕途，只得投靠趙瑜；雖然步步高升，卻因為舉人身分一直被人詬病……

即使後來她和虞佳霖給爹娘報了仇，可爹娘卻活不過來了，她和虞佳霖都成了孤兒……

這時候門簾被掀開，一個秀麗的少婦走了進來。

她梳著簡單的桃心髻，髻上插戴一支白銀梅花簪，身上穿著洗得發白的青衣白裙，一雙眼睛盈盈含水，頗為美貌，正是青芷的母親韓氏。

韓氏在床邊坐下來，伸手輕輕撫了撫虞青芷的頭髮，柔聲道：「青芷，起來吧，妳六姑母要回家了，妳不起來送妳六姑母，妳祖母她老人家又要惱了。」

青芷淚眼朦朧地看著韓氏，猛地撲進她的懷裡，放聲大哭起來。

能夠重生一次，真好！

這一生，她再也不讓前世的悲劇發生！

韓氏抱著女兒瘦小的身子，鼻子一陣酸澀，勉強笑道：「傻孩子，不哭了，既然祖母非要把妳的新衣服給妳雨馨表姊，那咱們就給了吧！等見了妳舅舅，讓妳舅舅再給些衣料，娘再給妳做一套新衣服。」

青芷依偎在母親的懷裡，慢慢想著往事。

她祖父已經去世，祖父、祖母總共生下七女一男，她爹爹虞世清就是排行最小的八郎。

奇怪的是，雖然只有一個兒子，祖母王氏卻極為偏心女兒，尤其是排行第六的女兒虞冬梅，簡直恨不得把唯一兒子虞世清的骨髓給敲出來，送給她最疼愛的六姑娘。

自己十二歲生日這天，六姑母虞冬梅也帶著大女兒雷雨馨來了。

雷雨馨一眼就看上了韓氏為青芷新做的衣裙，哭鬧著要，祖母偏心至極，逼自己把新衣裙脫下來送給雷雨馨。

難得有新衣服，何況這是她娘親自做的，自然不肯給了，當下藉著喝了米酒裝醉，當著眾人的面大哭大鬧一場，跑回房裡不出來了。

可她記得清清楚楚，前世這套衣裙第一次洗罷，搭在房裡，開著窗戶通風陰乾，誰知一眼沒看到，衣裙就不見了。

後來祖母讓她給住在雷家村的六姑母家送豬油，她正好見到雷雨馨身上穿著那套新衣裙！當時的她自然大怒，卻也知道自己討不回來，便故意找了個機會，騙雷雨馨說絲綢衣裙都得在陽光下曝曬，色澤才會更亮麗。

最後不出所料，不過曬了一次，那套衣裙就縐巴巴，黃得不能穿了。

結果六姑母氣勢洶洶地帶著雷雨馨趕過來，趁她爹爹不在家，和祖母聯合起來，把她母女倆打了一頓，最後還把母親那支唯一的銀簪子給搶走。

想到這裡，青芷從韓氏懷裡掙脫，特地看了眼母親髮髻上的白銀梅花簪，發現依舊是記憶中的模樣。

她在心裡計議了一番，這才微笑道：「娘，我這就起來去送六姑母和表姊。」

韓氏暗自鬆了一口氣。成親多年，她一直未能生下兒子，婆婆早把她和青芷兩個看成眼中釘，萬萬不能再得罪婆婆了。

青芷扶著韓氏的手下床，立在床邊，小心翼翼脫下身上嶄新的窄袖衫和百褶裙，疊好放在床尾的半舊紅漆櫃子裡，又特地拿鎖鎖好，把鑰匙放進自己的荷包。

韓氏見狀笑了。「青芷，這衣服雖然好，卻也沒寶貝到這個地步。」

青芷拿了件洗得發白的水紅窄袖衫穿上，又尋了條半舊牙白繡桃花花瓣的裙子繫上，一邊忙碌，一邊輕輕道：「娘，您忘了我祖母的為人了？我現在不給她，她也會把我這套新裙子偷走給雷雨馨的。」

這套新衣裙既然被雷雨馨看中，那她定然是保不住的。現在先藏起來，再尋個機會賣給她的好友荀紅玉。她記得前生的荀紅玉就想要這套衣裙，提了好幾回呢！

這套衣裙賣給荀紅玉，她多少能得些碎銀子，正好去外祖母莊上的朱家花圃買些玫瑰花苗，種得好的話，夏天就能採摘玫瑰花賣錢了。

韓氏嘆了口氣。青芷說得對，她這個婆婆確實能做出這樣的事。

她不再多說，從床頭的條桌上拿了虞青芷的桃木梳，過來給女兒梳頭。

青芷立在韓氏身前，發現自己如今才到她的胸前，鼻尖不由一陣酸澀，大眼睛中溢滿眼淚。前世，她十四歲的時候已經長得比母親還高了，可惜前世的母親根本沒看到……

韓氏並不知道女兒傷心，她熟練地給青芷梳了一對丫髻，用桃紅絲帶綁好。「在妳祖母面前說話注意點，不然妳爹知道又該生氣了。」

青芷乖巧地答了聲「是」。

見一向有些桀驚不馴的女兒這麼乖巧，韓氏心中歡喜，湊到虞青芷臉頰上吻了一下，柔聲道：「青芷真乖。」

青芷身子僵直立在那裡。原來她十二歲的時候，母親還會這麼溫柔慈愛地親她？她怎麼都不記得了？

前世因為祖母的挑撥離間，父親、母親的感情很差，最後鬧到夫妻兩個幾乎不說話的地步，母親整日愁眉苦臉，哪有心情這麼疼愛她？

韓氏幫虞青芷理了理劉海，笑咪咪地拉住她的手。「走吧，我們出去吧！」

正房的堂屋裡，此時熱鬧得很。

王氏正坐在靠東牆擺著的八仙桌旁，握著外孫女雷雨馨的手，正在許大願。「……雨馨，妳放心，那套衣裙妳既然喜歡，外祖母一定會弄給妳……」

雷雨馨挨著王氏撒嬌。「外祖母說話可要算話呀！」

王氏正要說話，卻聽到虞冬梅咳了聲，抬頭看過去，發現兒媳婦韓氏拉著孫女青芷的手進來了。

她一看見兒媳婦和孫女便生氣，臉上的笑容瞬間消失得乾乾淨淨，似乎從不曾存在過一般。「妳們來做什麼？還嫌沒把我氣死嗎？」

虞冬梅是個自私的性子，端坐在八仙桌的南端，自顧自嗑瓜子，看都不看韓氏和青芷一眼。

青芷前生在英親王府十年，一直在夾縫中生存，原本剛烈如火的她被活活磨成了多面人，討好王氏這樣的人對她來說不是難事。

她燦然一笑，鬆開韓氏的手走上前，端端正正地屈膝行了個禮。「孫女年紀小，說話沒分寸，祖母別生氣。」

青芷又看向虞冬梅，笑容甜美。「六姑母也別生氣了。」

虞冬梅眉頭皺了起來。這青芷才十二歲，明明只是個小丫頭，可是不知為何，方才她屈膝行禮的姿勢，居然很好看。

想到這裡，她細細打量著青芷，這才發現青芷雖然身量尚小，可是頭髮黑油油的，小臉又白又嫩，一雙大眼睛亮晶晶的，嘴唇嫣紅飽滿，實在是個美人胚子；若是再長個兩、三年，絕對會長成出色的美人……

虞冬梅不由心裡一動，眼睛打量著虞青芷，心裡漸漸有了主意。

王氏皺著眉頭，也在打量著虞青芷。她這個孫女性子倔強得很，等閒不肯認錯的，今日是怎麼了？

她看了看青芷身上的舊衣裙，開口道：「青芷，妳那套新衣裙穿著有些大，給妳雨馨表姊吧，等妳表姊穿小了就給妳，衣裙還是妳的，妳也不吃虧。」

青芷瞇著眼睛笑起來，可愛得很。

「祖母，三姑母家的露兒妹妹比我小一歲，我已經答應露兒妹妹，待我穿著小了，就把這套衣裙給她呢，若是現在給了雨馨表姊，露兒妹妹生氣怎麼辦？」她做出害怕的模樣。「我說話的時候，當時三姑母也在場的。」

三姑母虞秀萍是七個姑母中最會撒潑的，連王氏這樣的資深潑婦也得退避三舍；而且三姑母的小女兒石露兒也確實問她要過這套衣裙，她當時是這樣搪塞石露兒的——「等我穿小了，如果還沒穿破，就送給妳」。

王氏一聽，馬上想起了自己那個青出於藍，而勝於藍的三女兒，不由沈吟起來。她雖然厲害，可也不敢招惹女兒的。

虞冬梅也懶得惹那個潑婦三姊，當即道：「娘，算了吧！」

雷雨馨坐在王氏懷裡，正要哭鬧，被母親一眼掃過，頓時噤聲了。

虞冬梅又坐了一會兒，便要帶著雷雨馨告辭。

王氏見女兒要走，忙叫住虞冬梅，親自搬了張凳子放在堂屋正梁下，索利地站上凳子，取下了掛在鉤子上的籮筐。

她把籮筐放在八仙桌上，掀開上面蓋的白布，珍而重之地拿出一個油紙包，遞給虞冬梅。「這是妳八弟從城裡買回來的糕點，妳拿回去讓雨辰和雨馨吃吧！」

雨辰是虞冬梅的兒子雷雨辰，也是王氏的心肝寶貝。

青芷站在一邊，一眼便認出這個油紙包是爹爹前幾日從城裡給她買回來的點心，裡面是她最愛吃的綠豆餅和紅豆餅。可惜爹爹先去王氏那裡獻寶，結果就被王氏扣了下來，而她只是眼睛看到，卻一口都沒嚐到。

前世的她是當場饞得嘛口水，還故意笑道：「咦？這不是我爹給我買的綠豆餅和紅豆餅嗎？我還說不見了呢，原來在祖母這裡！祖母，給我一個嚐嚐吧！」

結果是王氏當場賞了她一耳光嘗嘗，以至於如今重生了，她還記得當時的感覺——左臉頰先是有些麻，接著就熱辣辣的，到了晚上就腫起來。挨打的滋味令人一生難忘。

如今的青芷看了一眼之後便不再看了。

前世在英親王府，趙瑜一直不肯成親，李雨岫嫁進來之前，都是她管著英親王府的內院，什麼沒見過，什麼沒吃過？早不稀罕這些粗陋的點心了。

王氏還想著這個孫女會反抗一下，早醞釀著一巴掌準備賞給青芷，誰知青芷看了一眼之後就移開視線，一臉漠不關心，讓她怪失落的。

虞冬梅此生最大的愛好便是占便宜，回娘家是從不肯空手離開的，當即接過油紙包，帶著雷雨馨離開了。

送走虞冬梅和雷雨馨母女，青芷去了家裡後院。

她記得自家後院很大，有五、六畝，原先是荒地，後來母親開了荒，種了些莊稼和蔬菜。

王氏自從兒子娶了媳婦就不肯出門勞動，只在屋子裡紡紗織布，因此後院的地都是韓氏帶著青芷照管。

和記憶中一模一樣，後院除了幾塊麥田和油菜田，還種了不少蔬菜，有萵筍、芹菜、韭菜、莧菜、茄子、青椒、絲瓜和黃瓜等，不過如今只有萵筍和芹菜已經長成，另外還有韭菜也可以割著吃，其他諸如茄子、絲瓜之類，還只是小苗。

青芷走過去看了看母親預備種花生的那塊地。這塊地光照最好，面積也最大，她預備用來種玫瑰。

看好地之後，她便去找韓氏，倚在正做針線的母親身上撒嬌。「母親，後院預備種花生的那塊地給我吧！」

韓氏極疼愛女兒，當即就答應了。

青芷笑咪咪依偎著母親，在心裡打算著怎麼把那套衣裙賣掉，好湊到買玫瑰花苗的錢。

她娘這裡是沒有什麼錢的，她爹掙的錢都交給了祖母，銀錢到了王氏手裡，自然是有去無回。不過後日便是四月一日，可是村裡的地主蔡大戶給爹爹發束脩的日子，怎樣才能讓爹爹不把所有的收入都交給祖母呢？
這真是個困難的任務啊！

第二章

天漸漸暗了下來，風也大了，颳得院子裡的樹枝啰嚓嚓直響。

王氏點亮油燈，繼續在正房的西暗間織布。

韓氏則在灶屋做晚飯，青芷坐在灶前燒火。她家的棉花柴已經燒完，如今燒的是虞世清買來的木柴。

木柴雖然貴了些，可是好在只要點著火，就不用人一直看著。

見母親正專心致志地切蘿蔔絲，青芷便貓著腰，躡手躡腳地跑出去。

整個院子裡只有正房的西暗間和灶屋有燈火，她們一家三口住的西廂房籠罩在黑暗中。

青芷摸黑進了自己的臥室，悄悄取出那套衣裙，愛惜地摸了摸上面的刺繡，抱在懷裡便出去了。

她今日借三姑母家的石露兒搪塞了祖母和六姑母，可是按照祖母那不依不饒的脾氣，早晚會去問三姑母的。三姑母也是霸道脾氣，那樣的話，她這套新衣服即使不被雷雨馨要走，也會被三姑母搶走。

既然如此，不如悄悄賣了，換些碎銀子去買玫瑰花苗。

玫瑰花苗將來結了玫瑰花，可以採了賣給藥鋪，也可以自己提煉玫瑰油賣給胭脂水粉鋪子。

今夜沒有月亮，整個蔡家莊籠罩在黑暗中，道路兩旁人家的窗裡透出昏黃的光，偶爾傳來大人的說話聲和小孩子啼哭的聲音。

從自家到爹爹學堂的這條路，前生的青芷走了無數趟，離開蔡家莊後，在夢中也常常走在這條路上，因此一點都不陌生。

她抱著衣服飛快地奔跑著，很快就跑到學堂外面。

學堂是村裡大戶蔡振東家的舊屋，因蔡振東的大兒子蔡羽和二兒子蔡翎都跟著虞世清讀書，便借給虞世清做學堂。

青芷跑得有些熱，用帕子擦了擦額頭的汗，立在籬笆外面，踮著腳往裡面看。

學堂的窗子大開著，窗內一燈如豆，她一眼便看到端坐在窗前專心讀書的虞世清，眼睛不由得濕潤。

前生父親從南陽城撿回了鍾佳霖，不顧王氏的阻攔而收養了他，把鍾佳霖改名為虞佳霖，去官府登記為自己的兒子，

他不但教虞佳霖讀書，還送虞佳霖參加縣試和鄉試，自己卻被親生母親王氏逼得重病在床，因王氏不請大夫治病而最終去世。

那年青芷才十四歲，而祖母和姑母打算把她賣到妓院去，人牙子已經悄悄來相看過了……

想到這裡，她深吸一口氣，在心裡告訴自己：青芷，還有兩年時間，一切都來得及！

計議已定，青芷轉身去了學堂西邊的荀家。

荀家是蔡家莊的富戶，荀大郎和大兒子荀喜是十里八鄉有名的牛經紀，荀大郎夫妻又頗為寵愛女兒荀紅玉，荀紅玉的零花錢很多，是個開朗活潑的小姑娘。

青芷敲了幾下門，很快便傳來荀紅玉清脆的聲音。「誰呀？」

「是我。」青芷壓低了聲音。

荀紅玉常和青芷一起玩，對她的聲音熟悉得很，當即拔出門閂開了大門。

荀家門口掛著一對燈籠，照得大門外明晃晃的，大門一打開，青芷就看到了荀紅玉。

荀紅玉如今十三歲，卻比青芷還矮一些，圓臉圓眼睛，白白嫩嫩的，可愛得很。

她笑咪咪地道：「青芷，快進來吧！」

青芷怔怔看著荀紅玉。她記得荀紅玉後來嫁給雷家村的秀才羅鑫，羅鑫卻暗中跟雷雨馨相好，活活氣死了荀紅玉。

這一世，她要讓羅鑫和雷雨馨的事早些敗露，好讓荀紅玉不再踏入羅家那個火坑。

荀紅玉見青芷只是看著自己，大眼睛亮晶晶的，似是淚光閃爍，忙去拉青芷的手，卻發現軟軟的，原來她手裡拿著一摞衣服。

她忙道：「青芷，發生什麼事了？」

青芷忙微笑道：「我和妳商量一件事。」

她將王氏想把自己的新衣裙給雷雨馨的事說了，然後道：「紅玉，妳是知道我祖母的，她既然有了這心思，早晚會偷走給雷雨馨。我想把這套衣裙賣掉，免得便宜了雷雨馨。」

荀紅玉一聽，一把握住青芷的手腕，眼睛亮晶晶的。「青芷，賣給我吧！我很喜歡妳這套衣裙。」她嘟了嘟嘴。「我娘繡工不好，繡的牡丹像菊花，繡的孔雀像野鴨。」

青芷不由莞爾，忙道：「我這套衣裙的衣料是我舅舅給的上好絲綢，值一兩銀子呢，又是我娘親手裁剪縫製、刺繡，工費也有五錢銀子，妳要是有一兩五錢銀子，我就把衣服賣給妳；妳若是沒有，我再去問胡春梅要不要？」

胡春梅是鄰居胡家的小女兒，嬌小玲瓏甜美可愛，常和青芷、紅玉一起玩。

荀紅玉一聽，忙笑道：「我有銀子，妳賣給我吧！」

青芷笑了起來。她記得前世的荀紅玉得知這套衣裙被祖母偷走送給雷雨馨，惋惜得不得了，連連道：「妳若是答應賣給我，我就給妳一兩五錢銀子，這下子好了，妳可是竹籃打水一場空。」

荀紅玉很快就拿個荷包過來，笑咪咪地把荷包塞給青芷。「銀子在裡面，正好是一兩五錢，是我姑母給我的零花錢。這荷包也還是妳送給我的，現在還給妳，以後再繡個新的給我。」

荀紅玉的姑母嫁給村裡的地主蔡大戶，荀氏很疼愛荀紅玉，也常常給她零花錢。

青芷接過荷包，打開後就著燈籠的光暈看了看，發現裡面是一粒粒碎銀子，心中鬆了一口氣。

荀紅玉見她低頭看荷包便笑起來，在她額頭點了一下。「瞧妳這財迷樣子，我是那小氣的人嗎？一錢銀子都不少妳的。」

青芷抬頭，微微一笑。「我知道妳不是小氣的人，我只是太缺銀子了，等我有了能力，我會對妳好的。」

前世的荀紅玉死後，她的姑家表兄蔡羽在西北邊陲，她爹娘去了京城，求她為荀紅玉主持公道。

青芷把這件事託付給虞佳霖，虞佳霖使力讓南陽知府流放了羅鑫，發賣了雷雨馨，最終為荀紅玉報了仇。

荀紅玉不知為何，聽了青芷這句話，心裡一陣難過。她握住青芷的手，鬼使神差道：「青芷，多謝妳。反正妳得記住，等妳富貴了，要對我好一些。」

青芷也笑了。「我這輩子的理想就是做個小小地主婆，豐衣足食倒是有可能，若是要富貴，怕是難了。」

她和荀紅玉又聊了幾句，才去隔壁學堂看自己爹爹去了。

虞世清讀書讀得頭暈，剛要起身回家，便聽到窗外傳來小女孩清脆的聲音。「爹爹。」是女兒的聲音！他抬頭一看，果真是青芷立在窗外，正笑嘻嘻看著自己。

虞世清不由微笑。「青芷來了？爹正要起身呢。」

青芷看著她爹爹年輕俊秀的臉，這才意識到他如今才二十八歲。

想到這裡，她歡喜中也帶著些淒涼。「爹爹，娘快做好晚飯了，我們趕緊回去吧！」

虞世清關好窗子、鎖上門，提著一個小包袱，在昏黃光暈中帶著青芷慢悠悠往家的方向走去。

青芷看著近在咫尺的爹爹，百感交集，鼻子一陣酸澀。

快到家門口的時候，她才開口道：「爹爹，我太想您了，是自己偷著跑出來的，祖母怕是要打我……」

虞世清笑道：「放心吧，爹爹就說……是爹爹交代妳，讓妳去學堂叫爹爹回家吃晚飯的。」

青芷快樂地「嗯」了一聲。爹爹雖然對祖母愚孝，可是對自己這個唯一的女兒還是很疼愛的。

父女倆剛走到大門口，便聽到裡面傳來王氏刻意壓低的喝罵聲。「……丫頭片子而已，你們居然敢背著我給她做絲綢衣服，還繡那麼漂亮，惹老娘惱了，把妳這賤人和青芷賤丫頭一起賣到煙花窟去，千人壓萬人騎……」

虞世清和青芷都止住了腳步。他們自然聽出來王氏在罵韓氏！

聽著母親污穢不堪的辱罵，虞世清現出痛苦的表情，低聲道：「青芷，妳祖母對妳很好的，她是刀子嘴豆腐心，說的都是氣話……」說著說著，自己都有些不相信，說不下去了。

他覺得母親什麼都好，就是對他娘子和女兒有些嚴厲，都是因為他和娘子一直沒有兒子，母親才會這麼生氣。

青芷緊緊抿著嘴。她當然知道祖母說的不是氣話，而是心裡真的這麼想。前世母親被祖母逼死後，祖母就要把她賣進南陽城內有名的煙花窟杏花春館。

她深吸一口氣，用力推開虛掩的大門，大聲道：「祖母、娘，我把我爹爹叫回來了！」

王氏為人最虛偽愛面子，無論在人後如何惡毒，在外人和兒子面前始終都是好婆婆、好祖母的形象，因此忙伸手在韓氏頭上用力錘了下，壓低聲音恨恨道：「賤人，給我起來去灶屋端飯！」

韓氏含著淚從堂屋的磚地上爬起來，來不及拍裙子上的灰，便去廚房端飯了。

丈夫孝順婆婆，從來不信婆婆虐待她，她在丈夫面前說了幾次，丈夫一次都不信她，還罵她離間他們的母子關係，她早就麻木了。

一家人洗了手，開始吃晚飯。

虞家的規矩是王氏定的，她和虞世清母子倆的飯菜擺在堂屋的八仙桌上，韓氏和青芷的飯菜擺在堂屋門口的小凳子上。

青芷進了堂屋，發現凳子上只擺著一盤清炒蘿蔔絲，而八仙桌上除了一碟清炒蘿蔔絲，還有一碟紅燒魚。

她眼睛一轉，當即走了過去。「爹爹，我也想吃魚，我正長身體，老吃素不長個子。」

她就是要爹爹看看，王氏是如何對待她和娘的。

虞世清原本便有些內疚，見女兒站在那兒，一本正經地和自己說要吃魚，忙挾了一筷子魚肉要餵青芷。

王氏見狀，當即把手中筷子往八仙桌一拍，沈聲道：「我是老人家了，得吃魚補身子。妳爹爹是家裡的頂梁柱，吃了魚才有力氣掙錢。妳和妳娘都是吃貨，吃了也只是屙出去，還是不吃的好。」

青芷眼中滿是委屈，看了爹爹一眼，小小聲爭辯道：「祖母，家裡的銀錢都是爹爹掙回來的，我是爹爹的女兒，難道爹爹掙的銀錢只該養活祖母，不該養活女兒嗎？」

王氏大怒，抬手就向青芷臉上搧過去。

青芷早做好了準備。她的目的就是要激怒祖母，讓爹爹親眼看著祖母打自己。

她正要閃開，卻發現爹爹抓住祖母的手。

青芷一下子愣住了。記憶中的爹爹是從來不肯反抗祖母的，正因為如此愚孝，才會被祖母和六姑母她們害死。

虞世清看了看女兒，女兒大眼睛亮晶晶的，花瓣般的嘴唇微微顫抖，正呆呆地看著自己，心裡不禁難過。這孩子都被母親給打怕了！

他趁王氏還在震驚，飛快地挾了一條小魚放到青芷碗裡。

青芷故意做出一副害怕極的模樣，端著碗就跑出去。

王氏正要追出去，卻被虞世清攔住。

他看著王氏，懇求道：「母親，您別追青芷，今晚我不吃魚了，我那份讓青芷吃吧！」

王氏冷笑一聲。「那你就別吃了。」

她回到自己的位子坐下，把那盤魚端到自己面前，用筷子一邊挑刺，一邊吃著。

韓氏低聲道：「我帶青芷回房吃飯去。」

說罷，她端起放飯菜的小凳子，起身出去了。

青芷在門外等著，見母親出來，對母親燦然一笑，跟著她一起去了西廂房。

進了西廂房明間，母女兩個麻利地點了油燈，把飯菜擺在小桌上，這才開始吃飯。

青芷用筷子把虞世清給的那條小魚一分為二，自己留一半，把另一半挾到韓氏碗裡，低聲道：「娘，妳一直吃素，身體就不好；身體不好，怎麼能給我生弟弟？將來做飯時該吃就吃，祖母看見了，妳就說在嚐菜的鹹淡。」

韓氏見女兒這麼懂事，也不再推辭，挾了片魚肉嚐一口，覺得鮮香滿口。「妳又不是不知道，燒魚的話，妳祖母會檢查魚的條數；炒肉的話，妳祖母會親自去切肉，她記性好，記得肉有幾片。」

青芷笑了，道：「娘，祖母數完數目一走，您就把肉再片薄一些，不就多了幾片肉？燒魚的時候，您多加半瓢水，把魚燉一燉，祖母吃肉，咱們娘兒倆不就能喝湯了？」

聽女兒一本正經地研究著怎麼能多吃一口肉、多喝一口魚湯，韓氏心裡一陣酸楚，覺得自己對不起女兒，忙答應下來。

用罷晚飯，韓氏和青芷洗碗刷鍋，虞世清在堂屋陪王氏聊天。

母女收拾罷灶屋就回西廂房了。

見母親在椅子上坐下，拿過針線簸籮，青芷忙走過去倚在母親懷裡輕輕道：「娘，大姨不是說姥姥病了嗎？明日我陪您看看姥姥去吧！」

她姥姥家在王家營，距離南陽城要比蔡家莊遠，可離潦河鎮卻要近一些。王家營有個姓朱的老花匠，很有名氣，最善於育玫瑰花苗，外號就叫花兒朱。朱花匠家裡有個大大的花圃，縣城裡大戶人家的花木都是他提供的，她想去找朱花匠買玫瑰花苗。

韓氏皺著眉頭想了想，道：「妳祖母怕是不讓咱們去……」

青芷笑嘻嘻道：「就說我姥姥家今年孵出來的小公雞有點多，咱們去一趟，看能不能要來一隻小公雞給祖母燉湯補身子？」

韓氏沒想到女兒小小年紀，主意竟然這麼多，笑著伸手摸了摸青芷的腦袋，柔聲道：「青芷，我明日試試去。」

「娘，明日我去說。」青芷享受著母親的撫摸。「娘，好舒服，再摸摸吧！」

娘性格懦弱是改不了的了，既然如此，就由她來保護娘吧！

見女兒瞇著眼、一臉享受的表情，跟可愛的貓咪似的，韓氏心中滿是溫柔和慈愛，果真繼續撫摸女兒的腦袋。

虞世清服侍王氏睡下，這才熄了油燈出來。

回到西廂房，他發現只有韓氏一個人坐在明間做針線，便輕聲問道：「青芷睡下了？」

韓氏點點頭。「她年紀雖小，卻也一天忙活到晚，自然累了，一躺下就睡著了。」

虞世清看了妻子瘦削的臉一眼，心中也說不清是什麼滋味，起身進了南暗間臥室。

他點著窗前楊木書案上的油燈，又把從學堂帶回來的包袱打開，從裡面取出一本《中庸》放到書案上。

因為印書成本太高，所以南陽縣城的書肆都是雇人抄書，一般價格是千字十文到二十文；虞世清的字很漂亮，抄書的價格是千字二十文錢。

韓氏看著丈夫進了臥室，在心裡嘆了口氣。

成親以前，娘家爹娘重男輕女，她很少得到爹娘的疼愛，日子都是一天天熬過來的。成親之後，她原想著嫁給俊秀、有才華的相公，日子一定會比蜜還甜的；誰知遇到王氏這樣的可怕婆婆，丈夫前面還有七個姊姊，是家中的么兒，性格也有些軟弱，被婆婆和大姑姊們拿捏得一絲剛性都沒有。

這樣的日子，何時是個頭？若不是為了青芷，她早就一根繩子吊死了。

第二天用罷早飯，青芷幫著韓氏拾掇灶屋，就推著她去見王氏。

王氏依舊在西暗間織布，見韓氏和青芷進來，瞥了她們母女一眼，理都不理。

韓氏一見婆婆就怕，囁嚅著道：「婆婆，青芷姥姥家有……有……」

青芷見母親怕成這個模樣，心裡一陣難過，伶俐地站到前面，笑咪咪道：「祖母，我姥姥家這次孵小雞，孵出的小公雞有點多，我娘想去試一試，看能不能要一隻小公雞回來，養大了煮雞湯給您補身子。」

聽韓氏要回娘家給她要小公雞，王氏緊繃著的臉才鬆弛了些，道：「既然如此，韓氏妳早些回來，家裡還要妳做午飯呢。」

虞家出了個秀才，王氏一向自認為虞家門第高貴，覺得韓家門第配不上自己。其實韓氏弟弟經商，在南陽城開了間綢緞鋪子，韓氏的娘高氏又會孵小雞賣，因此韓家其實比虞家的家境殷實得多。

韓氏背脊上冒出一層汗，微顫地答了聲「是」，被青芷拉著出去了。

母女回房之後，重新梳了頭換了衣服，打扮得乾乾淨淨出門，沿著河邊小路往西南邊的王家營去了。

昨夜颳了一夜風，今日卻是大晴天，碧藍天空下到處都是盛開的梨花、蘋果花和海棠花，拂面春風中氤氳著花的芬芳，好聞極了。

青芷心曠神怡，隨著母親走著。她抬起右手，摸了摸腰間荀紅玉給的那個荷包，心裡默默計劃著。

青芷和韓氏到王家營的娘家時，她姥姥高氏正在院子裡端著一簸籮高粱餵雞。見二女兒和外孫女空著手過來，高氏臉色就沒那麼好了，懶洋洋問道：「不年不節的，妳們怎麼來了？」

韓氏忙道：「娘，我聽大姊說您病了，心裡擔心，才帶著青芷回來看看您。」

高氏正要說話，青芷已經撲進她懷裡，清脆地叫了聲「姥姥」，親親熱熱地抱住她。「姥姥，我想您了！都好長時間沒見您了。」

高氏才是真的刀子嘴豆腐心，被外孫女這麼一抱，刻薄的話頓時說不出口了。

她攬著外孫女問了幾句，才道：「先進屋歇一會兒吧，喝點茶再說。」

青芷當即道：「姥姥，我餓了，給我煮一碗荷包蛋吧！」

她外祖母高氏最會用暖缸孵小雞，因此不但賣小雞，還養雞、賣雞蛋，再加上舅舅韓成在南陽城開了間綢緞鋪子，因此韓家的家境在王家營這個村子裡是數得著的。

韓氏給她做的那套新衣裙用的衣料，就是她要過十二歲生日時，韓成和舅母葛氏給她的生日禮物。

見高氏的眉毛豎起來，青芷忙一臉委屈。「姥姥，我都好幾個月沒見過葷腥了，祖母不讓我和我娘吃肉、吃雞蛋……」

高氏雖然小氣，可是見外孫女可憐成這個模樣，自然心軟，當即答應下來，提高嗓門道：「葛氏，妳去我屋裡拿六個雞蛋出來，給青芷和妳二姊煮兩碗荷包蛋。」

東廂房內有人清脆地答應一聲，一個身材高大豐滿、面如滿月的少婦就走了出來，正是高氏的兒媳婦葛氏。

葛氏含笑道：「婆婆，我這就去做。」

葛氏又看向韓氏和青芷，笑著打了招呼。「二姊回來了，青芷也來了，快坐下歇一歇，我這就去做荷包蛋。」

青芷知道這位舅母最大方善良，當即走過去拉著葛氏的手，甜蜜一笑，撒嬌道：「舅母，多放些冰糖，我最喜歡吃甜的荷包蛋了。」

前世葛氏就最疼她了，每次她過來，葛氏就想法子給她做荷包蛋吃，或者把她叫到屋裡吃點心。只是後來舅舅在縣城和一個風流小寡婦好上了，擠對得葛氏沒法子活，最後一根繩子吊死了。

青芷記得舅舅是在自己十三歲的時候和那個風流寡婦好上的，這一世，她一定要讓這件事不再發生！

葛氏微笑著摸了摸青芷的臉蛋，一口答應下來，自去高氏屋裡拿雞蛋。

青芷不吃獨食，和舅母家的表弟韓昭玉一起分吃那碗甜甜的荷包蛋，然後趁母親和舅母、姥姥說話，拉著韓昭玉一起出去。

韓昭玉比她小兩歲，生得和她有幾分像，都是黑泠泠的大眼睛和尖尖的下巴，秀氣得很。

青芷故意笑著激韓昭玉。「韓昭玉，你一定不知道朱花匠家的花圃在哪兒。」

韓昭玉眼睛瞪得圓溜溜，挺著胸膛大聲道：「我知道！」

青芷捏了捏他的小臉。「那你帶我去呀。」

她只比韓昭玉大兩歲，可是看著表弟軟軟嫩嫩的模樣，總覺得可愛得很。

韓昭玉被捏了臉，心中很不服氣，噘嘴帶著青芷去了村西朱花匠的花圃。

高氏、韓氏和葛氏正在院子裡的梨樹下喝茶說話，見青芷拉著一輛板車進來，頓時呆了。

韓氏忙走過去道：「青芷，妳拉的是什麼呀？」

青芷把板車放好，笑咪咪道：「我在朱花匠那裡買了玫瑰花苗，預備回家種呢！」

韓氏吃了一驚，正要問青芷從哪兒來的錢，可是見青芷給自己使眼色，只好把要問的話默默嚥了下去。

高氏還以為是王氏要買的，也沒有多問，只是催著女兒和外孫女趕緊回去。「買這麼多花，趕緊回家種去吧，不然都蔫了。」

青芷清楚自己母女倆吃了姥姥六個雞蛋，姥姥怕是心疼，不打算管自己母女的午飯了。

她也不說破，跟母親拉著板車回蔡家莊去。

前世的性子太烈，每每高氏小氣得很的時候，她都忍不住揭穿，令高氏惱羞成怒，把她和母親趕出去，以至於彼此感情有些淡。

她爹出事時，高氏沒讓她舅舅管，可是等娘出事，舅舅韓成去江南進貨了，是高氏帶著葛氏過來鬧了一場，才給了她逃走的機會。

離開娘家之後，韓氏一邊拉車，一邊問青芷。「妳從哪裡來的錢買花苗？」

青芷才將自己把新衣服賣給荀紅玉，得了一兩五錢銀子的事說了，又道：「娘，這衣裙既然被六姑母和雷雨馨看在眼裡，怕是保不住了，既然如此，還不如我先賣了，得了錢買玫瑰花苗。等夏天玫瑰花苗結了花苞，我就可以採摘了去城裡藥鋪子賣了，還能掙錢呢！」

韓氏知道女兒說得有理，便道：「只怕妳祖母要生氣……」

青芷冷笑一聲，道：「無論咱們娘兒倆做什麼，她總是會生氣的，怕什麼。」

韓氏一輩子沒主意，先前都聽丈夫的，可是丈夫卻不和她一心；如今十二歲的女兒有了主意，她自然聽女兒的。

母女兩個計議已定，拉著平板車往蔡家莊方向而去。

路上碰到村人問車上拉的是什麼，韓氏都按照女兒的交代，說是娘家給的幾株花苗。

第一次撒謊，她聲音還有些顫，可是說了兩次後，她就說得理直氣壯起來，自己都差點相信車上真的是娘家給的花苗。

王氏依舊在西暗間織布，聽到韓氏和青芷的聲音，看都不看，直接在屋裡揚聲問道：

「韓氏，小公雞帶回來了？」

青芷不聲不響地把平板車從西邊的夾道拉進後院，然後急急跑回來解救韓氏。

她過來的時候，韓氏正含羞帶怯道：「……婆婆，我母親的小公雞都……」

青芷喘著氣道：「祖母，我姥姥家的小公雞，除了兩個留種的，其他都賣了。我和娘去得晚了些，早知道的話就提前兩天去了，一定能給祖母您帶回來一隻小公雞。」

王氏「哼」了一聲，道：「妳姥姥那麼摳，我本來就不信妳們娘兒倆能帶回公雞。不過我有七個閨女，七個閨女都孝順，倒也不缺小公雞吃，妳們韓家的東西，我還真不稀罕呢。」

青芷又笑著捧了王氏兩句，然後道：「祖母，我舅舅給了我幾株花苗，我和我娘現在去種了，您有事叫我們。」

說罷她便拉著韓氏去後院種玫瑰花苗了。

這一天除了做飯之外，韓氏和青芷都在後院種玫瑰苗，整整忙了大半天，才把這四十株玫瑰苗都種上。

第三章

趁王氏還在屋子裡，青芷悄悄出門，在大門外等著虞世清。

祖母個性極強，性情執拗，只要認定了某件事就一定要做成，早晚會向爹爹提起把自己那套衣裙給雷雨馨的事，她一定得提前和父親說這件事。

青芷正在門外發呆，便看到昏暗的暮色中，虞世清提著那個小包袱，大步走了回來。

她忙笑著迎上去，一把拉住虞世清的手臂。「爹爹，我有話要和您說呢！」

女兒對自己如此親近，虞世清心中歡喜，含笑道：「說什麼呀？」

青芷拉著虞世清的手站在大門外，低聲把雷雨馨要搶自己新衣裙的事情說了，然後道：「爹爹，雨馨表姊仗著祖母疼愛她，常常搶走我的東西，我不喜歡她。我怕雨馨表姊非要搶我這套衣裙，就先賣給了荀紅玉，荀紅玉給了我一兩五錢銀子，我用來買了四十株玫瑰花苗，種在後院裡……」

說罷，她仰首看著虞世清，眼中滿是委屈和害怕。

虞世清聽到女兒那句「雨馨表姊仗著祖母疼愛她，常常搶走我的東西，我不喜歡她」，心裡有些難受。

他當然知道母親不喜歡青芷，偏疼三姊家、四姊家和六姊家的女孩子，可是母親畢竟是母親，做兒子的總不能說母親錯了吧？

聽到後邊，得知青芷自作主張把那套衣裙賣了，虞世清不禁有些生氣，皺著眉頭正要開口說幾句，可是看著女兒含淚的雙眼，不禁有些心軟。

青芷心知虞世清心軟了，當即嘟囔道：「這是我舅舅和舅母給的衣料，我娘一針針給我繡的花，祖母憑什麼非要我讓給雨馨表姊？」

說罷，她裝作哭出聲，摀著臉轉身跑進大門。

虞世清站在那裡愣了半日，嘆了口氣，這才進了大門。

晚飯時，韓氏煮了一鍋麥仁湯，餾了四個饅頭——兩個白麵饅頭，兩個高粱麵饅頭——又做了兩個菜，一個青菜燒豆筋，一個回鍋肉。

韓氏帶著青芷把一盤青菜燒豆筋和一盤回鍋肉擺在八仙桌上，又把盛著兩個白麵饅頭的淺口竹篾籮也放上去，最後才端上兩碗麥仁湯。

王氏記得自己總共切了十二片肉，便用筷子在盤子裡扒拉著查數，查了兩遍，發現還是十二片肉，便挾了一塊油汪汪的肉放進嘴裡嚼起來。

見韓氏擺好飯了，青芷笑道：「祖母、爹爹，飯菜擺好了，我和母親也去吃飯了。」

虞世清忙叫住女兒，然後挾了片回鍋肉要餵給青芷。

青芷想起方才王氏拿著筷子在盤子裡扒拉來扒拉去，心裡一陣作嘔，笑道：「祖母和爹爹吃肉吧，我和母親不吃也行。」說罷，她屈膝行了個禮，這才出去。

韓氏正在西廂房明間，飯菜已經擺好。見青芷進來，忙道：「快坐下吃飯吧，今日妳可是忙了一天。」

青芷拿起高粱麵饅頭咬了一口，覺得粗糲難下嚥，便慢慢咀嚼著，竭力嚥了下去。前世在英親王府是錦衣玉食、山珍海味地養著，卻活得戰戰兢兢，這一生既然打算不再重複前世的日子，想要踏踏實實過一輩子，就得適應這樣的粗茶淡飯。

韓氏見女兒眉頭蹙著，以為是沒能吃回鍋肉，心裡難受，便拿了青芷的筷子，從那盤青菜燒豆筋的下面挾出幾片薄薄的回鍋肉片，放在青芷手中的高粱麵饅頭上，笑咪咪低聲道：「我偷偷給妳留的，快吃了，別讓妳祖母發現。」

青芷鼻子一陣酸澀，垂下眼簾，接過自己的筷子，把肉片分了兩片給韓氏，自己留下兩片，然後大口咬了一口，笑道：「娘炒的回鍋肉真好吃，肥而不膩，好吃得很，娘也吃吧！」

其實她的淚水早滴了下來，哪裡嚐得出好吃不好吃？

可這是一向怯懦軟弱的母親冒著被祖母發現的危險，悄悄留下來的，她一定要吃下去，而且還要說好吃。

因為王氏的要求，她們屋裡的油燈只有一根細細的燈捻，發出微弱的燈光，韓氏根本沒發現女兒在流淚。她學女兒一口吃下了那兩片回鍋肉，覺得真是好吃得很。

用罷晚飯，虞世清在堂屋陪著王氏喝茶說話。

王氏想起自己答應了雷雨馨，得把青芷的新衣裙要過來，便開口道：「我的兒，你爹死得早，若不是你的姊姊們出嫁後幫補娘家，咱們怎麼會有現在有肉、有白麵饅頭的好日子？尤其是你六姊，對你真好啊，你就是她帶大的。」她斬釘截鐵地下了結論。「你得好好謝謝你六姊，要對雨辰和雨馨兄妹兩個好一些。」

虞世清摸著滾燙的茶杯，沒有說話。

他不記得六姊把自己帶大，只記得小時候，六姊常趁人不注意時掐他，還專挑那些別人看不到的地方掐，他大腿根、胳肢窩老是被六姊掐腫。

見兒子一聲不吭，王氏便繼續道：「昨日我看青芷穿了身新衣裙，還是絲綢的，就不太喜歡。我們虞家一向耕讀傳家，怎麼能這樣奢侈？再說了，這衣服青芷穿上有些大，不如給雨馨穿吧，也算是回報你六姊了。」

虞世清沈默片刻，才道：「娘，這套衣裙的料子是青芷的舅舅和舅母給的，為的是青芷過十二歲生日，若是給了雨馨，她舅舅、舅母問了怎麼辦？」

王氏冷笑一聲。「你是秀才，那韓成不過是個小商販，我不信小商販敢去質問堂堂秀才。等將來你中了舉人，考中進士，做了官，他們韓家就是咱們腳底下的泥。」

虞世清沒想到她還能這麼胡攪蠻纏，便道：「母親，衣服這件事以後再說，夜深了，您快些睡吧，兒子先走了。」

說罷，他茶也不喝了，起身就要走。

王氏忙叫住他。「世清，明天就是四月初一，蔡家該給你束脩了吧？你明日早些拿回來，我自有安排。」

虞世清停住腳步，答了聲「是」。

王氏見兒子不看自己，忙嘆了口氣道：「唉，你爹死得早，都是我吃盡辛苦才把你拉拔大，若我是韓氏那等無知婦人，你怎麼可能讀書考上秀才？怕是早出去賣苦力了。」又道：「咱家有如今的好日子，都是因為有我這個摟錢的匣……」

聽了母親的話，虞世清心中有些羞愧，覺得自己不該疑心母親，當下答應一聲，才退了下去。

王氏看著兒子的背影消失，眉頭便皺起來。

五年前，虞世清參加院試，雖然沒有考中前十成為廩生，卻也考中了秀才，家裡因此能夠免除一個人的徭役。王氏心疼虞冬梅，就讓虞世清把免除徭役的名額給了六女婿雷震。

這五年來，虞世清在學堂教書，收入都交給她保管，家裡還有十畝地租給蔡春和家耕種，租子也都是她收著。算來算去，家裡這幾年總共攢了四十兩銀子，只是去年大女兒虞筠修房子，悄悄問她要了十兩銀子；前段時間，六女兒虞冬梅的兒子雷雨辰訂親，私下找她要了十兩銀子，如今王氏的手裡只剩下二十兩銀子了……

不過好在兒子並不知道她手裡到底有多少積蓄。

虞世清回到西廂房，發現油燈放在明間的舊方桌上，青芷趴在方桌上，拿著一本書湊到油燈旁讀著，聲音稚嫩，可是認真得很。

韓氏坐在一邊做針線，縫兩針就笑著看青芷一眼，眼中臉上滿是慈愛。

他立在門外，忽然覺得自己是個外人，而妻女自成了一個小天地，把他隔絕在外面，不由有些躊躇。

青芷抬頭一看，見虞世清立在外面，看不出表情，忙笑道：「爹爹，快來聽我讀得對不對。」

虞世清答應了聲，這才走進去。

見丈夫進來，韓氏忙抱著針線簸籮起身，把椅子留給他。

虞世清坐下後，發現椅子熱呼呼的，知道韓氏坐了許久。

他看了韓氏一眼，含笑問青芷。「青芷，妳讀的是《唐詞選集》嗎？」

青芷點點頭，合上書，開始背給他聽。「平林漠漠煙如織，寒山一帶傷心碧。暝色入高樓，有人樓上愁。玉階空佇立，宿鳥歸飛急。何處是歸程？長亭連短亭……」

她背著背著，聲音越來越低，背到最後一句，聲音已經快要消逝，腦海中浮現出前世的一件往事。

那日也是暮色蒼茫，煙雲曖曖，她隨著趙瑜住在運河別業，那日正拿了本《唐詞選集》在二樓的窗前讀著，哥哥便跟著趙瑜過來了。

哥哥離開的時候，她倚著二樓的欄杆看著，眼睜睜看著哥哥騎著馬消失在漠漠平林中，整顆心被空寞惆悵的情緒籠罩，莫名地難過……

明日便是四月初一，她記得爹爹是四月初四訪友回來，在南陽城撿到了哥哥，把哥哥帶回來的。

如今距離四月初四可沒幾天了……

到了四月初四那天，一定得讓爹爹進城去訪問朋友，免得錯過了哥哥！

哥哥那麼聰明厲害，她努力賺錢，供哥哥讀書考科舉，不信供不出一個舉人進士！到了那時候，她就抱緊哥哥的大腿，保住爹娘的命，做個自由自在、快快樂樂的小地主，再也不重複前生的悲劇。

想到這裡，青芷馬上想到了自己要離開爹爹和祖母，便放下書，拉著爹爹撒嬌。「爹爹，祖母不逼我把衣裙給雨馨表姊了吧？」

虞世清含糊地「嗯」了一聲。

母親自然沒有明確地答應，可是他又不能在女兒面前失信，只能含糊答應了。

青芷聰慧得很，馬上知道父親並沒有取得勝利。不過她早習慣了，當下便故意長長地嘆了口氣，輕輕道：「我已經把衣服賣了，買回來的玫瑰花苗也種上了，祖母即使把我打死，我也變不出新衣服給雨馨表姊啊……」

她的聲音越來越低，到了最後，幾乎低不可聞，聲音中帶著不屬於她這個年齡的辛酸悲苦。

韓氏在一邊抹起眼淚，走過來一把抱住青芷單薄的背，低聲哭起來。「我苦命的兒啊……」

虞世清一陣酸楚。

青芷自己都把自己給說哭了，她抬起頭看著虞世清，聲音顫抖。「爹爹，祖母不會打死我吧？爹爹，祖母……我怕祖母會打死我……」

她原本想說「祖母老是背著人打我」，可是轉念一想，祖母雖然常常給她冷臉，倒是沒打幾次，說得太誇張了爹爹怕是不信，因此臨時改口，改為「我怕祖母會打死我……」

聽了女兒的話，虞世清的眼淚幾乎奪眶而出。

他不想讓妻女看到，便起身出了明間，立在外面廊下，看著院子裡那株黑魆魆的夾竹桃。

過了一會兒，虞世清進了屋子，發現青芷站在南暗間的書案前提筆寫字。

他走過去，發現青芷在默寫方才背誦的那首詞，雖然有些稚嫩，可是字跡秀麗，工工整整的，居然一個錯字都沒有。

虞世清笑道：「青芷寫得真好看。」

但他心中卻在嘆息。青芷這麼聰明，若是個男孩子，那該多好啊！

沒有兒子始終是他的心病，若是一直沒兒子，母親還會逼著他過繼姊姊家的外甥……

想到姊姊們做的那些事，虞世清不由又嘆息一聲。

他總共七個姊姊，個個不同，可是除了五姊和七姊，其餘姊姊簡直不能提！母親一生剛強，做事公道，偏偏最偏心其餘幾個姊姊，常常勒索五姊和七姊，好幫補別的姊妹。

青芷一邊寫字，一邊道：「爹爹，我要把字寫好看一些，將來也給別人抄書掙錢，養活我自己。」

虞世清笑了，道：「怕什麼，有爹爹養活妳，爹爹給妳攢嫁妝。」

青芷小大人般地瞅了虞世清一眼，道：「你和娘趕緊給我生個弟弟吧，要不然雨馨表姊老是說咱家的田地、房子將來都是她家的，我一文錢嫁妝都沒有。」

虞世清一聽，臉上一凝。「妳雨馨表姊真的這樣說了？」
青芷抬頭，一臉天真地看著爹爹。「爹爹，雨馨表姊真的說了啊，就是昨天她背著大人問我要衣服的時候說的。」
雷雨馨昨日確實說了這樣的話，她可沒有說瞎話，不過雷雨馨的原話是「妳娘要是一直不生兒子，外祖母就要舅舅過繼我弟弟雨時，妳家的田地、房子將來都是我家的」。
雷雨時是雷雨馨的庶弟，生母早被虞冬梅賣了，一直養在虞冬梅膝下。
虞世清臉色有些變了，不過沒有說話。
青芷知道做事要有度，過猶不及，如今才剛開始，不能說太多，便不再說話，專心地練起字來。
前世進入英親王府後，為了配得上趙瑜，她琴棋書畫、做菜種花、算學記帳……什麼都學，把自己累得夠嗆，卻也學會了很多東西，其中就數種花、書法和算學最好。
夜裡下起了雨，雨倒是不大，淅淅瀝瀝下了一夜。
第二天上午，青芷陪韓氏在屋裡做了會兒針線，有些累了，便起身打著油紙傘去後院。
玫瑰花苗的長勢還不錯，青芷一株一株檢查一遍，又把冒出來的小草一棵棵給薅了，這才回了前院。
王氏織了半日布，正在堂屋坐著喝茶，見青芷也不過來給自己打招呼，自己做自己的事；韓氏也無聲無息的，不知道在做什麼，心裡便有些不高興，預備整治韓氏和青芷一頓。
韓氏正縫補青芷的一個舊褙子，褙子原先是淺綠色的，如今已經洗得發白，還有一處磨破了。她把磨破的這一處用鵝黃絲線補上，繡成一朵迎春花，煞是好看。

見青芷進來，韓氏忙把褙子展開，笑咪咪道：「青芷，娘給妳補好褙子了，今天有些濕冷，快來穿上吧！」

青芷笑著答應一聲，把褙子穿上。

韓氏一邊幫青芷繫衣帶，一邊低聲道：「妳舅舅還給了我一些白綾，我約莫能給妳做件白綾窄袖衫，再做條裙子，下午我就開始裁剪。」

青芷心裡一動，想起前生的哥哥跟著爹爹回來的時候，家裡沒有衣料，祖母又不肯出錢，最後是母親把自己的白綾衫子改了改，給了哥哥，結果因為上面還留著先前繡的翠綠藤蔓，哥哥一直被學堂的同學笑話。

她當即笑道：「母親，我長得快，萬一做好穿上又小了怎麼辦？這些白綾先留下吧，說不定什麼時候就用上了呢。」

韓氏是沒主見的，聽女兒一說，覺得挺有道理，便不再提這件事。

眼看著快到中午，韓氏便去問王氏中午想吃什麼？

王氏看了韓氏一眼，道：「我今日不餓，午飯不用做了，省一頓吧！」

她這裡還有一些兒子給買的點心，正好換換口味。

韓氏想到女兒正在長身體，鼓起勇氣道：「婆婆，青芷她——」

王氏冷笑一聲，道：「一個丫頭片子，餓死鬼投胎的嗎？餓一頓死不了。」

韓氏最怕婆婆了，喃喃答了聲「是」，猶猶豫豫地退了下去。

青芷聽了母親的話，不由狡黠一笑。「娘，祖母不讓我們做飯，咱們看爹爹去吧！」她知道今日是四月初一，每月的初一都是蔡家給爹爹送束脩的日子。

韓氏一聽，滿是憂愁的臉上總算露出一絲笑容。「妳陪著母親去吧！」

若是她自己，是不敢去找丈夫的。

起初成親的時候，韓氏和丈夫還是有過幾日甜蜜的日子，可是自從她生了青芷之後，婆婆就日日開始尋釁，在虞世清面前卻一邊表現得慈愛和善，一邊又不停地貶低她。年深日久，她和虞世清隔閡越來越深，漸漸就不大說話了，要想再生個兒子，自然是難上加難。

王氏是中午雷打不動要睡午覺的，因此青芷和韓氏待王氏屋裡沒了聲音，才一起出了門。

這時候，雨已經停了，地面有點泥濘，韓氏和青芷都穿著木屐，倒也不怕。

母女倆趕到學堂的時候，迎面便看到虞世清送一對父子出來。

青芷認出那對父子正是蔡家莊的地主蔡振東和大兒子蔡羽，便拉了韓氏一下，母女倆都屈膝行了個禮。

蔡振東約莫三十出頭年紀，生得劍眉星目頗為英俊，他看了韓氏一眼，眼中有些驚豔。

「這兩位是——」

虞世清看了妻子一眼，含笑道：「東家，這是拙荊和小女。」

蔡振東「哦」了一聲，又打量韓氏一番，這才拱了拱手，帶著蔡羽離開。

青芷記得這位蔡老爺風流得很，不過為人豪爽仗義，還算不錯，卻沒想到這位蔡老爺好美色好得如此露骨。

不過她的視線卻落在蔡羽身上，心道：原來日後名震西北的名臣蔡羽，現在還是個小小少年？

虞世清不喜自己的妻子，可是妻子被別的男人覬覦，他還是有些不高興的，當下便皺著眉頭道：「進去再說吧。」

青芷拉著韓氏的手，跟著虞世清進了學堂。

虞世清很愛乾淨，學堂裡整整齊齊的，書案上還放著一個白瓷花瓶，裡面插著一簇薔薇花，整個黯淡的屋子都亮了起來。

青芷湊到薔薇花上輕輕嗅了嗅，笑盈盈道：「真好聞。」

虞世清心情原本有些不好，可是見女兒笑盈盈地去嗅自己也喜歡的薔薇花，不由微笑起來。「青芷，妳來做什麼？」

青芷的笑容消失了。「爹爹，祖母說她不餓，不讓我娘做午飯，可是我從窗戶裡看到祖母在吃點心……」她抬頭看向虞世清，可憐巴巴道：「爹，我好餓，就拉著娘來找您了……您不會生氣吧？」

虞世清一聽，眉頭頓時皺起來。他給青芷買的點心，想著拿去給娘幾塊，結果娘整包全拿走，一個都沒留給青芷。

他想了想，笑道：「青芷，爹爹帶妳和妳娘去城裡吃好吃的，好不好？」

青芷笑咪咪地拍手道：「爹爹真好！」

她走過去，拉著虞世清的手搖啊搖。「爹爹，祖母送給雨馨表姊和露兒表妹一人一對銀耳墜子，她們都有，就我沒有，我也想要……爹爹，吃完好吃的，也帶我去買一對銀耳墜子，好不好呀？」

虞世清的手被女兒柔軟的小手緊緊拽著，心裡一片柔軟，當即就答應了。「好，爹爹帶妳去買銀耳墜。」

母親都給兩個外孫女買了銀耳墜，那他給自己女兒也買一對，豈不是正應該？

「爹爹說話可得算話呀。」青芷把腦袋放在虞世清手上磨蹭著。「爹爹，您看我的耳朵眼，再不戴銀耳墜子，就要長著了。」

虞世清被女兒揉搓得沒辦法，笑道：「走吧，這會兒雨停了，咱們雇個車就走。」

虞家一家三口在村裡雇了輛馬車，一路向東而去。

蔡家莊在南陽城西，距離南陽城大約十里地，出村就是一條用砂石鋪成的官道，一直通到南陽城的西城門，雖然剛下過雨，卻也不難走。

進了城，一直到了城南巷，馬車才停下來。

虞世清和車夫說好接他們的地點後，就先下了馬車，轉身要扶青芷下來。

青芷笑咪咪扶著虞世清的手下了馬車。

虞世清放下女兒，轉身要去扶妻子，卻看到韓氏已經扶著車門下來了。

愣了一瞬之後，他默默收回自己的手，掩飾地咳嗽一聲。

青芷把一切看在眼裡，笑著仰首看了看韓氏，又看了看虞世清，然後一手拉住韓氏，一手拉住虞世清，一起往前走去。

只要爹娘的感情漸漸好起來，將來再給她生幾個弟弟妹妹，祖母就是想離間，怕是也不容易，爹娘也就不會重複前世的悲劇了。

城南巷是條小街，街道上鋪著青石，兩邊種著高大的梧桐樹，正是梧桐花開的時節，因為剛下過雨，濕漉漉的空氣中氤氳著桐花的甜香，好聞得很。

街道兩邊是一間間店鋪，大部分是專營筆墨紙硯和金玉首飾的店鋪，間或有一、兩家是食肆或甜水鋪子。

虞世清一個季度的束脩是三兩銀子，先前的束脩都交給了王氏，因此如今手裡也不過是蔡家剛給的三兩銀子，頂多敢給青芷買一對小小的銀耳墜子，不然王氏知道會生氣的。

母親苦日子過慣了，一向很節儉，輕易不讓他浪費銀子。

青芷知道爹爹手裡的三兩銀子是不敢花完的，因此進了首飾鋪子，都撿最簡單、最便宜的耳墜子來看。

她的目的是離間爹爹和祖母的感情，得慢慢來。

韓氏一直陪著女兒，幫女兒挑選著。

青芷想起前世爹娘感情不好，爹爹掙的錢都交給祖母，她一直到十三歲才得到平生第一個首飾——一對玫瑰花形狀的銀耳釘，是哥哥送給她的。

那時候，哥哥參加院試，考中了秀才，因為是院首，進了前十名，成了廩生，每月有了官府發放的一兩銀子和三升廩米。哥哥自己捨不得花錢，卻給她買了那對銀耳釘。

想到這裡，青芷心裡一陣難過。

韓氏見女兒發呆，怕丈夫生氣，忙輕輕拍了拍青芷，低聲道：「青芷，這對耳墜子妳喜歡嗎？」

青芷看了過去，見是一對用銀線掛著的極小珍珠，便笑了。「娘，這對耳墜子好看。」她看向虞世清。「爹爹，您看這對耳墜子好看嗎？」

虞世清見女兒拎著那對耳墜子，笑盈盈看著自己，眼睛亮晶晶的，實在可愛極了，便點點頭，問首飾店的夥計。「這對耳墜子多少錢？」

那夥計笑著伸出一根手指頭。「一兩銀子，這銀線倒也罷了，主要是這對珍珠值錢，這是真正的南海珍珠，玲瓏剔透，瑩潤潔白……」

聽這夥計滔滔不絕把一對小得不能再小的珍珠誇成了仙宮異品，青芷心中好笑，笑盈盈道：「確實有些貴，我們也是真的想買。這樣吧，我們買這對耳墜子，你再送我那對銀耳環，行不行？」

她的手指的是旁邊一對簡單的細銀環。

那夥計沒想到這個小姑娘還會講價，故意做出一臉為難的樣子來。「不行不行！這樣小店就賠錢了！」

青芷擺了擺手。「那就算了。」一轉身拉著自家爹娘就要出去。

虞世清沒想到青芷年紀小小，居然也會演，不由微笑，做出果真要跟著青芷出去的架勢。

那夥計忙道：「算了算了，賠錢賣給你們了。」

青芷對她爹娘狡黠一笑。「那我們就買下吧！」

一拿到耳墜子，她立時就讓韓氏幫自己戴上。

她一向愛美，如今雖然沒有條件，卻也喜歡自己漂漂亮亮的。最重要的是，她知道自己戴了這對耳墜子回去，王氏看見了，一定會要走的。

她把那對銀耳環給了虞世清。「爹爹，您把這個給祖母吧，不然祖母會生氣的。」

虞世清接過耳環，小心翼翼放進腰間掛著的荷包裡，道：「妳祖母最明理，不要胡說。」

韓氏在一旁捏緊手裡的絲帕，擔心地看了青芷一眼。

青芷微微一笑，道：「爹爹，是我錯了，祖母雖然偏心，卻的確明理得很。」

她當然知道，依祖母的性子，即使把這對銀耳環給了祖母，祖母還是會生氣，因為祖母認為父親的收入理所應當是她的，別人誰都別想花。

如果祖母得了這對耳環還要生氣，那就太好了，正好讓爹爹看看他這親娘的真面目。

第四章

一家三口出了首飾鋪子，發現外面又下起了雨。虞世清把帶來的兩把傘拿出來，一把遞給韓氏，一把自己撐開。「青芷，雨太大，爹爹給妳打傘。」

虞世清打著傘護著著女兒，韓氏打著另一把油紙傘，抱著虞世清帶來的包袱跟在後面，一家三口冒雨向南走去。

走了沒多遠，便看到前面有一家老餛飩店，店的隔壁是一家書肆，黑漆招牌上鐫了四個燙金大字——「梅溪書肆」。

虞世清笑著對青芷道：「青芷，這就是爹爹抄書的書肆，老闆姓董，是個年輕人，很會做生意，人也厚道，他父親就是先前從江南販紗的董大戶。」

董家是南陽城中有名的富戶，南陽人都知道的。

青芷認真聽著，一雙黑泠泠的大眼睛向書肆裡面看去，心道：今日既然來了，我一定要把握好這個機會，也來抄書掙錢。

前世她管著英親王府內院的帳目，手裡常常有好幾萬的流水，看銀子看得都麻木了。如今她的全部積蓄也才五錢銀子，要想攢錢做生意，還得繼續努力呢！

一家三口進了書肆，韓氏把懷裡的包袱遞給虞世清。

書肆的老闆果真是一位年輕人，約莫二十一、二歲，生得清秀，眼神清澈，笑容和煦。

「虞秀才來了。」

虞世清和董先生寒暄兩句，解開包袱，取出抄寫好的一摞《孟子》。「董先生，這是上個月抄寫的書。」

董先生檢查了一遍，見沒有謬誤，便按照千字二十文錢的價格拿了一吊錢給虞世清。

虞世清笑道：「董先生，還是換成銀子給我吧，拿著也好拿些。」

如今一吊錢能換一兩銀子，一兩銀子拿著自然比一吊錢方便些。

青芷一直在旁邊看著，見狀便拉了拉董先生的衣袖，笑咪咪道：「大哥哥，我也會寫字，我的字很好看，我也想抄書，可不可以？」

年輕老闆見這小姑娘生得精靈可愛，便笑了起來。「只會寫字是不行的，字得很好看才行。」

虞世清是知道自己女兒的字的，笑道：「董先生，不如讓小女試試？」

現在下著雨，書肆裡也沒什麼生意，董先生有心逗這個小女孩玩，便真的讓夥計拿了筆墨和宣紙過來。「那妳默寫一首詩詞吧！」

青芷提筆想了想，蘸了些墨在宣紙上寫起來。寫好之後，她笑嘻嘻道：「大哥哥，你看我這字怎麼樣？」

董先生湊過去一看，見是極漂亮的簪花小楷，寫的是司空曙的那句「雨中黃葉樹，燈下白頭人」。

青芷雙目盈盈，眼睛亮晶晶的，眼中滿是懇求，瞧著可愛得很。「大哥哥，我可以抄書嗎？我保證會認真抄寫，絕不浪費紙張。」

被一個如此可愛的小姑娘懇求，董先生不由得笑起來，道：「自然是可以的，價錢比妳父親低一些，千字十五文錢，怎麼樣？」

青芷歡喜極了，笑嘻嘻地屈膝行了個禮。「多謝大哥哥，你放心，我一定會認真抄寫的。」

董先生拿了一本詞選和一摞裁好的宣紙給青芷，讓青芷回去抄寫，最晚五月初一交上抄好的書。

虞世清收好董先生交過來的書和宣紙，一家人出了梅溪書肆。

虞世清站在屋簷下，看著依舊在下的雨，道：「隔壁的蔣家老餛飩味道還不錯，我們去吃餛飩吧！」

前世的青芷十四歲後就在京城生活，京城食物味道偏鹹鮮，而南陽這邊味道清淡，她一直很思念家鄉餛飩的味道，當即開開心心道：「爹爹，再給我買一個糖火燒。」

虞世清見女兒笑容燦爛，如明月般照料了這黯淡的雨中午後，便也笑起來，爽朗道：「那是自然。」

他覺得女兒這幾日有些變了，先前敏感得很，一點就著，脾氣不好，也不和自己親近，如今變得開朗多了，這是好的變化，需要多加鼓勵。

青芷走到蔣家老餛飩的屋簷下，剛停住腳步等爹娘過來，便聽到一個猶帶稚氣的聲音在身側響起。「好心的姑娘，賞我一口飯吃吧！」

這聲音很輕，可是對她來說如同炸雷一般——這是哥哥的聲音？是哥哥的聲音！

即使經歷了一世的生離死別，她還是記得清清楚楚！

她當即看過去，一個又瘦又小、衣衫襤褸的男孩子立在雨中，頭髮濕漉漉地披散，還滴著雨水。他手裡拿著一個破碗，一雙又黑又大的眼正看著她，蒼白的嘴唇翕動著。「姑娘行行好吧……」

真的是哥哥！

自從被繼母派人扔到離家千里的異鄉，鍾佳霖已經在外面流浪六年了，遇過的歹人不計其數，再奇怪的都有，因此他時刻警惕著，隨時都預備逃走。

此時見這個漂亮的小女孩死死盯著自己，眼中滿是淚，他知道自己明明該逃走，可是不知為何，看著這個女孩子流淚，他的心也難受得很，都快要喘不過氣來了。

鍾佳霖討厭這種感覺，於是竭力醞釀出笑意來，瘦得脫了形的臉頰上，一對深深的酒窩時隱時現，身子卻微不可見地往後退。

青芷對鍾佳霖熟悉得很，一見他這個神情，便猜到他的念頭，當機立斷跳下臺階，一把抓住鍾佳霖的胳膊。「哥哥！」

她這聲「哥哥」喊出來，鍾佳霖一下子愣在那裡，剛從書肆出來的虞世清和韓氏也呆住了。

鍾佳霖愣愣看著青芷，覺得她要麼是認錯人，要麼是故意認錯，好把自己騙走賣掉。

韓氏見雨落在青芷臉上身上，忙用傘罩住青芷。「青芷，妳怎麼了？走吧，娘帶妳去吃餛飩。」

青芷用力攥著鍾佳霖細瘦的手腕，小臉濕淋淋的，淚和雨水混合在一起。「娘，這是我的哥哥，我要哥哥！」

虞世清見青芷非要拉著這個小乞丐不鬆手，便打量了這小乞丐一番，見他雖然又瘦又小，可是一雙眼睛清澈好看，生得眉清目秀的，不由心裡一動。自從生了青芷，自己就一直未曾再有孕，他早想收養個男孩子了。

這個小乞丐年齡似乎有些大，大概和青芷年齡差不多，不過大些也好，等青芷出嫁了還可以護著青芷。

他當下便道：「青芷，妳先過來。」

見青芷依舊不肯鬆手，虞世清有些生氣，正要走過去把女兒拽過來，卻與她滿是眼淚的大眼睛對上，不由吃了一驚。

青芷這孩子小小年紀，這是怎麼了？

虞世清見她如此堅持，只得看向被青芷死死拉著的小乞丐。「這樣吧，你先隨我們去吃碗餛飩，這是大街上，我們也不會把你怎麼樣。」

鍾佳霖看看虞世清，發現虞世清生得一臉正氣，眼睛清澈；再看看抓著自己手腕的小姑娘，發現她正淚汪汪地看著自己。

他不由老氣橫秋地嘆了口氣。「好吧！」

這小姑娘的手勁太大，手腕都被她攥疼了。

青芷見鍾佳霖願意留下，破涕為笑，卻不肯鬆手，飛快地抓住鍾佳霖的手，拉著他上了臺階。

進了餛飩店，青芷依舊緊緊抓著鍾佳霖不鬆手，徑直找了一張黑漆桌子，拉著鍾佳霖坐下去。

餛飩店老闆詫異地看著這個漂亮的小姑娘拉了個小乞丐進來，愣了愣才上前道：「請問客官想點些什麼？」

他問著虞世清，眼睛卻看向青芷和鍾佳霖。

虞世清有些尷尬。「來四碗薺菜蝦仁鮮肉餛飩，再要四個糖火燒。」

青芷仰首看向掛在牆上的菜牌。「我哥哥吃蝦會出疹子，要三碗薺菜蝦仁鮮肉餛飩，再要一碗薺菜鮮肉餛飩，糖火燒要八個。」

鍾佳霖聞言，眼睛驀地變得幽黑。這個小姑娘怎麼知道他不能吃蝦？連他的繼母和弟弟妹妹都不知道的事，這個陌生的小姑娘怎會知道？

虞世清饒是脾氣再好也生氣了，皺著眉頭看向青芷，壓低聲音道：「青芷，妳今天怎麼回事？」

青芷含淚看向虞世清，低聲道：「爹爹，我昨晚作了一個夢，夢見觀世音菩薩送給我一個哥哥，今日就看到了夢裡的觀世音菩薩送給我的哥哥，我怕他走了，就再也遇不上了……」

她一見到鍾佳霖，就怕自己重生後，一切都隨之發生變化，以後再也遇不到他，因此無論如何都要死死拽住他。

虞世清聞言，吃了一驚，忙道：「青芷，妳……真的夢見觀世音菩薩……送妳一個哥哥？」

他母親這段時間嘮叨了好幾次，要他過繼六姊家的二兒子雷雨時，他嫌棄雷雨時又矮又懶又饞，有些看不上這個外甥，又嫌六姊虞冬梅和姊夫雷震生性貪婪，因此遲遲沒有答應，可在他心中，早就考慮收養一個兒子養老了。

青芷濃長的睫毛濕漉漉的，眨了眨大眼睛，認真地點頭，道：「爹爹，在夢裡觀世音菩薩告訴我，說送給我的哥哥叫鍾佳霖，是江南人，母親早逝，爹爹出去做生意一直沒回來，繼母狠毒，把他趕出來。」

鍾佳霖聞言，臉色一下子變得蒼白，一雙好看的眼亮得嚇人，死死盯著青芷。「這些妳怎麼知道的？」

「觀世音菩薩告訴我的啊！」青芷一臉天真。「菩薩還說，哥哥的繼母趁哥哥的爹爹出去經商，把哥哥趕了出來。」

鍾佳霖盯著青芷，企圖從她眼睛裡看出些什麼，可是她的眼神清澈而天真，什麼都沒看出來。

他不禁自嘲地笑了。他如今不過是個小乞丐，人家就算要算計他，也根本不必那麼費事騙他。

這時候，老闆端著餛飩過來了。

韓氏一向信佛，她打量著這個小乞丐，心裡早相信了，忙懇求地看著虞世清。「讓孩子們先吃餛飩吧！」

虞世清聽到韓氏說的是「孩子們」，便知道韓氏心動了，自己心裡也有些心動，便把那碗薺菜鮮肉餛飩推到小乞丐面前，另一碗薺菜鮮肉蝦仁餛飩推到青芷面前，溫聲道：「先吃飯吧，吃完再談這件事。」

青芷拿起調羹舀了一勺湯嚐了嚐，發現清淡鮮美得很，便又舀了一粒餛飩吃了，只覺得餛飩皮薄而透明，餛飩餡又香又彈，實在美味。

見青芷吃得那樣香，鍾佳霖也不由自主舀了一粒餛飩放入口中，不禁在心裡嘆息一聲。真好吃啊！

他也不怕燙，當即又舀了一粒餛飩吃。

見青芷和這個小乞丐都吃得很香，虞世清不由微笑地看向韓氏，韓氏也正好看向他，兩人四目相對，韓氏的臉一下子紅了，忙低下頭，拿了一個糖火燒遞給青芷，又拿了一個遞給小乞丐。

虞世清也垂下眼簾，在心裡嘆了口氣。

他都不知道自己和韓氏是怎麼到了今日這種相敬如「冰」的地步……

用罷午飯，虞世清正襟危坐，咳了一聲，這才看向鍾佳霖，道：「你叫鍾佳霖？是江南人？」

鍾佳霖點點頭。

虞世清看著他的眼睛。「剛才我女兒全說對了，是不是？」

鍾佳霖思索片刻，又點點頭。

虞世清看著這個明顯比實際年齡成熟的孩子。「你今年幾歲了？」

這孩子看著瘦瘦小小的，似乎比青芷還小一些。

鍾佳霖看了青芷一眼，見她目光炯炯地看著自己，輕道：「我十四歲了。」

青芷忙道：「騙人，你明明是十三歲！」她接著又補了一句。「菩薩告訴我的。」

她記得清清楚楚，哥哥只比她大一歲，她剛滿十二歲，那哥哥就是十三歲。

鍾佳霖黑泠泠的眼瞟了青芷一眼，面不改色道：「虛歲十四歲。」

聽了青芷的話，虞世清終於下定決心，看向鍾佳霖。「我是個教書先生，我想雇個人在學堂裡幫著做些雜事，你願意嗎？」

與其過繼雷雨時，和六姊家永遠牽扯不清，還不如收養一個知道感恩、能照顧青芷的外人做養子。他可以收留這孩子一陣子，若是個好孩子，將來對青芷好，對他和韓氏又孝順的話，就乾脆收養算了；如果不好的話，再趕走就行了。

不過母親那邊倒是一道關卡，還得從長計議。

青芷聞言，又驚又喜地看向虞世清，又看向鍾佳霖，故意問道：「爹爹真的要聽觀世音菩薩的話，讓哥哥到咱們家？」

前世哥哥到了她家，先是在學堂那邊幫忙，因為天賦驚人，才被爹爹正式收養的。

虞世清一向是不信神佛的，可是今日之事實在蹊蹺，不由他不信了。

他看向青芷，溫聲道：「青芷，這得看這位鍾小哥願不願意來咱家了。」

韓氏一直跟著母親高氏信佛，聽了女兒的話，便覺得這是菩薩的安排，因此也看向鍾佳霖，等著鍾佳霖答應。

青芷看著鍾佳霖，大眼睛裡滿是懇求。「哥哥……」

鍾佳霖從四歲就開始讀書，始終不信怪力亂神，可是看著這個小女孩滿是渴望的眼神，他根本沒法拒絕。

他垂下眼簾看了過去。不知何時，這個叫青芷的小女孩又緊緊抓住自己的破衣服，似乎很怕他離開。

鍾佳霖看向虞世清，聲音沈穩。「好，我願意。」

青芷聞言，頓時歡呼起來，眼睛亮晶晶的，可愛極了。

虞世清看向韓氏，見韓氏抿嘴笑著，便知韓氏心裡也是喜歡的，不由也笑了。

青芷實在太開心了，笑咪咪地看著虞世清、韓氏和鍾佳霖，大眼睛滿溢歡喜。她愛的人都在一起了，真好！

外面的雨停了，虞世清起身結帳，帶著韓氏、青芷和鍾佳霖出了餛飩鋪子，沿著城南街往北走。

剛下過雨，空氣濕漉漉的，溫度也有些低。

青芷覺得有些冷，看向鍾佳霖，見他身上的破衣爛衫貼在瘦得脫了形的身上，腳上穿著雙草鞋，緊跟著他們一家人走著，背脊挺得筆直。

她被爹爹牽著手，一邊走，一邊抬頭看著韓氏。「娘，家裡不是還有些白綾嗎？給哥哥做衣服吧！」她又看向虞世清。「爹爹，去成衣鋪子給哥哥買件衣服，好不好？」

韓氏覷了丈夫一眼，見他沒有反對，便答應了。「我回去就把白綾拿出來。」

青芷又看向虞世清。「爹爹——」

虞世清只得答應。「前面就是玉石街，那邊有成衣鋪子，咱們現在就過去吧！」

其實青芷越是這樣，他就越確信真的是觀世音菩薩在夢裡給女兒啟示，不然青芷那麼聰明懂事，怎麼會一心一意對這個第一次見面的小乞丐好？

到了成衣鋪子，虞世清給鍾佳霖買了兩套內外衣物和兩雙鞋子，都是青芷選的，一套是月白色棉布袍子，一套是藏青色紗袍，褲子則都是白棉布做的。

青芷知道鍾佳霖對顏色的喜好，知道他喜歡月白、水綠、竹青、靛青和藏青這些顏色，不喜歡像當年京中紈袴少年那樣穿著大紅錦繡衣服。

虞世清付了帳，正要讓成衣鋪的夥計把衣服都包起來，卻聽青芷道：「爹爹，哥哥身上衣服都濕透了，不如讓哥哥在鋪子裡換上新衣服吧！」

看了鍾佳霖一眼後，虞世清點點頭，吩咐成衣鋪的夥計。「麻煩你帶這孩子換一下衣服吧！」

成衣鋪的夥計眉眼很靈活，當即就帶著鍾佳霖去了簾子後面。

青芷知道虞世清這次花了差不多快一兩銀子，怕他心疼，忙湊到他身邊，一臉巴結道：

「爹爹，今晚回了家，我就開始抄書，努力一個月也掙一兩銀子。」

虞世清笑了，伸手摸了摸青芷的腦袋。

青芷見虞世清心情挺好，當即笑咪咪插了王氏一刀。「爹爹，我若是掙了銀子，您可不要告訴祖母，祖母肯定會搶走貼補六姑姑的。我要留著銀子，等母親給我生了弟弟，我就給弟弟買最軟的衣料。」

虞世清看王氏一向是隔著一層薄紗，加以美化的，最不喜歡聽人說母親王氏的壞話，原本聽青芷說到「祖母肯定會搶走貼補六姑姑」，他的眉頭已經皺起來，可是聽到她說「等母親給我生了弟弟，我就給弟弟買最軟的衣料」，他臉上的表情又舒展開來，心道，不管怎麼說，還是得有自己的兒子啊！

韓氏瞅了女兒一樣，悄悄嘆了口氣。

她也想有兒子，可真是奇怪得很，她身子一點毛病都沒有，這些年卻一直未曾懷孕……

正在這時，小夥計掀開了簾子，笑著請鍾佳霖走出來。

青芷眼前一亮。鍾佳霖身上穿著件月白色棉布袍子，頭髮全梳了上去，用黑絲帶綰住，臉也洗過了，肌膚白皙，眉如墨畫，眼若明星，鼻梁挺秀，唇若塗丹，竟然是個美少年；再加上清雅的月白色袍子和腳上的白布襪、黑布鞋，整個人秀雅至極，像仙長身旁的小道童一般。

被青芷這麼看著，鍾佳霖臉有些紅，垂下眼簾，抿了抿嘴，臉頰上一對小酒窩時隱時現，看著可愛得很。

青芷笑嘻嘻鼓掌。「爹爹、娘，哥哥像不像觀世音菩薩旁邊的金童？」

虞世清和韓氏打量著鍾佳霖。沒想到鍾佳霖不過是換了衣服、洗臉梳頭，居然變得如此好看，一看就是好人家子弟，不由都笑了起來。

四人離開了成衣鋪子，往與馬車夫約好的地方走去。

在馬車上坐下後，虞世清想起自己那極為不好惹的母親，交代鍾佳霖道：「回村子後你住在學堂裡，灑掃整理之事你來做，平時跟著我讀書，其他事情慢慢來。」

鍾佳霖點點頭。

他透過車窗向外看去，雨後的梧桐樹綠得清新潤澤，行人在青石道路兩邊走著，各自有各自要走的路。他總得活下去，那就走一步看一步吧，大不了見事不對，拔腿就跑。

虞世清直接讓馬車去村東頭的學堂。

他和韓氏感情不睦，常常會留宿學堂，因此學堂裡原本便有一套鋪蓋，學堂西邊有個小小的灶屋，鍋碗瓢盆、油鹽醬醋也是齊全的，糧食也有。學堂後面有個小菜園子，就讓鍾佳霖先住在學堂吧，正好跟著他在這裡讀書。

至於母親那邊，只得慢慢說了。

想到這裡，虞世清忙交代青芷。「見了祖母，別說妳作了什麼夢，就說學堂裡事情太多，我雇了佳霖在學堂幫忙。」

青芷笑盈盈「嗯」了一聲。

虞世清又看向韓氏，韓氏低下頭道：「我知道。」

等馬車駛入蔡家莊，天已經暗了。

馬車在學堂外面停下，虞世清把鍾佳霖安置在學堂西側的廂房裡，交代了幾句，又把廂房和灶屋的鑰匙留下，就帶著韓氏和青芷回家去了。

廂房裡除了一套舊鋪蓋，別的也沒什麼，小小的灶屋裡也不過是些不值錢的鍋碗瓢盆，即使鍾佳霖洗劫了廂房和灶屋，虞世清覺得自己的損失也比不過收穫——這是他對鍾佳霖的第一個考驗。

鍾佳霖立在學堂的籬笆牆外，目送虞家一家三口離開，這才回西廂房。

他把西廂房和灶屋細細看一遍，心裡有數了，就去後面的菜園轉了轉，發現菜園裡有一口井，井上修著草棚子，便打了幾桶水，倒進小灶屋的水缸裡。

待天黑透了，他拿了虞世清放在西廂房的香胰子，痛痛快快用涼水洗了個澡。

洗罷澡，鍾佳霖把灶屋和西廂房裡裡外外收拾一番，這才閂上門睡下。

鋪蓋不是新的，可是乾乾淨淨，而且被褥外面那層都是洗得極柔軟的棉布，挨在身上很舒服。

鍾佳霖躺在床上，想起自己的奶娘，想起自己的爹爹，又想起自己奇詭的身世，最後腦海中驀地浮現青芷笑盈盈的模樣，便墜入無邊的睡眠。

王氏在床上舒舒服服享受了一下午，等天黑透了才下床，卻發現韓氏和青芷母女倆不但沒把飯菜做好擺上來，連人都不見了。

王氏被韓氏恭順地伺候慣了，發現韓氏居然膽敢不經允許就出門，她當即火冒三丈，心裡計劃著如何拾掇韓氏和青芷，讓她們從此不敢再自作主張！

她正臆想中痛快地毆打韓氏和青芷，卻聽到大門「吱呀」響了。

王氏霍地站起來，拎起擣衣棒，氣勢洶洶地向大門口走去，預備先在韓氏的腦袋上敲一棒，給韓氏一個難忘的教訓！

第五章

夜晚的村莊靜謐得很，道路旁的人家隱隱透出昏黃的光，給有些濕冷的夜增添了些溫暖。

雨早就停了，地上有些泥濘，木屐踩在上面發出「啪嗒啪嗒」聲音，引起一陣陣犬吠。

眼看著快到家門口，青芷悄悄拉住母親溫暖的手，等父親走到前面，她才拉著母親跟上去。

她們自作主張出去了大半日，加上祖母沒及時吃到晚飯，這會兒祖母怕是已經暴怒，可不能首當其衝。

青芷記得前世有一次她陪母親去姥姥家，回來得有些晚，母親一進門就被祖母劈頭蓋臉用擣衣棒打了一頓，理由是沒及時回來為她做飯。

至於父親，雖然覺得祖母不至於打他，可是她真心認為父親若是被祖母打一頓，或許會清醒得快一些。

到了大門口，青芷笑嘻嘻道：「祖母，我們回來了。」說完，又拉著母親往後退了半步。

這時候，大門突然被人從裡面打開。

清芷反應很快，用力把父親往後拉，虞世清正要開口，卻被她拉了一下，身子不由往後退一步，只見一道黑影在面前閃過，「砰」的一聲棍棒打在門上。

王氏此時大怒，不及細想，抬起擣衣棒又打過去。虞世清猝不及防，腦袋被打得震了一下，疼得快要失去感覺。

他忙道：「娘，是我！」

他忙抓住那道黑影，大聲道：「母親，是我！」

青芷緊緊拉著韓氏，讓韓氏站在自己身後，上前道：「爹爹，您怎麼了？爹爹？」

王氏原是想著最好能一棒子把可恨的韓氏打死，所以使上了吃奶的力氣，誰知居然打中自己兒子，頓時火冒三丈。「怎麼這麼晚才回來？我還以為是賊呢！」

她個性強，從來不認為自己錯了，即使誤打了兒子，也覺得自己沒錯，是兒子不該站在大門前。

虞世清的腦袋陣陣暈眩，聽王氏還在強橫，心裡有些難受，當即道：「母親，我頭有些疼，先進去再說吧！」

王氏哼了一聲，道：「回屋去吧，我給你塗點薄荷油消腫。」

青芷用力拉著韓氏的手。「祖母，我和我娘給您做飯去。」

王氏這會兒真是餓了，剛用了力氣打人，這會兒著實沒力氣，便「嗯」了一聲，帶著虞世清去正房搽藥。

見婆婆走遠，韓氏才鬆了一口氣，發現自己背上不知何時冒出一層冷汗。她心裡清楚得很，婆婆方才想要打的人怕是她，只是青芷把她往後拉了一下，結果打在丈夫的頭上。

青芷也發現韓氏手心全是冷汗，心裡憐惜得很，抬眼看向黑暗中的韓氏，低聲道：「娘，我會保護您的。」

韓氏的手輕輕放在女兒單薄的肩膀上，一顆懸著的心緩緩落回原位。「咱們先做晚飯去吧！」

青芷跟著韓氏去了灶屋，看了看屋裡的蘿蔔，道：「娘，咱們涼拌一個蘿蔔絲，貼點玉米餅，再做一鍋雞蛋麵湯吧！」

韓氏點點頭，道：「妳幫娘燒火吧！」

用罷晚飯，韓氏去堂屋匆匆收拾杯盤碗筷。青芷幫著韓氏洗碗，低聲道：「娘，祖母等會兒一定會問爹爹要束脩，怕是要大鬧一場，咱們趕快拾掇了灶屋，回屋躲著去。」

祖母等會兒不能把爹爹怎麼樣，一定會把氣撒到母親身上，得先躲起來再說。

經歷了這幾日，韓氏發現女兒聰明，做事妥當，考慮全面，不像一般年齡的小姑娘什麼都不懂，因此很聽女兒的話，收拾罷便回了西廂房。

青芷想了想，把房門也從裡面閂上。

忙完這些，她把油燈放在爹娘臥室窗前的書案上，讓韓氏坐在一邊做針線，自己則拿出詞選和裁好的宣紙，端端正正擺在書案上，然後去準備筆墨。

青芷剛研好墨，便聽到堂屋方向傳來王氏的一聲咆哮。「銀子到底去哪兒了？難道被韓氏那賤人騙走了？」

韓氏站在書案旁，拿了粉筆和木尺在白綾上畫線，預備裁剪白綾給鍾佳霖做袍子，被王氏的咆哮嚇得打了個哆嗦，差點畫歪。

青芷見了，忙柔聲撫慰。「娘，門閂上了，祖母進不來的，別怕。」

韓氏這才放下心來，不敢再畫了，悄悄聽著外面的動靜。

堂屋裡，王氏端坐在方桌邊，一雙眼睛亮得嚇人，死死盯著虞世清。「你倒是說說，今日收到的束脩怎麼只剩下二兩？那一兩你花到哪裡去了！你要是不說，我就出門跳河死了去！兒子不孝順我，我活著還有什麼意思？」

她長年管著家裡的財政，家裡那十畝地的地租和虞世清的束脩，一向都是老老實實交給她的，今日居然敢不給，真是膽子肥了！

虞世清低聲申辯道：「母親，不是兒子不孝，兒子在學堂太忙了，今日進城雇了個小廝，給小廝買了兩套衣服，又給您和青芷一人各買了對銀耳環，把銀子都花了。」

他從袖袋裡掏出一對細銀環，遞給王氏。「母親，這是青芷特地給您選的銀耳環。」

其實今日他總共花了二兩銀子——一兩買了一對銀耳環，一兩銀子吃餛飩、給鍾佳霖買衣服鞋子、雇車，零零碎碎花了，不過他把抄書掙的一兩貼進去，因此給王氏的是二兩銀子。

王氏接過銀耳環看了看，心裡餘怒未消，把耳環收起來，恨恨道：「以後且不要自作主張，你雇的那個小廝別讓他閒著，學堂那邊的菜地也讓他種了，有了收成就送回來。」

虞世清跪在地上答了聲「是」。

王氏想起他給青芷買的那對耳環，心裡捨不得，便道：「青芷還小，戴什麼耳環？你去把那對耳環拿過來吧，我幫她收著，等她長大了我再給她。」

虞世清聞言，抬眼看向王氏，低聲哀求。「母親，青芷都滿十二歲，是大姑娘了，耳洞也早扎好了……」

王氏哼了一聲，道：「你怎麼這麼不會過日子？怕耳洞長著？院子裡不是有茉莉花嗎？弄朵茉莉花戴耳洞裡。」她瞪了虞世清一眼。「快去把那對耳環拿過來吧！」

其實王氏平時對虞世清沒這麼疾言厲色，只是今日突然少了一兩銀子，她實在太生氣了。

虞世清心裡口中一片苦澀，佝僂著身子出了堂屋。

雖然夜裡靜得很，聲音傳得遠，可是因為王氏和虞世清刻意壓低聲音，因此堂屋的動靜，青芷和韓氏在西廂房裡並沒有聽清楚。

聽到虞世清的腳步聲傳來，青芷忙低聲道：「我們去看看爹。」

韓氏聽了，收起木尺和衣料，和青芷一起迎出去。

虞世清頭暈目眩地走進來，見韓氏帶著青芷過來接他，便倚著韓氏回了房。

韓氏見他情形不對，忙把虞世清扶到床上躺下，又幫他蓋了被子，才低聲問道：「相公，你怎麼了？」

青芷立在一邊，看著躺在床上的爹爹，低聲道：「爹爹被祖母打得頭暈了吧！娘，您以前也被祖母打過幾次，是不是這樣疼啊？」

韓氏忙拉了拉青芷。「青芷，別說了，那是妳祖母……」

躺在床上的虞世清聞言皺起了眉頭。娘還打過韓氏？

「哦，」青芷歪著腦袋，看向躺在床上的虞世清。「爹爹，因為她是我祖母，所以就算是她打死了您，或者打死了我娘，也是應該的嗎？」

虞世清腦袋上的傷處腫了起來，只要一碰到就疼，他閉上眼睛喃喃道：「別問了，讓爹爹睡一會兒……」

青芷立在床前，就著昏暗的燈光看著虞世清。若是這次挨打，能讓爹爹早些醒悟，不再被祖母害死，倒也是好事一樁了……

韓氏坐在床邊，有些手足無措。

她和虞世清的感情一向很淡，以至於到了如今，虞世清躺在床上，她卻不知道要做什麼？

青芷見狀，輕輕推了推韓氏。「娘，給爹爹按摩一下頭吧，別碰著傷口。」

韓氏答應了，忙俯身過去，真的給虞世清按摩頭部。

虞世清閉著眼睛躺在那裡，只覺得被韓氏按過的地方麻酥酥的，舒服得很，而此時韓氏距離他很近，身上的清香陣陣襲來，煞是好聞。

青芷乘機拿了筆墨紙硯和那本詞選，悄悄回自己的臥室去了。

她臥室的窗前也放著一張楊木矮書案，是虞世清小時候用的，後來實在太破，也太矮了，虞世清便修了修給青芷用。

青芷把油燈擺好，然後認認真真把筆墨紙硯擺在合適的位置，這才捲起衣袖，準備開始抄寫那本詞選。

青芷翻開詞選，發現第一首詞就是一首〈菩薩蠻〉。

她的視線落在發黃的頁面上，輕輕讀出聲。「枕前發盡千般願，要休且待青山爛。水面上秤錘浮，直待黃河徹底枯。白日參辰現，北斗回南面。休即未能休，且待三更見日頭。」

讀著這首詞，她嘴角不由自主噙著一絲冷笑。

前世趙瑜也是發盡千般誓願，說要娶她為妻，可是最後她等到的是王妃李雨岫。所謂的深情和多年相伴，抵不過一個好出身。

這輩子，她要為自己而活，用自己的頭腦和雙手，過上自由自在開開心心的日子！

想到這裡，青芷的心終於沈靜。她提起筆，蘸了些墨水，工工整整寫下一個秀麗的「枕」字。

第一個字寫完，第二個字就流暢些，後面越來越流暢。抄寫了三首詞之後，磨好的墨用完了，她也有些疲憊，便不再抄寫。

她把抄寫好的詞收好，把書案整理，這才出去打水洗臉，又用青鹽擦了牙。

忙完這些，便回房睡下。

第二天早上醒來，她還有些迷迷糊糊，便側身躺在床上，打算等清醒些再起床，誰知便聽到外面傳來祖母和母親的對話。她凝神聽了聽，發現祖母在逼問母親要她昨日新買的耳墜，當下便哼了一聲，坐起身穿好衣服，梳頭洗臉，這才出去。

王氏正逼著韓氏把虞世清昨日給青芷買的耳墜拿出來，冷不防一抬頭，就看到一個纖細的身影站在西廂房明間門口，正冷冷看著自己。

是青芷。

王氏當即大怒，也不理韓氏了，大踏步走過去。「把妳誑著妳爹買的耳墜交出來，祖母給妳保管。」

青芷看著近在咫尺的王氏。

此時已經是上午，雨過天晴，陽光燦爛，王氏背對著陽光站在那裡，整個人都似被陰影籠罩。

青芷抿了抿嘴唇，眼裡滿是懇求。「祖母……我想要這對耳墜子，求求您讓我戴著吧！」

王氏瞅著眼前這個瘦小的姑娘，頓時笑了，笑容慈祥。「青芷，先讓祖母收著，等妳大了，祖母再給妳戴。」

青芷眼睛亮晶晶地看著王氏。「祖母，您說的是真的嗎？」

王氏見青芷要上當了，當即一臉慈愛道：「我的好孫女，祖母什麼時候騙過妳？」她攤開的手掌杵在青芷面前，等著青芷上鉤。

青芷做出依依不捨的模樣，小心翼翼取下耳朵上的珍珠耳墜，遲遲疑疑地放進王氏手裡，大眼睛裡滿是祈求地看向王氏。「祖母說話可要算數啊！」

王氏得了這對耳墜子，哪裡還管青芷，哼了一聲，轉身回去了。

韓氏一直在旁邊站著，一臉的擔憂，卻不敢吭聲。

待王氏心滿意足走了，韓氏才走上前，抱著女兒瘦小的身子，眼淚一下子落下來。

她嫁過來的時候，雖然母親小氣，可是弟弟卻是添了箱的，只可惜那一箱綢緞都被王氏拿走，送給了大姑娘、四姑娘和六姑娘。

她和她的青芷都是苦命人，一點好東西都別想留住……

想到這裡，韓氏一顆心全被悲涼籠罩，眼淚撲簌簌往下落。

青芷窩在韓氏懷裡，低聲道：「娘，您放心，她拿走我們的，總有一天我會全部拿回來。」

為了轉移韓氏的注意力，她故意吸了口氣，輕輕道：「娘，我好餓……」

韓氏忙抹了把淚。「娘帶妳先回房，再給妳去廚房端飯。」

讓青芷坐在明間的椅子上後，韓氏轉身出去了。

大約過了一盞茶工夫，韓氏端著一個托盤進來。她眼中還含著淚，笑著看了青芷一眼，道：「青芷，妳先去洗手吧！」

青芷洗罷手過來，發現破舊的小桌上擺著一碟清炒黃豆芽、一碗麵湯和一個玉米麵饅頭。

麵湯還冒著熱氣，她拿調羹攪了攪，發現碗底藏著一個荷包蛋，當下瞪圓了眼睛看向韓氏。娘這次真是豁出去了，居然敢偷偷在她的麵湯下藏荷包蛋！

見女兒的大眼睛瞪得圓溜溜地看著自己，滿是驚訝，韓氏心中得意，摀著嘴溫婉地笑起來。「我的青芷受委屈了，這是娘補償給妳的。」

看著母親含著淚的笑，青芷心裡一陣酸楚，垂下眼簾，用調羹舀起荷包蛋咬一口，蛋香濃郁，滑而軟的蛋黃流出來。真好吃啊！

用罷早飯，韓氏自去灶屋拾掇，青芷卻戴了個草帽，拿了個小鏟子去後院。

經過昨日的雨，她的玫瑰都長得不錯，葉片嫩綠，生機勃勃地在初夏陽光中搖曳著。

青芷一株株看罷，這才蹲下，開始用小鏟子挖玫瑰下面的野草。

青芷做活時最認真了，而且可以一心多用，待她把野草清理完，下一步的計劃也已成形。

到了下午，她又認真地抄了五首詞，然後拿出母親的針線笸籮，從裡面找出幾塊舅母給的邊角料綢緞，選了一塊淺粉色的軟緞，用了一下午給荷紅玉做了個荷包。

待她做完荷包，發現韓氏已經把晚飯做好，蒸了一籠白麵摻紅薯的花卷，煮了麥仁湯，炒了臘肉大白菜。

青芷頓時計上心來，笑嘻嘻跑去找王氏。「祖母，我爹在學堂努力讀書，好給您老人家考個舉人回來呢！」

聽了孫女這句吉言，饒是刻薄如王氏，也笑了起來。

青芷忙打鐵趁熱。「祖母，我爹爹認真讀書，應該很餓了，祖母心疼爹爹，讓我給他送飯去，好不好？」

王氏又不能說自己不心疼兒子，只得道：「那妳去吧，天快黑了，路上小心點。」

青芷用力點頭，大眼睛忽閃忽閃，可愛極了。「我爹爹是家裡的頂梁柱，那我讓我娘多給爹爹盛點菜，再多拿兩個花卷。」

女兒如果不在面前的話，王氏還算心疼兒子，便點點頭道：「用我的食盒吧！」她進了臥室，很快就取了一個食盒出來，遞給青芷。「這是妳大姑父給我做的，是桐木的，又輕又方便，就是不結實，妳小心點，輕拿輕放，若是摔壞了，仔細妳的皮。」

王氏的大女兒虞筠嫁給北邊郭家屯的里長郭東坡，郭東坡有一手木匠手藝，在十里八鄉很有些名氣。

青芷清脆地答應一聲，抱著食盒出去了。

韓氏見這食盒太大，怕女兒提不動，忙過來給王氏擺了飯菜，才低聲下氣道：「娘，青芷怕是提不動，我跟她一起送過去，行不行？」

王氏懶得看見韓氏，便揮揮手攆走了韓氏。

回了灶屋，韓氏才發現青芷裝好了食盒，連花卷也都用竹筐盛了，放進食盒裡。見韓氏看自己，她笑嘻嘻道：「母親，我們倆也在學堂陪爹爹吃飯。」

韓氏微微笑了，伸手摸了摸青芷的腦袋。

她做活做慣了，力氣頗大，輕輕鬆鬆一手拎著食盒，一手牽著青芷，出了家門往東而去。

這會兒正是夕陽西下，一路上，韓氏和青芷母女遇到了不少從田裡回來的村民。

因為虞世清是蔡家莊學堂裡的先生，又是秀才身分，因此村民見了韓氏也頗為有禮。

「秀才娘子，這是給韓先生送飯去呢？」

韓氏都是垂目含笑，低頭應了聲「是」，十分溫婉。

青芷張著亮晶晶的大眼睛四處看著，看到記憶中的景物便多看幾眼，看到還認識的人就抿嘴一笑，可愛得很。

前世離開故鄉後，她再也沒有回來過，故鄉的一草一木也只有在夢裡能見到，如今真的回來了，真有如在夢寐之感。

有一條小河從蔡家莊蜿蜒而過，流過虞家大門口，一座大石橋橫跨過這條小河，不知道是哪年哪代的人修建的，瞧著頗有些年月。

韓氏和青芷剛走到石橋上，迎面便走來一個約三十歲的高大男人。這男人生得肌膚黝黑，濃眉大眼高鼻梁，十分端正。

見到韓氏和青芷，這男子先是一愣，接著有些侷促地停在那裡，雙手在白粗布褲子上擦了擦，這才拱手行禮。「見過秀才娘子。」

他的眼睛一直盯著韓氏，眼中滿是熱切。

青芷打量了這男子片刻，認出了是自家的佃戶蔡春和。

她家有十畝地，由祖母作主給了蔡春和家種，每年夏秋兩季交租子。

韓氏見到蔡春和，似乎不願多打交道，含糊地點點頭，拉著青芷徑直走了。

青芷心裡奇怪，走了一段路之後，她悄悄扭頭往後看，卻發現蔡春和依舊立在那裡看著她們，高大的身子被夕陽鍍上一圈金色光暈。

她發現母親的腳步更快了，她都快跟不上，忙小跑起來。

距離學堂還有幾步遠的時候，青芷便看到一群大大小小、穿著儒袍的學生魚貫而出，知道是學生下課了，便凝神看過去，果然看到穿著月白色袍子的鍾佳霖正背對著她立在學堂門口，似乎在恭送學生離開。

看著鍾佳霖單薄卻挺直的背影，青芷心裡一陣酸楚。

前世的哥哥一直護著她，這輩子她定要好好照顧哥哥！

青芷隨著韓氏走到籬笆牆的木門外，等學生出來後再進去。

學生頗有秩序地走出來，走在最前面的是學堂東家蔡振東的大兒子蔡羽和二兒子蔡翎。

蔡羽和蔡翎都穿著白色錦緞袍子，腰間似模似樣地束著黑緞腰帶，生得又標緻，看著比別的孩子要俊秀得多。

見韓氏帶著女兒立在木門外，蔡羽上前一步，恭敬地拱手行禮。「見過師母。」

韓氏有些害羞地笑了笑，聲音細如蚊蚋。「不必多禮……」

蔡翎和後面的學生都唯蔡羽馬首是瞻，見他給韓氏行禮，紛紛笑著上前拱手行禮。「見過師母。」

蔡羽見師母身邊的小女孩正好奇地抬頭看自己，小臉白嫩，嘴唇跟花瓣似的，實在是個美麗可愛的小姑娘，不禁笑了起來。「妳是先生的女兒？是不是叫青芷呀？我叫妳青芷妹妹好不好？」

青芷打量著他。

她自然知道蔡羽。前世的蔡羽十八歲考中進士，二十七歲就做了陝州知州，多次擊退西夏進犯，蕩平西夏十四部，為大宋奪回河朔地帶，是一位不可多得的優秀將領，與哥哥虞佳霖並稱「大宋清平雙璧」。

此時的大宋名將還是一個十四歲的少年，見到小師妹可愛，還以為她年紀小得很，笑咪咪逗師妹玩。

那些小少年們見蔡羽和小師妹開玩笑，便都擠了過來，要逗小師妹玩。

青芷見狀，忙跑到鍾佳霖身邊，笑盈盈地看他。「哥哥，我來給你和爹爹送飯。」鍾佳霖眼波流轉，打量了青芷一番，嘴唇抿了抿，卻沒有說話。

青芷知道哥哥的性格就是這樣，防心很強，很難和人真正交心，因此不以為忤，依舊開開心心陪著站在那裡。

虞世清正在學堂裡整理書本，聽到女兒說話的聲音，抬頭看了過來，見青芷和鍾佳霖站在外面，笑道：「青芷，進來吧！」

青芷眼睛滴溜溜一轉，抬手摸了摸自己的耳垂，誰知正好與鍾佳霖四目相對。她可愛地眨了眨眼睛。「哥哥，我去看爹爹了。」說罷，一溜煙進了學堂裡面。

虞世清整理好書本，看向青芷問了幾句。她一邊乖巧地答話，一邊似乎無意識地抬手摸著自己的耳垂。

虞世清見了，便看向女兒的耳朵，總覺得那裡似乎少了些什麼，不過這念頭只是一閃而過，也沒有再深想。

第六章

黑夜漸漸降臨，屋子裡徹底暗了下來。

鍾佳霖點著油燈送進來，拿抹布熟練地把方桌擦一遍，飛快地洗手，又麻利地幫著韓氏從食盒裡把飯菜擺在剛擦好的方桌上。

他雖然不愛說話，可是做事索利，十分妥當。

青芷準備筷子的時候，就拿了四雙筷子，見鍾佳霖擺好了飯菜便退到一邊，忙笑盈盈看向虞世清。「爹爹，讓佳霖哥哥一起吃吧！」

虞世清看向女兒，見她笑容甜蜜可愛，心裡一軟，看向鍾佳霖。「好了，以後你也跟著我們一起用飯吧！」

鍾佳霖不卑不亢答了聲「是」，果真搬了張椅子過來。

青芷笑咪咪道：「哥哥，來這邊，挨著我坐吧！」

鍾佳霖看向虞世清，見他沒有阻止之意，便在青芷左手邊坐下來。

他吃飯安靜得很，一看就是好人家的子弟。

虞世清給青芷挾菜的時候，青芷又抬起左手摸了摸耳朵，這下子虞世清終於想起來，看向女兒。「青芷，爹爹給妳買的新耳環呢？」

青芷臉上現出委屈之意，垂下眼簾，嬌嫩的聲音帶著股可憐的意思。「爹爹，祖母說她要替我保管，等我長大了再給我……」

鍾佳霖雙眼微瞇，視線停留在青芷的耳垂上。在鴉羽般烏黑頭髮的映襯下，她的耳垂越發顯得雪白玲瓏、如玉雕就，只是留著耳洞，卻沒有耳環。

青芷的大眼睛似蒙上一層水霧，看著楚楚可憐，卻竭力表現得堅強。「爹爹，我很喜歡我的珍珠耳墜，不過既然祖母說了等我長大了再給我，那我就快些長大，好讓祖母早些把珍珠耳墜還給我。」

韓氏在一邊聽了，心裡一陣酸楚，低頭不語。

虞世清也說不清心裡是什麼滋味，看著女兒眼中含淚卻竭力安慰自己的模樣，他直覺胸臆間悶悶的，不太好受。

用罷晚飯，鍾佳霖收拾了杯盤碗筷，又拿了抹布細細擦拭方桌；忙完這些，他又去灶屋取了絲瓜瓤和一碗渾濁的水。

青芷知道他是要去後院的水井那裡洗碗，便也跟著走過去，一是想要和她哥哥多待一會兒，二是打算讓她爹爹和娘多些獨處時間。

如今已是四月，晚間仍有些涼意。

鍾佳霖用轆轤打了一桶水上來，端起那碗渾濁的水在絲瓜瓤上倒了些，這才開始洗碗。

青芷見碗洗得乾淨異常，指著那碗渾濁的水，問道：「哥哥，這是什麼？怎麼洗碗這麼乾淨？」

鍾佳霖耐心道：「這是我用草木灰泡的水，用來刷碗的話能夠去掉油膩。」

青芷看著鍾佳霖。「哥哥，你好聰明呀！」

這算什麼聰明？他看了青芷一眼，心道：她的崇拜方式好浮誇！

青芷陪著鍾佳霖收拾灶屋，又一起去了學堂。

到了學堂外面，鍾佳霖發現裡面安安靜靜的，便一把拉住要跑進去的青芷，然後輕咳一聲。

學堂裡，虞世清正拿了本書在看，韓氏靜悄悄坐在那裡，空氣似凝滯了一番。鍾佳霖的那聲輕咳打破了虞世清和韓氏之間的尷尬。

韓氏笑著看向門外。「青芷和佳霖回來了？」

青芷答應了聲，進了學堂，湊到虞世清身邊。

鍾佳霖負手立在一邊，等著虞世清的吩咐。

見虞世清手裡拿的是一本《孟子》，青芷搶了過來，隨意翻到一頁，走到鍾佳霖身前，笑盈盈道：「哥哥，你把這一段讀給我聽聽吧！」

鍾佳霖疑惑地看了青芷一眼，然後抬眼看向虞世清，等著虞世清同意。

虞世清也想看看鍾佳霖的識字程度，便點點頭。

鍾佳霖這才接過那本《孟子》，定睛看了看那一頁，開始讀起來。「孟子曰：『天時不如地利，地利不如人和。三里之城，七里之郭，環而攻之而不勝。夫環而攻之，必有得天時者矣……』」

他剛開始讀的時候還有些不順，可是很快又流暢起來，猶帶童音的少年聲嗓清泠泠的，很好聽，就連一個字都聽不懂的韓氏也專注地聽著。

青芷耳朵聽著，眼睛卻瞟向虞世清，尋找合適的開口時機。

待鍾佳霖讀到「故君子有不戰，戰必勝矣」，這一節已經讀完時，青芷恰到好處地拍起手來，眼睛熠熠生輝地看向鍾佳霖。「哥哥你好厲害！」

她又看向虞世清。「爹爹，哥哥讀得很好，對不對？」

虞世清也沒想到鍾佳霖這個小乞丐居然會讀《孟子》，不但一字不差，而且斷句也都對了。

他打量鍾佳霖，發現他雖然瘦伶仃的，可是容顏清俊、氣質很好，應該是好人家出身，便問道：「佳霖，你幾歲開始讀書的？都讀了哪些書？」

鍾佳霖眼中閃過一絲悵惘。「啟稟先生，佳霖四歲就開始讀書，到走失為止，已經讀了《論語》、《孟子》、《書經》、《詩經》、《禮記》和《左傳》，其中《論語》、《孟子》、《書經》、《詩經》都已經會背誦了。」

虞世清聞言，瞪圓了眼睛，不可置信。「《論語》、《孟子》、《書經》、《詩經》這些書，你都會背？」這些書可都是院試考試的內容！

鍾佳霖想了想，態度雍容。「啟稟先生，以前是會背的，先生若是給我一夜的時間再讀一遍，明天早上我應該可以背出來。」

虞世清眼睛發亮，打量著鍾佳霖，心道：我也許收留了一個天才……

是天才還是庸才，倒是可以驗證一番。若真的是天才，就好好培養，能夠得英才而培養，對一個讀書人兼教書先生來說，實在是件極快意之事。

想到這裡，虞世清又細細問了鍾佳霖的家事，得知他家在江南，父親外出經商失蹤，家中如今只有繼母和繼母所出的弟妹，因是被繼母派人不遠千里扔到北方的，所以不願回鄉。

聽罷鍾佳霖的講述，虞世清肅然道：「佳霖，這些書學堂的書房裡都有，我給你一天一夜時間，明天晚上我開始提問，若是你確實不錯，我就收你為弟子，你看可好？」

鍾佳霖天生防心很強，下意識看向青芷，見青芷正看著自己，大眼睛裡滿是祈求，他深吸一口氣，道：「我一切都聽先生的。」

安頓好鍾佳霖，虞世清帶著妻女打著燈籠回家。

眼看著快到家門口，虞世清忽然看見一道黑影從自家大門裡閃出來，然後飛快地向對面竄去，隱入了對面河邊的白楊林。

他懷疑是自己眼花了，抬手揉了揉眼睛，卻聽青芷道：「爹爹，剛才似乎有人從咱們家大門裡跑出來。」

他還沒來得及說話，青芷又仰首看向韓氏。「娘，您看到沒有？」

韓氏遲疑地點點頭，道：「隱約看到了……」

虞世清的眉頭皺了起來。

一家三口到了大門前，卻發現大門緊閉，青芷用力一推，發現大門從裡面閂住了。

她心中狐疑，卻不多說，回頭看了虞世清一眼，然後才抬手敲門。

裡面沒有傳來腳步聲，片刻後，王氏的聲音卻從門後傳出來。「誰呀？」

青芷聲音清脆。「祖母，是我，還有爹爹和娘。」

隨著大門內「哐噹」一聲，王氏開了門，倒也沒發脾氣，只是淡淡道：「怎麼回來得這麼晚？」

青芷就著虞世清手裡的燈籠光暈，悄悄觀察王氏，發現王氏一向盤得一絲不苟的圓髻有些凌亂，臉色也紅紅的，眼神有些躲閃。

她這才意識到自己這位祖母，其實還不算老。

又想到方才從大門內躥出的黑影，青芷心中有了一個懷疑。

王氏今晚似乎心事重重，問了之後也沒有認真聽虞世清的回答，搭訕了兩句便徑直回房歇下。

青芷看著王氏的背影消失在正房堂屋大門後面，嘴唇緊緊抿著。

隔日，青芷去後院看了看那些玫瑰苗，又把朱花匠給的那幾包薄荷種子、金銀花種子、板藍根種子和鳳仙花種子種了下去，提水一一澆透。

忙完這些，她累得手痠腳痠，便回房歇了一會兒。

用罷晚飯，她又提了一罐麥仁湯出了大門，向東而去。

青芷走進學堂院子的時候，暮色蒼茫，學堂裡還沒散學，裡面燈火通明，虞世清坐在書案後面，下面齊刷刷坐滿了學生，而鍾佳霖背對著她立在門內，正在背書。

「……敏於事而慎於言，就有道而正焉，可謂好學也已。」

蔡羽坐在第二排，聽鍾佳霖背得一字不差，含笑道：「先生，對佳霖來說，《論語》太簡單了，不如換一本書考察吧！」

虞世清微微頷首，道：「佳霖，你背誦《書經》的〈立政〉篇吧！」

鍾佳霖垂下眼簾，略一思索，便開始背誦起來。

虞世清一直不說停，鍾佳霖便一直往下背，一直背誦到最後一句「茲式有慎，以列用中罰」才停下來，抬眼看向虞世清。「先生，〈立政〉篇背誦完了。」

蔡羽一直翻著《書經》，到了此時，才肯定鍾佳霖一個字都沒有背錯，心情不由有些複雜。他自己也算是聰明了，《書經》也是下工夫背過的，可是距離鍾佳霖隨意一處就能一字不差背下來，還有距離。

鍾佳霖迎上蔡羽的視線，神情平靜。

蔡羽心中還有些不服氣，心道：不過是會背而已，也不算是本事！面上卻是不顯，微微一笑，看向先生。

虞世清身子緩緩靠回椅背，專心地觀察著鍾佳霖。

要收鍾佳霖為養子，這件事可不是小事，須得小心謹慎地決定。

學堂裡的其他學生不知道內情，見學堂內氛圍肅然，也都靜了下來。

正在這時，門外傳來一個嬌嫩可愛的聲音。「爹爹，祖母讓我來給您送晚飯了。」

隨著說話聲，一個小姑娘探頭進來，大眼睛水汪汪的，正是虞先生的獨生女青芷。

蔡羽一見虞青芷便心中歡喜，笑了起來，起身道：「先生該用晚飯了，學生告退。」

其餘學生都是蔡羽的嘍囉，見蔡羽要走，跟著紛紛起身告辭。

虞世清含笑起身送眾學生離開。

鍾佳霖見青芷來了，便出去洗手，進來和青芷一起擺飯。

用罷晚飯，虞世清吩咐鍾佳霖。「佳霖，把《論語》拿過來，我從論語開始給你補。」

鍾佳霖聞言，看向虞世清，眼中滿是不可置信。先生這是肯收我為弟子了？

青芷笑嘻嘻道：「哥哥，還不去拿書。」

鍾佳霖深吸一口氣，恭謹地面向虞世清，端端正正行了個禮。「是，先生。」

這天，韓氏因故帶青芷回了娘家一趟，眼看到了後半晌，這才帶青芷回去。

剛走到自家大門口，青芷便聽到院子裡傳來說話聲，聲音很大，是三姑母虞秀萍的聲音，便拉住韓氏，低聲道：「娘，咱們聽一會兒吧！」

虞秀萍的聲音天生就大，又不控制，即使青芷和韓氏站在緊閉的大門外，還是聽得清清楚楚。「……娘，我家石林今年都十六了，再不訂親，這十里八鄉的好姑娘都有主了，到時候我可怎麼辦？我爹去得早，我都靠您了，您給我想法子吧！」

王氏的聲音有些低，青芷把耳朵貼到門縫上，才聽到王氏的聲音。「……我手裡哪有銀子？韓氏和青芷母女倆都是吃閒飯的，我得養活她們廢物倆呢！這樣吧，我給妳出個主意，妳七妹……」

後面聲音實在太低，饒是青芷聽力好，卻也聽不清楚。

虞秀萍「咦」了一聲，道：「娘，這倒是個好主意，不過不能我去找七妹，我還欠她十兩銀子沒還呢！她不會再借給我的。」

王氏又低聲說了幾句，青芷沒聽清，卻聽到虞秀萍笑道：「娘，真真薑是老的辣，還是您厲害。」

聽到這裡，青芷悄悄拉著韓氏往後退了幾步，走到大門對面的水塘邊，低聲道：「娘，祖母和三姑母在商議什麼呢？我聽她們提到了七姑母。」

韓氏攬著女兒，低聲道：「妳三姑母的兒子石林該說親事了，估計是銀子不夠，想從妳七姑母那裡借一些……」

青芷其實早猜到。前世爹爹得了重病，可王氏把家裡的銀子給了大姑母、三姑母和六姑母，當時家裡連請大夫、開藥的錢都沒有，祖母又不肯賣田地，結果爹爹很快就去了……

想到這裡，她心中滿溢著恨意，藏在衣袖中的雙手緊握成拳。這輩子，她要讓爹爹看到祖母的真面目，絕對不會讓祖母再害了爹爹！

母女兩個在水塘邊站了一會兒，見到鄰居家的女兒胡春梅過來，忙拉了拉韓氏，一邊和胡春梅打招呼，一邊往自家門口走去。

虞秀萍聽到外面傳來姪女青芷的說話聲，忙給一邊坐著的女兒石露兒使了個眼色；見石露兒依舊懶洋洋坐在那裡，只得開口催促。「快去給妳舅母和表妹開門。」

石露兒是鵝蛋臉、柳葉眉，大眼睛、高鼻子，生得頗為端莊秀麗。她瞅了自己的娘一眼，慢慢扶著椅背站起來，細細整理了身上嶄新的繡蝴蝶花玉白紗裙，這才往外面走去。

青芷等得有點急了，大門這才開了，站在裡面的人是石露兒。

她看向石露兒的耳朵，見她戴著一對小小的銀環，便故意笑了。「露兒妹妹，妳的耳環真好看。我爹爹也剛給我買了一對珍珠耳墜，祖母說太貴重，怕我弄丟，她幫我收起來了，說等我長大再給我戴呢！」

石露兒聞言，先是面無表情，接著慢慢微笑起來。「是嗎？」

她抬眼看向韓氏，慢慢道：「舅母，請進來吧！」

原來祖母那裡收著一對嶄新的珍珠耳墜呢，得趕緊在雷雨馨知道前弄過來。

石露兒心裡想著事情，臉上依舊沒有表情，陪著韓氏和青芷進了大門。

韓氏先去堂屋向王氏回話。王氏聽了，挑剔地看了韓氏一眼，道：「好了，我知道了。」

韓氏知道王氏和虞秀萍母女倆要說私密話，因此和虞秀萍打了個招呼，便帶著青芷回西廂房。

奔走了大半日，韓氏實在累了，歪在床上歇了一會兒。

青芷打水洗了把臉，這才回了北暗間。

她打開窗子，以便聽到外面的動靜，然後開始準備筆墨紙硯，預備抄書。

抄完四首詞之後，手腕有些累，這才把筆放下。

她正在晃手腕，卻看到王氏親自出來送虞秀萍和石露兒，便沒有動，定睛看向石露兒的耳朵，果真發現石露兒耳垂上戴著珍珠耳墜，正是爹爹給她買的新耳墜子。

看來，石露兒果真向王氏開口要了這對珍珠耳墜啊！

青芷瞇著眼睛笑了，一臉天真地向虞秀萍和石露兒打招呼。「三姑母，露兒妹妹，路上小心點。」

石露兒得意地看了青芷一眼，晃了晃耳朵，隨著母親出去了。

青芷臉上依舊帶著笑，似乎沒看到一般。

到了傍晚，韓氏做好飯，就讓青芷給虞世清送飯去。

這段時間為了多些時間讀書，虞世清都是在學堂用晚飯。

今日晚飯做得早，青芷到了學堂，發現學堂還沒有散學，裡面傳來朗朗讀書聲。她也不打擾，輕手輕腳地把食盒放在院子裡的石桌上。

學堂的前後院都是用竹籬笆圍成的，前院種著好幾棵梧桐樹，如今梧桐樹正在花期，滿樹紫色的梧桐花散發著香甜的氣息。

青芷閒來無事，見因為前幾日下過雨，地面長滿青苔，還有些潮濕，便起身撿了根梧桐樹的細枝，略微修了修，蹲在地上，用這根細枝在滿是青苔的潮濕地面上寫字。

寫完這句詞，青芷覺得雙腿蹲得有些麻，正要起身，卻發現旁邊不知何時多了一雙皂靴。她側臉一看，原來是蔡羽。

蔡羽蹲了下來，好奇地看著青芷的字。「妳的字還挺好看嘛！」

青芷笑咪咪道：「那是因為我喜歡練字啊。」

蔡羽見她笑得稚嫩可愛，忍不住伸手捏了捏青芷的臉。

青芷秀氣的眉揚了起來，正要說話，忽然聽到身後傳來一聲輕咳。她聽出是鍾佳霖的聲音，當即叫了聲「哥哥」。

鍾佳霖看了青芷一眼，又含笑看向蔡羽道：「蔡兄，令弟都等急了。」

蔡羽打量了鍾佳霖一眼，笑了笑，飛快地伸手捏了捏青芷的小臉。「青芷妹妹，明天見。」

說罷，他擺了擺手，瀟灑地離開了；蔡翎見狀，忙跟了上去。他們兄弟的小廝還在外面籬笆牆外等著呢！

鍾佳霖目送蔡羽離去，才看向青芷。「青芷，妳是大姑娘了，怎麼能讓人隨便捏妳的臉呢？」

青芷都忘記了，原來小時候哥哥會用這樣哄小孩的口氣和她說話。

見她呆呆地看著自己，鍾佳霖不禁笑了。青芷雖然十二歲了，可是看著還是小孩子的樣子，又怎麼懂那些亂七八糟的東西？

他微微一笑。「走吧，我們先去洗手，然後去請先生過來用晚飯。」用罷晚飯，先生還要給他講《論語》呢！

青芷開心地答應了，跟著鍾佳霖去灶屋外面洗手。

晚飯後，鍾佳霖帶著青芷收了碗筷、洗刷乾淨，又去見虞世清。「先生，天黑了，我先送妹妹回家，然後再回來讀書，好不好？」

虞世清見鍾佳霖關心青芷，心中很寬慰，正要答應，青芷卻依偎著他，笑咪咪道：「不用了，哥哥還要讀書呢！我去找紅玉玩，然後和爹爹一起回去。」

明年二月哥哥就要參加縣試，時間很緊，可不能浪費哥哥讀書的時間。

虞世清點點頭。「讓妹妹去西鄰荀家玩去吧，我繼續給你講解《論語》。」

鍾佳霖恭謹地答了聲「是」，卻堅持把青芷送到荀家，才回來讀書。

忙完學堂的事，虞世清到荀家接了青芷，父女兩個一起回家。

今夜沒有月亮，虞世清一邊走，一邊指著天上的星星給青芷講牛郎織女的故事。「……那個是大星星兩邊各一個小星星，是牛郎擔著兩個孩子在追織女……」

青芷早就對這些民間傳說熟悉得不得了，可依舊耐心地聽爹爹講著。

直到虞世清把牛郎織女的故事講完，她才問虞世清。「爹爹，哥哥的學業怎麼樣了？」

虞世清想了想，怕女兒聽不懂，便道：「佳霖還有幾本書還沒背，背過的幾本書我得重新給他講一遍，他的字也得好好練習；不過，他的算學不錯，而且他真的很聰明，差不多算是過目不忘了。」

青芷抬頭看虞世清，眼睛在星光下熠熠生輝。「爹爹，明年二月才舉行縣試，現在才四月，還有差不多十個月時間呢，只要您多下工夫，哥哥再努力一些，應該可以去參加縣試的。」

虞世清見女兒如此樂觀，不禁也笑起來。「好啊，那得煩勞妳天天送晚飯了。」

其實要參加縣試哪有這麼簡單？得先登記為本縣戶籍，還得找本縣廩生作保，麻煩著呢！不過，這些煩心事又何必讓青芷知道。

眼看快到家門口，青芷忽然道：「爹爹，今天三姑母帶著露兒表妹來了。」

虞世清隨口道：「是嗎？」

青芷頓了頓，道：「露兒妹妹來的時候，耳朵上戴的是小銀環；走的時候，耳朵上戴的是您給我買的珍珠耳墜子，我看得真真的。」

她聲音中滿是疑惑。「爹爹，真奇怪，祖母不是說要替我保管我的耳環，等我長大了就給我嗎？祖母把我的珍珠耳環給了露兒妹妹戴，等我長大了，祖母拿什麼還給我？」

虞世清心下微沈，勉強笑道：「也許祖母只是借給妳露兒表妹戴呢，以後還會還回來的。」

其實這樣的話，自己都不相信，說出來自然蒼白無力。

青芷「哦」了一聲，幽幽道：「爹爹，我真的好喜歡那對珍珠耳墜子，祖母為什麼總是要把我最喜歡的東西送給表姊妹呢……」

虞世清心頭有些茫然，沒有說話。

第七章

這日上午，青芷與韓氏在後院給玫瑰苗施肥，忽然聽到前院傳來王氏喊她的聲音，便洗洗手去了前院。

王氏立在廊下，見青芷過來便道：「妳去妳七姑母家一趟吧，就說我想妳的子淩表哥和子涼表哥了，讓妳七姑母帶他們過來看看我老人家。」

青芷的七姑母虞蘭嫁到南陽城西的司徒鎮，距離蔡家莊才七、八里，虞蘭生了兩個兒子溫子淩和溫子涼，頗有旺夫命，她一嫁過去，丈夫溫東就做生意發了財，如今算得上是小財主了。

如今虞蘭膝下除了兩個兒子，還有一個溫東的外室生的女兒，名叫溫歡，也養在她名下。

青芷記得前世的祖母總是「劫富濟貧」，常常幫著別的幾個姑母騙七姑母的錢，因此聽了祖母的話，答了聲「是」，卻抬眼觀察王氏，想看出些端倪來。

王氏滿腹心事，只顧著催青芷。「妳還不走？」

青芷想了想，道：「祖母，我年紀小，萬一路上被人搶走賣了怎麼辦？讓我娘和我一起去吧！」

王氏看了青芷一眼，面無表情道：「她走了，誰中午給我做飯？還有後院的菜該剔了，麥地裡的草也該薅了，家裡離不了妳娘，妳自己去吧！」

青芷前世的時候什麼都不怕，六、七歲就開始獨自一人替王氏去幾個姑母家跑腿，如今想來還有些後怕。她生得這麼好看，萬一被人販子給搶了呢？

她看向王氏，臉上帶著祈求。「祖母，我真的害怕，讓我娘和我一起去吧！」

見青芷居然敢討價還價，王氏的眉毛當即就豎了起來，抬手就要打青芷。「小蹄子，妳居然敢不聽話！」

青芷身子一側，靈活地躲過王氏的巴掌，拔腿就要往外跑。

可是才十二歲的小女孩哪有王氏力氣大、動作快？她剛跑出幾步，就被王氏一把抓住頭髮。

青芷知道王氏是真的敢把她頭髮拽下來的，也不敢再反抗，忙順著王氏的力道退回去，眼睛轉了轉，忽然想起了前世一件事，便陪笑道：「祖母，要不我去蔡春和家裡一趟，看他有沒有空替您跑腿？」

蔡春和是她家的佃戶，家裡的十畝地就是蔡春和家在種著，讓蔡春和替王氏跑趟腿，也在情理中。

王氏聞言，打量了她片刻，這才道：「那妳去叫蔡春和過來吧！」

青芷笑咪咪道：「好啊，我這就去。」

她出了門向村西走去。

蔡春和家距離虞家不遠，就在蔡家莊的最西頭。到了蔡家大門口，青芷敲了好一會兒門，卻沒有人來應門。

她想著如今是上午，蔡春和怕是下地去了，便預備去地裡找人，誰知一回頭，就看到蔡春和的娘子和妹妹。

蔡春和的娘子身材小巧，肌膚白皙，淡眉細眼，眼珠子滴溜溜轉，一看就精明得很。

她一見到青芷便熱情地走上前，一連串不要錢的讚美就噴薄而出。「喲，這不是虞家的青芷嘛！怎麼越長越好看了，看這小臉，這眉毛，這眼睛……真像妳祖母啊……」

青芷微笑。她和王氏一點都不像好不好！

蔡春和的妹子春月立在後面，見大嫂還誇個沒完沒了，便笑著打斷蔡春和娘子的話，笑著問青芷。「青芷，有什麼事？」

青芷微笑。「春月姊，我祖母讓我叫春和哥去一趟呢！」

聽了青芷的話，蔡春和娘子突然撇了撇嘴，也不搭理青芷了，自顧自離開，拿著鑰匙去開大門。

蔡春月的表情瞬間也有些凝滯，不過很快又笑起來，只是有些僵硬。「我大哥去北崗地裡鋤地去了，妳先回去吧，我這就去北崗地裡給他捎信。」

青芷發現蔡春月的異常，暗自記在心裡，笑容甜美。「大娘子、春月姊，那我先走了。」

蔡春和娘子頭也不回，只顧著開門。蔡春月勉強笑著「嗯」了一聲。

回到自家，青芷就看到韓氏兩手髒兮兮地從後院出來，忙笑道：「娘，您等一下，我給您舀水洗手。」

韓氏忙得一臉晶瑩的汗，用衣袖蹭了蹭，笑著答應了。

待韓氏洗淨了手，青芷才去堂屋找王氏。

王氏坐在臥室窗前，對著窗臺上的鏡子梳頭，聽到青芷進來的聲音，便看了過去。「蔡春和什麼時候過來？」

青芷一進臥室便聞到一股濃郁香甜的桂花油味，還夾雜著淡淡的粉香。

她打量王氏，發現王氏蘸了桂花油在梳頭，臉上比平常白了許多，似乎重新抹了粉。看了一眼王氏搭在椅背上的新衣服，她不動聲色地笑道：「春月姊去北崗地叫春和哥去了，春和哥怕是等一會兒就來。」

王氏默然，專注地盤著頭髮。

待髮髻盤好，她從窗臺上拿了根白銀梅花簪插進去固定，又對鏡照了照，才道：「妳爹中午都不回家，學堂那邊的糧食該吃完了吧？趁這會兒有空，妳和妳娘給妳爹送去一些。」

青芷笑咪咪地答應一聲，等著王氏拿東廂房儲藏室的鑰匙。

虞家不但銀錢都是王氏收著，就連家裡的糧食和臘肉也都被王氏鎖在儲藏室裡。

王氏正要去拿鑰匙，一眼看到青芷還沒出去，當下眉頭就皺起來。「妳還留下做什麼？」

青芷這才想起王氏的規矩。王氏是從來不讓她在房裡多待的，怕她看去了什麼秘密。她忙笑著出去了。

韓氏把王氏給的一斤小米、一斤麥仁和二斤玉米麵都用小布袋裝了，放進竹筐裡，帶著青芷出去。

母女倆剛出大門，青芷遠遠看見一個高大健壯的男人從西邊過來。對方肌膚黝黑，濃眉大眼，周正得很，正是蔡春和。

蔡春和似乎心事重重，低頭慢慢走著，根本沒注意到青芷母女。

韓氏見青芷一直在看蔡春和，嘴唇抿了抿，拉著女兒往東去了。

青芷一邊走一邊想著心事，走了幾步後，她悄悄往後看了一眼，發現蔡春和進了她家大門。

她深吸一口氣，忽然甩開韓氏的手，飛快地向自家跑去。

韓氏嚇了一跳，站在那裡看著青芷，想要叫青芷回來，卻又不敢高聲喊。

青芷跑到大門邊，喘了口氣，伸手輕輕去推大門，大門發出「哐」的一聲輕響，卻沒有被推開——裡面被人插上門閂了！

看著大門，她似乎明白了什麼，轉身就走，走著走著又變成了跑。

前世有些事情她一直沒能弄明白，比如爹爹病倒，為了給爹爹看病，她要去賣地，卻發現虞家租給蔡春和的十畝地早被祖母賣給蔡春和了。

前世的她一直沒能弄清楚到底是怎麼回事，如今全都明白了！

想到祖母和年輕的有婦之夫勾搭，青芷忽然有些想吐。

韓氏見女兒走過來，小臉有些發白，心中擔心，忙問道：「怎麼了？」

青芷搖搖頭，笑著看韓氏。「娘，沒什麼。」

韓氏伸手摸了摸她腦袋，低聲道：「以後蔡家的人來了，咱們就想法子避出去。」

青芷這才知道，祖母和蔡春和的事情，母親怕是也知道。

她低下頭，答應了聲，隨著韓氏向東邊走去。

鍾佳霖拿著書立在院中的梧桐樹下，眼睛看著籬笆牆上攀爬的薔薇，正在默默背書。等一會兒虞先生要檢查《左傳》的背誦情況，因此學堂前院和後院處處都有拿著書誦讀的學生，就算是學堂裡面，也有幾個人或站或坐地讀著和背著。

蔡羽和蔡翎兄弟倆站在一叢竹林前互相提問，但凡是蔡翎提問的，蔡羽基本都能背出來，可是等到蔡羽提問蔡翎，蔡翎就十有六七不會背了。

蔡羽提問了幾次，見弟弟大部分都不會背，忍不住拿書本在蔡翎腦袋上敲了敲，恨恨道：「人家鍾佳霖和你一樣大，每次背書都是第一，你怎麼是個榆木疙瘩！」

蔡翎捂住腦袋，一臉委屈，卻因被哥哥管慣了，敢怒不敢言。

蔡羽見不得弟弟這慫樣，拿著書又要打，誰知看到師娘牽著小師妹的手過來，當下顧不得教訓弟弟，笑吟吟迎了上去，先拱手道：「見過師娘。師娘，我幫您把筐子拿進去吧！」

韓氏怎麼敢勞動蔡大戶的兒子？忙道：「大郎你趕緊讀書吧，我自己去就行。」

蔡羽見師娘提著竹筐去了灶屋，小師妹卻被留下來，便笑吟吟看著青芷。「師妹，四月二十我姊姊要舉行月季花會，妳要不要來玩？」

青芷抬頭看著蔡羽，知道蔡羽的姊姊蔡翠舉辦的是有錢人家和大戶人家姑娘的聚會，若是這一世的她要賣玫瑰香油或玫瑰香膏，自然也要去的。可是如今玫瑰剛掛了花苞，還沒開呢，去也沒用，便笑道：「蔡羽哥哥，四月我沒空，五月或者六月有沒有花會？」

蔡羽見青芷可愛得很，忍不住伸手輕輕捏了捏她的臉頰，笑道：「五月二十有玫瑰花會，六月有蓮花會，妳願意來嗎？」

青芷心中歡喜。可以去找這些有錢姑娘賣玫瑰香油了！當即屈膝行了個禮。「謝謝蔡羽哥哥，麻煩蔡羽哥哥幫我和蔡翠姊姊說一聲，給我個帖子。」

蔡羽便笑咪咪答應了。

青芷心願達成，笑盈盈道：「蔡羽哥哥，你讀書吧，我不打擾你了。」

她剛要走，眼神卻與立在不遠處的鍾佳霖相對。

鍾佳霖當即若無其事地移開視線，繼續看著前面背書。

先生說讓他保護照顧青芷，他自然要關注青芷的。

發現鍾佳霖在看自己，青芷心中歡喜，當即跑了過去，與他並肩而立。「哥哥。」

鍾佳霖老氣橫秋地「嗯」了一聲，繼續背《左傳・宣公二年》。「……秋九月，晉侯飲趙盾酒，伏甲將攻之。其右提彌明知之……」

青芷知道明年二月鍾佳霖就要參加縣試，不敢耽誤他，靜靜聽了一會兒之後就輕手輕腳離開了。

學堂的後院是一大片空地，經過蔡振東允許，他爹先前種了些小麥、油菜和蔬菜，除此之外，還有不少地還未開墾出來。
青芷想看一看，若是那裡的陽光充足，她就想辦法求蔡家讓她開墾那些荒地種上玫瑰；若是不行，租種也好。
見青芷離開，鍾佳霖眼中帶著一抹深思看過去，見她消失在西邊的過道裡，他也跟了上去。
他在外面流浪了好幾年，深知世上壞人形形色色，什麼樣的都有，就有那喜歡漂亮小男孩或小女孩的，因此他不肯讓青芷落單。
青芷在後院裡轉了一大圈。後院的空地除了屋後那一小塊，其餘地方陽光很充足。西邊開墾過了，分別種著小麥、油菜、小白菜、空心菜、絲瓜和茄子。這些莊稼和蔬菜的長勢很好，鬱鬱蔥蔥的，看來有人常常打理。
她知道這些莊稼和蔬菜是自己娘種的，可是娘這段時間很少過來，而親爹自小讀書，四體不勤、五穀不分，是不會來打理的，那是誰打理的呢？
青芷正在沈思，卻聽旁邊傳來好聽的聲音。「這些是先生吩咐我管著的。」
她笑盈盈看了過去。
陽光下，青芷的小臉潔白如玉，似籠著一層寶光，越發顯得眉目娟秀，笑容燦爛。
鍾佳霖看了青芷一眼，心道：師妹生得這麼美麗，一定要保護好她！
青芷拉住鍾佳霖的手，左手指著東邊長滿野草的荒地，道：「哥哥，我想去求蔡大戶，若是他答應的話，我就把東邊的荒地開墾出來，全種上玫瑰。」

鍾佳霖看著那片荒地。這草都不知道長了多少年，怕是不容易開墾，須得用老虎耙子先刨一遍，把草根都刨出來，再用鋤頭把土敲碎分壟……

雖是這麼想，但他口中卻道：「為何種玫瑰？」

青芷湊近他一些，輕輕道：「就是能榨玫瑰油，那種玫瑰能賣錢，城裡的藥鋪子收的。」

鍾佳霖明白了，輕輕道：「這件事交給我，妳只管準備玫瑰苗就行。」

青芷笑著「嗯」了一聲。

她知道鍾佳霖的性子，若是沒有把握，他是不會輕易許諾的；若是他答應了，一定是有了把握。

沒想到這個小丫頭這麼信任自己，鍾佳霖瞟了她一眼，道：「我要回去讀書了，妳也跟我過去吧！」

這後院太大，角落還有茂密的竹林，而且沒有壘牆，整個後院都是用竹籬笆隔出來的，萬一有壞人過來就危險了。

青芷答應了，果真跟著鍾佳霖離開。

韓氏似乎不急著回去，也不讓鍾佳霖動手，自己帶著青芷在灶屋給虞世清和鍾佳霖做好午飯，才帶著青芷離開。

經過大石橋的時候，見四周無人，青芷便問韓氏。「娘，咱們回去這麼晚，祖母會不會生氣？」

韓氏抿了抿嘴唇，直到走過了大石橋，才道：「應該不會。」

青芷覷了韓氏一眼，也不說話了。

到了自家大門外，她輕輕推了推大門，想看看大門是不是還被人閂著？誰知大門「吱呀」一聲便被推開了。

青芷心中好奇，便看向韓氏。

韓氏卻不以為怪，推開大門讓女兒進去，自己放下竹筐，走到王氏臥室前，隔著窗子輕輕問道：「娘，午飯您想吃點什麼？」

臥室裡起初沒有聲音，片刻後，只聽到「吱呀」一聲，大概是王氏翻身的聲音，接著便傳來她睡意朦朧的聲音。「今天中午不吃飯，妳們娘兒倆也別吃了，空空肚子吧，不然青芷容易積食。」

韓氏答了聲「是」。

青芷也跟過去，耳朵湊到窗前，又聽到床架發出的「吱呀」聲，心道，祖母的床怎麼這麼響？動不動就「吱呀」作響？

韓氏拉著青芷走回灶屋看了看，見灶屋只有半根蘿蔔，其他糧食都被收起來了，不由嘆了口氣，秀麗的臉上現出難過的表情。

青芷沒說話，拿起那半根蘿蔔重新洗了洗，拿起刀一切兩半，給了她娘一半，自己留了一半，低聲道：「娘，您先回屋歇一會兒，我找我爹去，看看能不能做些飯給您送回來。」

韓氏看著女兒瘦小的身子，鼻子一陣酸澀，背過臉「嗯」了一聲，起身回了西廂房。

青芷拿著那塊青蘿蔔，一邊吃，一邊走，向東去了。

按照學堂的規矩，過了四月十五，學生才開始回家用飯午休，如今還不到四月十五，因此他們都在學堂裡。

此時剛用過午飯，學生都趴在書案上午休，虞世清自己拿了本書，坐在院子裡的梧桐樹下喝茶。

見青芷走進來，虞世清有些驚訝，待她在面前坐下，才低聲問道：「妳娘沒做飯嗎？妳怎麼又來了？」

青芷一副有氣無力的模樣窩在石凳上，低聲道：「祖母在睡覺，不肯吃飯，也不讓我和娘吃午飯……」她低下頭，用手拔著地上的小草芽，聲音有氣無力。「祖母把糧食都鎖進了儲藏室，我娘沒法子做飯……」

虞世清聽王氏又不讓韓氏母女做飯吃，眉頭皺了起來，正要說話，卻聽青芷自言自語道：「每次蔡大郎來了，祖母都要把我和娘趕出來……她自己不起床，也不讓我和娘吃飯……真小氣……我不喜歡蔡大郎……他每次去咱家都沒好事……」

虞世清臉色變了，一把拉住青芷的手腕。「今天誰去咱家了？」

青芷一臉懵懂地看著虞世清。「就是種咱們家地的蔡春和啊！他上午去咱家了，祖母就又把我和娘趕出來。」

虞世清不說話了，握著書本坐在那裡發呆。

鍾佳霖正在灶屋門口的梧桐樹下讀書。

他知道自己雖然記憶力比別人強些，可是畢竟在外面流浪了好幾年，浪費了很多時間，需要比別人更努力才能趕上，因此中午也不肯休息，坐在樹蔭下讀書。

青芷和虞世清的對話，他聽得清清楚楚，不由抬眼看向青芷，眸子幽深。

青芷年紀小小，說話時怎麼處處都挖好了陷阱？難道她祖母王氏真的和那個叫蔡春和的佃戶有姦情？如果是真的話，青芷和師娘躲開是對的……

青芷點到為止便不再多說，起身去了灶屋，發現鍾佳霖在灶屋門口的樹蔭下坐著，便笑咪咪叫了聲「哥哥」。

見她過來，虞佳霖起身拉著她進了灶屋，從蒸籠裡拿出兩個饅頭，又拿出韓氏之前用香油拌的青辣椒絲。

鍾佳霖把饅頭掰開，挾了些青辣椒絲進去，然後把兩個饅頭用油紙包好，遞給青芷。

「妳拿回去和師娘一起吃吧！」

青芷握著油紙包，抬眼看向鍾佳霖，眼睛瞬間蒙上一層水霧。上輩子的哥哥也是這樣對她的，每次祖母不讓她們母女吃飯，都是哥哥想法子給她弄吃的！

想到這裡，青芷眼睛有些濕。

她永遠難以忘記，前世臨終前，哥哥緊緊抱著自己，滿眼滿臉的淚……

這輩子她一定要好好保全自己，不再踏入英親王府那是非之地，不讓哥哥為自己擔心！

經過虞世清的時候，見他還在發呆，青芷便把油紙包晃了晃，道：「爹爹，哥哥給了我兩個饅頭，我回去和娘分了吃，娘下午還要幹活，不然會餓暈的。」

說罷也不再搭理虞世清，徑直向外走去。

這是一個連妻女都護不住的男人，對於這樣懦弱愚孝的男人，青芷其實心裡是不怎麼喜歡的，只不過這是她的爹爹，如果沒了他，母女倆或許會更慘，因此她還是想要盡力讓爹爹早日醒悟，免得再像前世一樣被王氏害死。

回到家裡，韓氏和青芷吃了饅頭，又喝了些涼開水，也都覺得飽了。

青芷依偎著韓氏，低聲道：「娘，趁祖母睡著，咱們倆燒水洗個澡吧！」

韓氏想了想，點點頭，道：「那咱們手腳放輕一點，灶屋正好還有些柴火。」

待母女兩個洗好澡，已經是半個時辰後了。

韓氏和青芷收拾好澡盆和香胰子，披著頭髮坐在屋裡，一邊晾頭髮，一邊做針線。

青芷見母親的針線簸籮裡有不少碎緞子、碎布頭等邊角料，知道是舅舅、舅母給母親的，便提議道：「娘，快端午節了，咱們做些香包去城裡賣吧！」

韓氏聽了覺得有理，便拿了些棉花出來，道：「咱家沒有朱砂和雄黃，就自己做些香藥吧！」

前世小時候做香袋的事情她早記不得了，卻記得自己去了英親王府之後，每到了端午節，也會應景做幾個香袋香囊，裡面填上冰片、川芎、白芷、蒼朮和丁香，送給趙瑜和哥哥佩戴……

前世不知為何，哥哥一直未曾成親，身邊也沒有丫鬟、侍妾，因此針線活都是她親自準備，讓人送過去。

待韓氏拿了繡花綳子出來準備繡花，青芷忙道：「娘，外面賣香包的一定不少，咱們想要賣出去的話，得和別人不一樣。我們繡的花可以簡單些，一個香包上只繡一朵花，然後我寫一句詩讓娘繡上，也可以繡『福』、『祿』、『壽』這樣的吉祥字。」

韓氏聽了，覺得大有道理，便讓青芷寫詩句，自己繡出來。

母女兩個針線活都很好，手頭又快，再加上繡得簡單，因此到了天黑時候，就做好了五個香囊和五個香袋，有長方形、正方形和三角形，最多的是香囊和雞心形香包。

聽到堂屋那邊傳來開門聲，知道王氏起來了，韓氏和青芷忙把做好的香包香囊都收起來。

王氏叫了韓氏和青芷過去，吩咐道：「去年的綠豆還有一些，等一下我拿出來，妳煮一鍋綠豆湯。後院不是有青椒嗎？炒個青椒吧！」

韓氏忙答了聲「是」。

王氏忍不住打了個哈欠，道：「吃過晚飯刷了鍋，給我燒兩鍋水，我要洗澡。」說完，她又欲蓋彌彰道：「如今快五月了，天是越來越熱，動不動就是一身汗，不洗澡不行。」

韓氏自然點頭。

青芷在一邊，忽然笑嘻嘻道：「祖母，蔡春和家有沒有讓人去司徒鎮叫我七姑母回來看您？」

王氏怔了怔，道：「應該是讓人去了，妳七姑母明日就會回來了。」

她特地叮囑蔡春和，交代了要和虞蘭說她想閨女想得都病了，須得延請大夫看病。七女兒最孝順了，應該會帶著銀子和禮物回來看她。

青芷心中越來越疑惑。一是疑惑祖母和蔡春和的關係，二是懷疑祖母急著要七姑母回來，到底想要做什麼？

可她沒說話，去灶屋幫忙做飯去了。

王氏皺著眉頭看著青芷瘦小的身影進了灶屋，心裡升起一股厭惡。

都說青芷生得好，她卻一看見就煩。

想到人家說青芷生得好，她不禁心裡一動，若有所思地立在那裡，半日沒有動彈。

不過青芷還是有些小，才十二歲，這時候還賣不上價錢，再等等吧！

第八章

第二天早上，青芷起來，梳洗之後去找韓氏梳頭。

梳完頭，母女倆正在說話，忽然聽到外面傳來敲門聲，韓氏忙推了推青芷。「有人來了，去開門吧！」

青芷心道：是七姑母來了嗎？也太快了吧？

她走去打開大門，發現是虞秀萍和石露兒，心中有些疑惑。今日七姑母要來，三姑母怎麼也來了？

虞秀萍說話聲音大，而且一張嘴全是蜜糖，嘴甜得很。她見了青芷先笑了，不要錢的好聽話說個不停。「喲，青芷生得越來越漂亮了，長大一定是個漂亮姑娘。」

石露兒聽自己母親誇青芷，斜了青芷一眼，徑直進了大門，向堂屋走去。

青芷特意看向她的耳垂，發現石露兒還戴著自己那對珍珠耳墜。她略一思索，也跟在虞秀萍和石露兒的後面過去。

虞世清正坐在方桌前陪王氏吃早飯，見到三姊虞秀萍帶著外甥女石露兒進來，忙起身道：「三姊來了。」

虞秀萍笑著拍了石露兒一下，聲音大得震耳。「露兒，快和妳舅舅打個招呼。」

石露兒皺著眉頭行禮，叫了聲「舅舅」。

虞世清正要請虞秀萍母女坐下，忽然發現青芷也進來了，一雙黑泠泠的大眼睛一直看著石露兒，臉上滿是難過的神情。

他順著女兒的視線看過去，正好看到石露兒耳垂上的珍珠耳墜子。

虞世清記得清清楚楚，當時他總共花了一兩銀子，青芷長這麼大，這是他給女兒買過最貴的東西。

珠寶鋪子的夥計說這對珍珠值錢，是真正的南海珍珠，玲瓏剔透，瑩潤潔白……

虞世清總算明白青芷為何難過了，原來青芷說的是真的，母親真的把青芷的耳墜子給了外孫女！

他又看向青芷，發現青芷盯著石露兒的耳朵看了一會兒，低下頭去，慢慢走了出去。

看著女兒瘦小的背影，虞世清心裡一陣難受。他看向母親和三姊，發現她們母女坐在那裡聊得正開心，根本沒注意到青芷的異常。

虞世清再看向外甥女石露兒，發現石露兒坐在那裡，玩弄著手腕上一只銀鐲子，也沒發現什麼。

他本要開口問母親，青芷那對珍珠耳墜在哪兒？可是看看這和諧的景象，還是把想說的話嚥了下去。一家人和和氣氣的，何必鬧得大家都不開心呢？

青芷走出堂屋，直接回了自己屋子。

她站在窗前，看著虞世清慢慢走出來，往西廂房這邊看了眼，然後直接出門去學堂了。

雖然前世經歷過一次次失望，可是這一次，她還是有些難過。

在爹爹看來，祖母搶走她的東西送人也沒什麼，誰讓祖母是長輩呢！

難過了一會兒之後，青芷很快恢復正常，開始思索。祖母也不嫌費事，非要把七姑母叫回來，而三姑母又恰巧回來，到底是想做什麼？

記得上次三姑母過來，說是兒子石林要訂親卻沒有銀子，要問祖母借銀子，祖母卻沒有給。

前世時，因為七姑母家有錢，其他幾個姑母都想盡法子向七姑母借錢，可是到青芷離開南陽，她們都沒有還錢，而且也都不準備還錢了。

難道，三姑母和祖母設了什麼計策，就等七姑母上套？

青芷靜靜思索著。

七姑母是虞家七個姑母中唯一對他們稍微好些的，前一世，別的姑母借了七姑母不少銀子不肯還，結果七姑父的小妾告狀，七姑母同七姑父大吵了一架，離家去廟裡住著，後來便一直在廟裡住著。

這一世她想要幫助七姑母，也是為了前世七姑母的那一點善意。

另外，如果三姑母從七姑母這裡借不到銀子的話，一定會逼著祖母出的。爹爹不在乎祖母把她的珍珠耳墜送人，可若是祖母把家裡的積蓄都送人呢？爹爹還不在乎嗎？

青芷心中計議已定，便去看韓氏。

這時候的韓氏去後院給莊稼地和菜地施肥去了，青芷見母親忙碌，就悄悄溜出去，一出門便沿著大路一路向西。

剛走到村子西北的羊山腳下，她就隱隱聽到一陣馬車轆轆聲，中間夾雜著鈴鐺的清脆響聲，想必是馬頸下掛的鈴鐺聲。

她忙閃到路邊，抬眼看了過去。

片刻後，果真有一輛嶄新的馬車沿著山腳的官道從西邊繞過來。

青芷定睛看了看車夫，發現不是前世溫家的車夫司徒鋒，而是更早的車夫張允，這才鬆了一口氣。她記得張允嘴巴嚴得很，而且是表哥溫子淩的親信。

溫家所在的鎮叫司徒鎮，司徒鎮的大部分人家都姓司徒，溫家反倒是外來戶。她記得前世溫家的車夫叫司徒鋒，很得溫東信任，司徒鋒的小妹司徒娟就是藉哥哥接近溫東，最後大著肚子進了溫家。

那個時候，誰都沒想到，這個可憐兮兮挺著大肚子進門的小妾司徒娟，最後居然能把溫東的正妻擠走，霸占了溫家。

馬車越來越近，眼看著就要走遠，青芷來不及多想，提高聲音叫道：「七姑母！」

聽到外面的聲音，虞蘭撩起車簾往外看了看，認出路邊的人是姪女青芷，忙吩咐車夫停車。「張允，快停車。」

車夫拉著韁繩，慢慢停下馬車。

一個俊秀少年探身看了看，見是青芷，從馬車裡跳下來，笑嘻嘻道：「青芷，妳怎麼來了？」

這正是青芷的表哥，虞蘭的大兒子溫子淩。

青芷忙乖巧地叫了聲「子淩哥哥」。

虞蘭生了溫子淩和溫子涼兩個兒子，十四歲的溫子淩生得像虞蘭，頗為秀氣；十一歲的溫子涼卻生得像溫東，長相普通。正因為兩個表哥生得不同風格，因此青芷一見溫子淩就認了出來。

虞蘭笑道：「子淩，別淘氣了，快扶著青芷上車吧！」

溫子淩答應了聲，果真把青芷扶上馬車，自己也上去。

馬車很大，有正座和倒座，虞蘭在正座上坐著，溫子淩在倒座上坐下。

青芷看了看，在溫子淩旁邊挨坐，看著對面的虞蘭，微微一笑。「七姑母。」

虞蘭笑著打量溫子淩和虞青芷，發現表兄妹倆長得居然有些相似，不由笑了起來。「你倆長得還真像。」

溫子淩笑著看了看青芷，道：「青芷比溫歡更像我的親妹妹。」

虞蘭見溫子淩對青芷親近，心裡也歡喜。她最盼著娘家姊妹兄弟和睦了。

青芷撩起車簾往外面看了看，見前面鬱鬱蔥蔥一大片，知道快到蔡家莊了，忙道：「七姑母，您這次過來，一定要小心一點。」

虞蘭一愣。「青芷為何這樣說？」

青芷一本正經道：「我聽祖母和三姑母商議，要想辦法從七姑母這裡借銀子給石林表哥訂親，以後就不還這銀子了。」

見虞蘭臉上滿是不相信的神情，她便道：「三姑母嗓門太大，我在後院澆菜時聽到的，七姑母不相信的話，我也沒辦法。」

溫子淩看了看青芷，見她神情嚴肅，心裡不由信了幾分，便看向虞蘭，認真道：「娘，您要是再借錢給人又收不回來的話，爹可是要生氣的。」

青芷聽了，心思急轉。「七姑母，我聽祖母說，大姑母和二姑母都借了您的銀子，她們如今還了嗎？」

虞蘭沒想到青芷會當著兒子的面說這些，當下臉色有些紅，忙道：「她們如今哪裡有銀子還給我……」

青芷垂下眼簾，淡淡道：「沒有銀子的話，大姑母和二姑母住舊房子不就行了，為何非要重新蓋大瓦房？」

溫子淩聰明得很，知道自己的大姨母和二姨母已經從心軟的娘這裡借了不少銀子。「娘，這些事要是讓爹爹知道的話……」

虞蘭臉色有些發白，卻依舊嘴硬。「不讓你爹知道不就行了。」

青芷低聲道：「七姑母，怕就怕人家把您當冤大頭……」

溫子淩看了青芷一眼，見她眼中滿是擔憂。「娘，您聽青芷說的，畢竟妹妹常常能聽到姨母們和姥姥說話。」

他知道正因為青芷年紀小，別人都不防備，反倒能聽到很多話。

可虞蘭不想聽，她一直覺得母親疼愛自己，姊姊們都關心自己，很怕青芷的話證明是自己一廂情願。

見七姑母的臉都白了，一臉的不情願，青芷便故意怯生生地道：「七姑母，等一會兒到了村子外面就把我放下來吧，祖母若是知道我和您說了這些話，怕是要打死我了……」

溫子淩離青芷很近，能夠感受到她在瑟瑟發抖，心裡一陣難過，便看向虞蘭。「娘，到了外祖母那裡，您可別說漏嘴了。」

虞蘭自是知道自己的娘不喜歡青芷，嫌棄青芷是個女孩子，她也擔心青芷因此挨打，便答應下來。

眼看著馬車要進村了，溫子淩讓張允停下馬車，自己先下了馬車，然後把青芷扶下去。

溫子淩打量著表妹，見她身上的衣裙都舊了，有些地方明顯破了，卻又用絲線繡了花補上，雖然舊，卻整整齊齊、乾乾淨淨，心中滿是憐惜，從腰間繫著的荷包裡掏出幾塊碎銀子，放在青芷手心裡。「青芷，拿去買糖吃。」

青芷看著手心裡的碎銀子，只覺得沈甸甸的，這些碎銀子怕是有一兩多。她鼻子莫名有些酸澀，仰首看著溫子淩，輕輕道：「謝謝子淩哥哥。」

前世的溫子淩後來中了司徒娟的圈套，喜歡上一個女孩子，誰知那個女孩子是司徒鋒找來的，是個染了髒病的妓女，溫子淩便染上了髒病，下身爛掉而死。

染病那年，溫子淩十五歲，而去世時，溫子淩才十六歲……

一切都還來得及！

青芷笑盈盈地看著俊秀的表哥，心中暗自下定決心。

溫子淩伸手摸了摸青芷的腦袋，柔聲道：「妳先自己回去，等有空了表哥帶妳進城去玩。」

青芷點點頭。「子淩哥哥，你快上車吧，七姑母要等急了。」

溫子淩這才上了馬車。

看著馬車駛入村子，青芷才收起碎銀子，慢慢往前走去。

進了自家大門，青芷便聽到堂屋傳來虞秀萍響亮的聲音。「……自從爹爹去了，娘辛辛苦苦養育我們長大，七妹妳和八郎最小，幫不上什麼忙，都是我們這些做姊姊的做繡活掙錢，養活妳和八郎……」

站在灶屋門口聽了一會兒，青芷就全明白了——祖母和三姑母是想回憶當年，述說姊妹情深，然後哄著七姑母乖乖借錢呢！

她進了灶屋，見韓氏正在打荷包蛋，便道：「娘，子淩哥哥呢？」

「妳祖母讓他去學堂給妳爹送東西去了。」

青芷知道王氏這是故意支走溫子淩，好騙出虞蘭的銀子，當下道：「子淩哥哥不會這麼傻吧？」

她都說得那麼清楚了，子淩哥哥還會乖乖被支出去？

想到這裡，她又出去了。大不了飛快地跑到學堂，把子淩哥哥叫回來！

剛出大門，青芷便看到溫子淩從東邊走過來，忙招手示意他過來。

待他過來了，青芷一把拽住溫子淩的衣襟，恨鐵不成鋼地道：「我都說得那麼清楚了，你還敢離開七姑母？快進去吧，七姑母重感情、耳根子軟，怕是要拿出白花花的銀子給人了。」

溫子淩見表妹急成這樣，不由微笑，輕輕道：「我知道，所以我裝作出去，然後讓張允去學堂給舅舅送東西，自己回來了。」

青芷見溫子淩早有準備，放下了心，道：「既然如此，那我就放心了。」

溫子淩微微一笑，臉頰上現出一對米粒大的酒窩，又摸了摸青芷的腦袋。「妳才多大，怎麼跟小大人似的？」

她搖了搖腦袋，擺脫溫子淩的手。「哎呀，子淩表哥把我髮髻弄亂了，都不漂亮啦！」

溫子淩不由笑了起來，收回手，往正房走去。

青芷進了灶屋，幫著韓氏燒鍋，豎著耳朵偷聽堂屋那邊的動靜。

正房的明間裡終於靜了下來。

虞蘭聽了母親和三姊哭訴當年苦難，心裡又是難受又是感激，眼睛早濕潤了，低頭坐在那裡落淚。

王氏見了，當即打鐵趁熱。「七娘，妳三姊為了照顧妳和八郎，嫁到了石家，有點錢都拿回來給我養妳和八郎，要不是她，妳能長大、能現在這麼有錢？這都是妳姊姊幫妳，妳才有了今日的好日子。」

她裝模作樣地擦了擦眼角。「如今妳三姊遇到了難處。妳外甥石林看上了同村張家的四姑娘，張四姑娘生得好，性子也好，也看上了石林；只是張家要的彩禮多，快把妳三姊給愁死了，又不能真的棒打鴛鴦，讓石林和張四姑娘分開，她為難得天天在家裡哭……」

虞蘭聽到這裡，心裡一陣酸楚，恨不得把心都交給三姊，忙用帕子拭了拭淚，道：「娘，三姊還差多少銀子？不行的話，我先給她湊湊。」

虞秀萍聞言大喜，忙看了王氏一眼，見王氏含笑點頭，便開口道：「也不用很多，二十兩銀子就夠了。」

虞蘭覺得三姊借得也不多，便打算答應，誰知這時候溫子淩走進來，笑看著虞蘭。「娘，我爹昨日還和我說，他要買下磨山，錢正好不湊手，要妳拿出私房銀子先讓他用呢！」

虞蘭聞言一愣。丈夫溫東可不是好惹的，而且溫東最煩她貼補娘家，若是知道她又把銀子借給三姊，怕是要大鬧一場。

想到溫東的拳頭，虞蘭一下子說不出話來了。

王氏和虞秀萍見煮熟的鴨子飛了，都有些惱，就連在一邊不說話的石露兒也挺不高興。

王氏皺著眉頭看向溫子淩。「子淩，不是讓你給你舅舅送東西嗎，怎麼這麼快就回來了？」

溫子淩笑了笑，道：「我讓張允去送了。」又直接道：「娘，爹不是交代讓我陪您去南陽城相看丫鬟嗎？再不去時間就不夠了。」

虞蘭一聽，馬上想起了這件事，忙道：「那咱們趕緊走吧。」

溫子淩含笑地上前扶著虞蘭。「娘，您多看幾家，選一個合您心意的。」

王氏和虞秀萍見財神奶奶兼冤大頭就要被溫子淩帶走，當下急了，跟著出了堂屋。

虞秀萍又妒又羨，一顆心似浸在陳醋中般縮成一團。七妹都要使喚丫鬟了，我還為了兒子的婚事東奔西走籌銀子！

她雙手緊握，手心差點被自己的指甲刺破，一看到在灶屋燒鍋的青芷，馬上計上心來，秉著損人不利己的原則，笑嘻嘻地道：「喲，何必去城裡人牙子那裡買丫鬟呢！七妹妳家大業大，外人進了妳家，如何放心？」

虞蘭看向虞秀萍。

虞秀萍笑容燦爛。「七妹，八弟家的青芷一直在家閒著，手腳挺勤快，不如妳隨便給咱娘幾兩銀子，把青芷帶回去，先使喚兩、三年，倒也便宜。」

虞秀萍的算盤打得很精，虞蘭領走青芷，給母親一些銀子，而那些銀子還是會落到她手裡。

青芷今年十二歲，在虞蘭家幫兩、三年忙就十五歲了，正好可以再賣個大價錢。

王氏聽了，覺得大為有理。在家吃閒飯的青芷去了虞蘭那裡，不但省了每日的嚼用，還能從虞蘭那裡要來銀子，何樂而不為？

聽了虞秀萍的話，韓氏原本正拿杓子從鍋裡盛荷包蛋，聞言手一鬆，杓子落了下去，碰在鐵鍋上，發出清脆的撞擊聲。

韓氏嘴唇顫抖，向前跨出一步，站在灶屋門口，呆呆地看著婆婆，一句話都說不出來。

青芷一聽，心裡一驚。她若是離開，爹娘怕是還要走上前世的老路，最終被祖母害死！
她的心怦怦直跳，脊背瞬間冒出一層冷汗，忙深吸一口氣，握緊雙拳，竭力令自己冷靜下來，腦子急速地運轉著。
在一邊的溫子淩聽了，倒覺得三姨母的提議挺合適。
他知道外祖母常常虐待青芷，青芷都十二歲了，還又瘦又小，看著像是十歲的小丫頭，一看就是營養不良。若是去了他家，有他和子涼護著，他娘也不是刻薄的人，說不定青芷還會比在家裡好一些。
這時，青芷的視線落在溫子淩身上，頓時有了主意。
她走到韓氏身旁，伸手拉住她的手，用力握了握，以安慰韓氏。
韓氏急得大腦一片空白，雙手顫抖，被女兒握住手，才略微放鬆一些，眼中滿是期待。
青芷含笑掃了周圍一圈，與此同時把主意在腦子裡過了一遍，覺得妥當了，她先深深看了溫子淩一眼，然後笑道：「我去七姑母家幫忙自然是好的，不過銀子是不用給了。自家姑姪，骨肉至親，談錢多傷感情。」
七姑母就算給了銀子，也是便宜了祖母和三姑母，不如不要。而且祖母和三姑母要讓她去溫家也是為了銀子，沒有銀子的話，祖母樂得她留在家裡當小丫鬟。
青芷說著話，一邊給溫子淩使了個眼色。
溫子淩機靈得很，當即配合道：「對啊，我們是自家骨肉，青芷去我家裡幫忙，到時候她的婚事外祖母就不用插手，都交給我母親吧！」

他是個聰明人，也瞧出了外祖母和三姑母的打算。

虞蘭本來準備答應下來的，誰知兒子搶先說了，便笑道：「子淩說得是，青芷若是去了我家，以後她的事，娘就不用管了。」

王氏聞言，覺得不對，眼睛一轉，計算了起來。

虞秀萍聽了，眉頭也皺起來，忙在心裡算計著。

青芷打鐵趁熱，笑盈盈道：「祖母，我去了七姑母家，家裡活兒多，我娘要是忙不過來，祖母可得多擔待，少不得您老人家得受點累了。」

王氏聽了，當即明白了——若是青芷去了虞蘭家，受損失最大的是她，她不但沒了一個便宜小丫鬟，還不能等青芷長大賣個好身價！

她氣咻咻地瞪了出這個餿主意的虞秀萍一眼，沈聲道：「青芷長得矮，其實已經十二歲，是個大姑娘了，哪有大姑娘去親戚家幫忙的？」

虞秀萍心裡有點不忿，上前要開口反駁，衣袖卻被石露兒拽了拽。

石露兒緩緩搖搖頭，用低得幾不可聞的聲音道：「娘，此事須得從長計議。」

虞秀萍最聽女兒的話，當下壓下心頭的火氣，冷笑一聲，退了回去。

青芷鬆了一口氣，對著溫子淩笑了笑，以示感謝，然後看向韓氏，笑容更加甜美。

韓氏徹底鬆了口氣，這時候才發現自己背脊出了一層汗，把中衣都浸濕了。

溫子淩含笑看著青芷。在他記憶中，無論是外祖母還是母親，提起青芷都說她性格倔強、桀驁不馴，很不聽話，沒想到今日見了，她變得開朗、聰明、善言，是個活潑可愛聰明的小姑娘了。

王氏和虞秀萍沒能從虞蘭手中弄到銀子，心裡自然不甘，這下子也不急著送虞蘭離開了。

虞秀萍笑聲響亮，上前拉住虞蘭，熱情萬分。「我的七妹，娘親給妳準備了妳最愛吃的鯉鮓，妳中午也別走了，先嚐一嚐這鯉鮓，然後帶一罈再走，豈不便宜？」

王氏矜持地點點頭。「嗯，蘭兒，妳三姊說得是，吃了午飯再走吧！」

虞蘭自小愛吃鯉鮓，只是以前家裡窮，哪能吃幾次？越是吃不到她就越想吃，結果就特別愛吃鯉鮓，尤其是娘家的鯉鮓。因此聽了三姊和母親的話，她心裡一陣溫暖，眼睛含笑看向王氏。「娘——」

青芷笑咪咪插嘴道：「七姑母，這些鯉鮓是祖母之前讓我和我娘做的，祖母還說做了鯉鮓能換回更多銀子呢！」

虞蘭聞言，滿心的感激如同豬尿泡裡的氣，「哧」的一聲全跑了。原來母親還是為了從她這裡弄銀子！

王氏恨不得一耳光搧在青芷嘴巴上，正要開口，溫子淩已經道：「娘，爹讓咱們早些回去的。」

虞蘭心裡涼涼的，眼神複雜也看了自己的娘一眼，然後吩咐溫子淩。「子淩，拿二兩銀子給你外祖母。」

說罷，她理了理裙裾，向外走去。

溫子淩微微一笑，掏出幾塊碎銀子，約莫二兩多，恭敬地放在王氏手上。「外祖母，這點碎銀子，您先拿著花，以後不夠的話，直接和我娘說，不用繞這麼大的圈子。」

王氏氣得臉色脹紅，本待不要，可是看著白花花、還帶著鑿痕的碎銀子，她實在捨不得，只得攥緊銀子，笑道：「看你這孩子說的，外祖母以後可不和你們客氣。」

溫子淩拱手行了個禮，告辭出去了。

第九章

待虞蘭離開了，王氏強自壓抑滿腔的怒火，皮笑肉不笑地看向青芷。「青芷，咱們回去吧！」

她從來不在人前打罵青芷，以破壞她的好祖母形象。

青芷拖延時間，笑咪咪道：「祖母，今天多虧我了吧，要不然咱家做鯉鮓花的銀子還沒著落呢！」

王氏霎時爆發了，右手伸到門後拔出門閂，拿在手裡就要砸青芷。

青芷反應很快，一把拉著韓氏便跑出去，一邊哀號著。「祖母要打死我了！救命啊！救命啊！祖母要打死我了！」

韓氏猝不及防被女兒拉出去，剛開始有些懵，可是一抬眼看著氣勢洶洶要追出來的王氏，終於反應過來——婆婆是真的要打青芷！

她畢竟一天到頭不停做活，體力自然好，當即用衣袖遮住臉，跟著青芷往外跑。

王氏畢竟愛面子，氣得倒仰，卻也沒有追出去。

見王氏氣得臉都紅了，虞秀萍忙上前扶住王氏。「娘，先回屋吧，您何必跟韓氏和虞青芷這兩個賤人置氣？晚上等八郎回來，讓八郎收拾她們豈不更好？」

王氏胸口悶得快要出不了氣，依著女兒回了正房。

青芷跑出大門不遠，見眾鄉親都圍上來，便撲進韓氏懷裡抽抽搭搭地哭起來。「娘，祖母要打死我們娘兒倆，怎麼辦？」

韓氏被婆婆欺負了這麼多年，哪裡有什麼法子，當即悲從中來，也掩面哭起來。圍觀的幾個婆婆媽媽見狀，同情得很，妳一言、我一語地安慰著。

青芷知道輿論的力量，也不多說，只是流淚。

她做出強忍眼淚的模樣，抽泣著叮囑韓氏。「娘，祖母不讓咱們娘兒倆進門，您別走遠，我去找爹爹，讓爹爹帶咱們回家。」

鄰居胡春梅的祖母最熱心，當即道：「青芷，妳趕緊去尋妳爹爹吧，我等在這裡陪妳娘。」

其餘鄰里也都七嘴八舌道：「快去吧，這裡有我們呢！」

「這孩子真可憐，誰不知道王婆子有多狠。」

青芷屈膝福了福，含淚道：「謝謝各位大嬸、大娘了，請各位看著我娘，別讓我娘又被……被祖母打了。」

說著說著，她似已忍耐不住，拎著裙裾向東疾奔而去。

此時，學堂裡倒是熱鬧得很。

快到午時，虞世清索性讓大家休息，自己和幾個明年要去參加縣試的學生坐在學堂裡聊天。

鍾佳霖回到西廂房，脫去外面的新儒袍，換上先生給的舊衣服，去了灶屋開始忙碌。

他做事麻利，灶屋也收拾得整潔異常，食材都是早上提前準備的，很快就做好了番茄莧菜湯麵。

鍾佳霖正要出來請先生用午飯，卻看到一輛嶄新的馬車停下來，一個俊秀的錦衣少年下了馬車過來，他當即迎上去。

溫子淩一進大門，便見一個清俊的清瘦少年迎出來，忙拱手道：「我是虞先生的外甥溫子淩，有事求見舅舅。」

鍾佳霖見溫子淩生得與虞世清有些相似，微微一笑。「溫公子，請。」

虞世清一見外甥，心中歡喜，引著溫子淩去西廂房坐下。

鍾佳霖去沏茶。剛出西廂房，就發現原先熱熱鬧鬧的院子裡靜了下來，接著看到了穿過人群走來的青芷。

青芷的小臉蒼白，大眼睛裡含著淚，鍾佳霖見狀，疾步上前。「青芷，怎麼了？」

青芷原本是八分演戲，二分傷心，可是一見到鍾佳霖，那二分傷心立刻膨脹成十分，當即撲進他懷裡放聲大哭。「哥哥，祖母要打死我！」

鍾佳霖心裡悶悶的，有些難受。

他一抬眼看到從學堂走出來的蔡羽、蔡翎，怕對青芷閨譽有礙，忙輕輕道：「師妹，我帶妳去見先生。」

青芷「嗯」了一聲，這才鬆開了鍾佳霖。

蔡羽不動聲色地走過來，把自己的帕子遞過來。「師妹，先擦去眼淚，再去見先生吧！」

青芷接過帕子，卻沒有立即擦眼淚。她的淚水可是得讓爹爹看見呢！

鍾佳霖見狀，心裡一動，轉身看向西廂房，見虞世清過來了，忙道：「先生。」

聽到外面的動靜，虞世清帶著溫子淩走出來，見青芷眼中含淚，只道：「進來說吧！」

進了西廂房，青芷胡亂用蔡羽的帕子拭了拭淚，抽泣道：「爹爹，祖母要打死我！我好怕……」

見女兒哭得眼睛都腫了，虞世清心裡一陣焦急。「青芷，到底怎麼回事？」

溫子淩見表妹哭成這樣，忙道：「青芷，是不是外祖母因為銀子的事打妳了？」

青芷擦了把眼淚，連連點頭道：「子淩哥哥，祖母怪我亂說話，害她和三姑母沒能從七姑母那裡騙來銀子給石林哥哥訂親，所以拿了門閂追著打我娘和我……」

溫子淩一聽全都明白了，心裡很生氣，面上卻是不顯。

虞世清皺著眉頭看向溫子淩。「子淩，到底怎麼了？」

溫子淩嘆了口氣，便看向青芷。「青芷，妳先說，我補充。」

青芷正要開口，眼前忽然出現一個白瓷茶盞，茶盞裡，碧青的茶液微微蕩漾——是鍾佳霖。

她看了鍾佳霖一眼，接過茶盞飲了一口，覺得喉嚨濕潤了些，才含淚看向虞世清。「爹爹，前幾日三姑母因為要給石林表哥訂親，銀子不夠，來找祖母借銀子。三姑母嗓門大，我在外面聽見她和祖母商量，要我娘做鯉鮓送給七姑母，好借七姑母的銀子，這樣以後就不用還了……」

虞世清一聽就明白了。母親又要劫富濟貧，幫三姊「借」七姊的銀子，只是從來都是只「借」不還罷了。

這樣的事先前發生過很多次，除了五姊，大姊、二姊、三姊、四姊和六姊都借過七姊的銀子，而且都是借到銀子之後就沒了下文。

得知外甥也知道這些事，虞世清覺得太丟人了，臉一下子脹得通紅。他畢竟是個實打實的秀才，頗愛面子。

鍾佳霖放下茶盞就離開了，守在門口不讓人窺探。

西廂房內靜了一瞬。

溫子淩開口道：「舅舅，外祖母和三姨母開口找我娘借銀子，可是您知道我爹的性子，我娘不敢自作主張，便沒有同意，結果外祖母就把氣撒在舅母和青芷身上。」他看向虞世清，聲音清朗。「舅舅，其實自家親戚，如果真的事情緊急，借錢也是可以的，只是幾位姨母和外祖母……」溫子淩看了青芷一眼，欲言又止。「因為這些事，我爹已經發過好幾次脾氣了……」

虞世清脹紅著臉道：「子淩，你放心，這件事我來解決，你娘還在馬車裡等著呢，你帶著你娘進城辦事去吧！」

溫子淩答了聲「是」，抬眼看向虞世清，猶豫了下才道：「舅舅，舅母和青芷表妹實在太可憐了，您看青芷瘦成什麼樣子了。」

他一向有俠氣，知道自己這個舅舅愚孝，便不再多說，而是掏出荷包塞到青芷手裡，沈聲道：「青芷，這些碎銀子妳拿去，別讓外祖母再搶走，妳自己去買些肉、買些雞蛋，到學堂這邊吃。」

說罷，溫子淩拱了拱手，告辭而去。

青芷一下子愣住了。前世根本沒有發生這件事！

她原本打算追上去告訴溫子淩，讓他提防司徒鋒、司徒娟兄妹和庶妹溫歡的，此時一時愣住了，也沒來得及說。

不過她心裡也清楚，那些事實在太重要，須得從長計議。

虞世清聽了外甥的話看向女兒，這才意識到青芷實在太瘦了，又瘦又小，根本不像是十二歲的女孩子。

他心裡難受得很，上前攬住青芷細瘦的雙肩，澀聲道：「青芷，別怕，爹爹陪妳回去。」

青芷重生之後第一次被爹爹抱住，一時悲喜交集，放聲哭了起來。

前世時，爹娘相繼離世後，為了活下去，她只能拚命地逃，苦苦地掙扎，那時候，她不敢哭、不能哭。

想到前世臨死前，痛得蜷縮成一團恨不能立時死去的記憶，她顫抖起來——這一生，她再也不進英親王府，她要保護爹娘，好好活下去！

鍾佳霖候在外面，聽到青芷撕心裂肺的哭聲，心微微抽搐，鼻子一陣酸，當年被拋棄在異鄉街頭時的孤獨悽苦，湧上心頭。

他一直以為自己忘了，原來不曾忘卻。

虞世清拿過青芷手裡捏的帕子，小心翼翼拭去青芷的淚水，柔聲道：「這荷包是妳子淩表哥給的，妳收起來吧！爹爹這就陪妳回去。」

青芷含淚看向虞世清，歡喜地笑了。

正房堂屋內，王氏和虞秀萍端坐著。石露兒坐在靠西牆擺著的椅子上，自顧自把玩著外祖母給的珍珠耳環。

虞秀萍看著王氏。「娘，給石林訂親的銀子怎麼辦？」

王氏也沒料到今日居然沒能從虞蘭那裡借到銀子，以前只要她回憶一下當年的苦日子，虞蘭就會感動，然後拿出銀子來的。

一想到青芷壞了她和三女兒的大事，王氏就恨得牙癢癢，恨恨道：「都是因為虞青芷這個賤丫頭！」

虞秀萍跟著罵了幾句，然後道：「娘，您先借我十五兩銀子吧，讓我把石林的婚事先定下來，等我從七妹那裡借到銀子就還您。」

其實給石林訂親，十兩銀子就夠了，可是虞秀萍故意獅子大開口說十五兩，好留有討價還價的餘地。

王氏最拿虞秀萍和六女兒沒辦法，被虞冬梅糾纏了一番，只得道：「我如今只有十兩銀子，都借給妳好了，不過到了除夕前一定要還回來，不然世清會發現的。」

虞秀萍心願達成，喜孜孜道：「多謝娘，您放心吧，今年年底我一定還給您。」

聽了三女兒的甜言蜜語，王氏心裡總算熨貼了一些，起身去東暗間拿銀子了。

見王氏的背影消失在繡著喜鵲登枝圖案的門簾後面，虞秀萍得意洋洋，給女兒使了個眼色。

石露兒也佩服自己娘親，不過她反應一向慢，思索片刻，才輕輕道：「娘，您真厲害。」

虞秀萍正要說話，見門簾被掀起來，王氏要出來了，忙笑著起身迎接。「娘。」

王氏把一個手帕包遞給虞秀萍。「妳先拿著用吧！」

虞秀萍接過手帕包，覺得沈甸甸得有些墜手，當即歡喜，緊緊攥著手帕包，眉開眼笑。「多謝娘。」

王氏嘆了口氣。

今日沒從虞蘭那裡弄到銀子，她自然是失望的，不過雖然失望，卻覺得以後還有機會。反正虞蘭有錢，日子過得好，要是有良心，怎麼可能自己吃香的、喝辣的，眼睜睜看著她姊姊們過苦日子？

這次不成，下次再想法子，一定讓虞蘭幫著她姊姊們蓋房子娶媳婦、嫁閨女，誰讓虞蘭比姊姊們都有錢呢！

還有兒子虞世清，他如今是秀才，而且做著塾師，一個月能掙一兩銀子，間或還拿做束脩的乾肉回來，也比他姊姊們日子過得好，自然得幫補姊姊們。

虞秀萍把裝銀子的手帕包抬了抬。「娘，我得趕緊回去，免得被韓氏和青芷那小蹄子看見了。」

王氏點點頭。「那妳趕緊走吧！」

雖然她不怕韓氏知道，可是青芷那小蹄子也不知道像誰，很是難纏，能不讓她知道，還是別讓她知道好了。

青芷拉著虞世清的手，急急走著。

三姑母沒能從七姑母那裡借到銀子，按照那不達目的不肯甘休的性子，一定會從祖母手裡借銀子。若是走得快一些，正好遇上的話，也讓爹爹看看他娘親把自己掙的銀子都用在哪裡！

此時正是中午時分，已經有些熱，青芷走得太快，雪白的額頭上沁出一層晶瑩的汗，可是她不管不顧，一直往前疾走。

虞世清叫不住她，只得緊跟著走。

從學堂回家的路是一條東西向的大路，虞世清和青芷剛走過大石橋，便看到前面路邊的白楊樹下站著一群女人，而被這些女人圍在中間的，正是他的娘子韓氏。那些女人七嘴八舌，韓氏則掩面不說話，肩膀微微聳動著，像是在哭。

見此情狀，他知道事態怕是嚴重了——韓氏很愛面子，不到萬不得已是不會跑出來在人前哭的。

青芷也看到了，也不說話，拉著虞世清跑得更快了。

圍觀的人勸了好一陣子，見韓氏只是哭，都不說話，便有些著急，這時候有人見虞世清來了，忙道：「韓氏，妳相公來了！」

韓氏淚眼矇矓地看過去，見是虞世清和青芷，心裡一鬆，眼淚更加洶湧。「相公，青芷……」

虞世清見韓氏哭得眼睛都腫了，臉上全是淚，心裡一緊，正要說話，圍觀的媳婦、嬸子們便紛紛說起來。

其中西鄰的胡老娘最熱心，大聲道：「太亂了，大家別說了，讓我老人家來說吧！」

胡老娘從人群裡擠出來，走到虞世清面前。「虞秀才，剛才你們家老太太拿了門閂，劈頭蓋臉把你娘子和青芷打了出來，也不知道為了什麼，你娘子也不肯說，只是哭。」

眾婦人七嘴八舌地附和起來。

青芷一邊假裝抹眼淚，一邊注意自家大門的動向，預備隨時過去。

虞世清這下子都明白了，他一輩子愛面子，如今自己的妻子、女兒被老娘打到了外面，長輩慈愛、晚輩孝順的積善之家的假象一下子被戳破，他的臉色脹得通紅，直接拉了韓氏出來。「先回家再說吧！」

他雖然氣自己的娘，卻也有些氣韓氏和青芷不給面子，把事情鬧大。

青芷邊走邊看了虞世清一眼，知道自己爹爹正在生氣，心裡不由一陣痛快。前世爹爹太要面子，被親娘和親姊害死，卻也不肯向別人求助。如今爹爹最看重的和睦家風沒了，看爹爹如何再自欺欺人！

一家三口剛走到大門外，便聽到大門內傳來虞秀萍的大嗓門，當下停住了腳步。

十兩銀子可不是小數目，拿在手裡沈甸甸的，虞秀萍勉強把包銀子的手帕塞進袖子裡，用右手遮掩著，等石露兒開門，口中滔滔不絕。「……咱娘兒倆走河邊的小路吧，青芷那小賤蹄子跟狗一樣精，別被她發現了——」

「被我發現什麼呀，三姑母？」

石露兒正好打開大門，一眼便看到了立在大門外的虞家三口。

青芷打量著虞秀萍，見她衣袖鼓鼓囊囊的，便走上前去一把攥住，口中道：「三姑母，這是什麼？」

虞秀萍一時沒反應過來，袖中的手帕包被眼疾手快的青芷給掏出去，頓時惱羞成怒，抬手就要去搶。

青芷拿著手帕包閃到虞世清身後，探出腦袋道：「三姑母，這是祖母給您的銀子吧！」

虞秀萍看了虞世清一眼，見他盯著自己的手，只得訕笑著把要打青芷的手放下來。「八弟，這是我借的銀子，要給石林訂親用，拿來讓咱娘把把關……」

青芷把手帕包遞出來。「我認得這是祖母的帕子，上面的並蒂蓮還是祖母讓我娘繡的呢。」

虞秀萍見事情敗露，有些惱羞成怒，伸手奪下青芷手裡的手帕包，緊緊抱在懷裡，往外擠了出去，口中道：「算了，懶得和你們多說！」

石露兒也跟著出去了。

虞世清轉身看著虞秀萍母女倆離開。

韓氏心裡全明白了，哭得紅腫的眼睛一直看著虞世清，等著丈夫怎麼處理這件事。

青芷輕輕道：「家裡這些年攢下的銀子都是蔡家給爹爹的束脩，爹爹不是要去參加鄉試嗎？要是都被姑母們借走了，爹爹下次的鄉試怎麼辦？」

虞世清原本還想著要把這件事掩蓋下去，全了母親的體面，可是聽了青芷的話，心裡一凜。參加鄉試所需的銀兩可是不少，家裡如今還有多少銀子？

想到這裡，他心裡有些亂，當即低聲道：「我先送妳們母女回房。」

青芷上前拉住韓氏的手，低聲道：「娘，咱們先回房洗洗臉。」

上有強勢母親，又有七個強勢的姊姊，爹爹性格自然有些懦弱，不是她一朝一夕可以改變的。不過她不急，她才十二歲，還有時間滴水穿石。

把妻女送到西廂房後，虞世清心神不定，起身出去了。

青芷看著虞世清進了正房堂屋，這才微笑地看向韓氏。「娘，我去打水，咱們洗臉。」

韓氏坐在椅子裡，眼中滿是依賴地看著女兒，輕輕「嗯」了一聲。

虞家的院子裡除了夾竹桃等花木，還種了一株白楊樹和一株梧桐樹，如今正是初夏，白楊樹和梧桐樹枝繁葉茂，越發襯出了屋裡屋外的安靜。

王氏端坐在堂屋的圈椅上，拿著一把團扇慢慢搧著，臉上脂粉停勻，嘴唇上甚至搽了香膏，襯著髮髻上明晃晃的金簪子和身上的素紗衣裙，竟不像農家婦人，而是地主大戶家的尊貴太太。

自從虞世清中了秀才，又做了學堂的先生，每年至少能掙十二兩銀子，王氏便沒虧待過自己，該吃吃、該穿穿，該打扮就打扮。

虞世清這些年掙的銀子都被她緊緊攥在手裡，就連韓氏的陪嫁也被她用各種名目占了，誰也別想從她手裡掏走一枚銅錢，除了她疼愛的那幾個閨女。

至於過得還算不錯的虞蘭和虞世清，王氏真心覺得這兩個兒女日子過得不錯，就得接濟其餘姊姊，不然就是沒良心。

見兒子走進來，王氏先下手為強，冷笑一聲，道：「世清，怎麼了？受了那娘兒倆的攛掇，來找你娘我的晦氣來了？」

虞世清看了王氏一眼，飛快移開了眼，在圈椅上坐下來。

這套方桌和圈椅，都是韓氏的嫁妝，被王氏搬到堂屋，再也沒有還回去。

他呆呆坐在那裡，看著屋外不知何時盛開的夾竹桃，始終沒有鼓起勇氣問銀子的事。

王氏見兒子垂頭喪氣不說話，心裡直冷笑。養兒子做什麼？都是娶了媳婦忘了娘，還是閨女最貼心。

她也不說話，怡然自得地搖著團扇，等著兒子開口。虞世清說一句話，她就堵一句話！

她是虞世清的親娘，沒有她就沒有虞世清，他掙的銀子自然得交給她。

屋裡實在太壓抑了，虞世清坐在那裡，恨不得立時逃出去，彷彿那樣就不用理會這些煩心的事情。

這時，外面傳來一陣腳步聲。

虞世清抬眼看過去，看到瘦瘦小小的青芷端了一盆水去西邊。

她實在太瘦小，銅盆又大又重，饒是她小心翼翼，依舊灑了不少。

看著青芷走過去，虞世清想起了女兒的話——「爹爹不是要攢了銀子去參加鄉試嗎？要是都被姑母們借走了，爹爹下次的鄉試怎麼辦？」

他這麼多年來勤勤懇懇地讀書、教書、抄書，不就為了有朝一日金榜題名？可是上次鄉試鎩羽而歸，二十兩銀子就沒了，只得繼續拚命攢錢，以備明年趕考。如果銀子全被姊姊們借走，按著姊姊們的性子，銀子是絕對要不回來的。

下次鄉試，他必須再試一次，所以銀子不能再借出去了。

鼓起勇氣後，虞世清看向王氏，眼神平靜。「娘，這幾年我總共給了您四十兩銀子，那些銀子現在還有多少？我考鄉試要用呢。」

王氏詫異地打量虞世清一番。她沒想到虞世清居然敢開口問銀子有多少。

她呵呵冷笑道：「這些年我幫你養著韓氏和青芷兩個吃閒飯的，銀子都花完了，哪裡有剩餘？」

虞世清一聽，心裡難受失望之餘，竟也有一種如釋重負感，當即起身要走。

走到門口，他扭頭看向王氏。「母親，以前那些銀子您看著辦吧，以後趕考的盤纏我自己來積攢，我的妻女我自己來養活。」

說罷，他不再理會王氏，徑直出去了。

走出堂屋後，虞世清抬頭看向天空。天色湛藍，陽光燦爛，他發冷的身子漸漸暖和起來。

這時候，他聽到背後傳來碗盤摔碎的清脆聲響，卻堅持著不肯回頭。

韓氏和青芷洗罷臉出來，見到虞世清，母女倆都停住腳步，怔怔看著他。

虞世清笑了起來。「中午吃素麵吧！」

韓氏見虞世清笑了，心裡驀地輕鬆起來，輕輕道：「我去和麵。」

青芷笑咪咪。「我去後面菜園掐一把莧菜。」

王氏枯坐在堂屋裡，外面兒子、兒媳婦和孫女的說話聲聽得清清楚楚。

她恨恨地看著地磚上的碎瓷片，心道：走著瞧吧，敢對親娘不孝順，虞世清你等著瞧！韓氏和青芷小賤人，敢挑撥我們母子感情，老娘不弄死妳們，老娘就不姓王！

韓氏和青芷母女在灶屋裡忙碌了好一陣子，這才做好了莧菜素麵。

青芷給王氏盛了一碗，送到堂屋，恭恭敬敬道：「祖母，吃午飯吧！」

把麵擺好之後，她繃緊心神，隨時預備著跳開，她怕王氏把滾熱的麵潑她一身！

王氏懶洋洋瞥了一眼，見麵湯都被莧菜染綠，看著就沒油水，便道：「好了，出去吧！」

今天她被青芷這死丫頭氣得有點沈不住氣，居然衝出去打她們母女，鄰里怕是要議論一陣子了。此事急不得，得溫和可親一些，待過了幾個月，人們都忘了今日之事再說。

用罷午飯，虞世清便回學堂去了。

青芷幫著韓氏收拾灶屋，實在太累，眼睛都快睜不開了，便回自己的房間睡午覺。她本來累得頭暈目眩，可是躺在那裡，腦子卻興奮得很，一時睡不著。

青芷默默在心裡算著。今年她十二歲了，記得這時候司徒鋒好像已經去了七姑父的煤礦場，按照司徒娟的身孕時間推測，這時候的司徒娟應該已經和七姑父勾搭成奸。

今年十月，司徒娟就會大著肚子進了溫家，明年七夕，司徒娟就會和其兄長司徒鋒一起設下圈套，安排一個生了髒病的妓女接近溫子淩，導致溫子淩染上髒病，下身爛掉，除夕夜子時就死了……

青芷閉上眼睛，薄被下的拳頭緊緊握住。她是不會讓子淩哥哥重複前世的悲劇的！

第十章

這晚，王氏夜裡走了睏，一時睡不著。

她把五香肉乾撕成一條條盛在白瓷盤裡，又盛了一碟虞世清買回來的綠豆餅，篩了一壺酒，就著肉乾和綠豆餅吃酒。

她怡然自得飲完了一壺高粱酒，有些上頭，臉熱得發燙，身子裡熱烘烘的，難熬得很。她閉上眼睛，腦海裡浮現佃戶蔡春和那肌肉賁發的臂膀，骨頭縫裡似有小蟲子啃咬，難受極了……

第二天清晨，天還沒有大亮，王氏就起來了。

她去後面園子薅了三棵青艾，然後急匆匆走到大門外，把三棵青艾扔在大門右側靠牆的地上，回頭打量四周一番，抿了抿鬢髮，才施施然回去。

用罷早飯，虞世清、韓氏和青芷三口一起出了門。

快走到大石橋的時候，青芷理直氣壯看向虞世清。「爹爹，給我兩分銀子，我去馬記滷肉鋪買筒子骨熬湯。」

虞世清聞言先是一愣，接著笑了，從荷包裡拿出一粒碎銀子給青芷。

以前家裡的銀子都是母親王氏管著，青芷從來沒問他要過銀子，這還是開天闢地第一次呢！

青芷飛快地屈膝行了個禮，燦然一笑。「謝謝爹爹。」說罷，她轉身向北去了。

虞世清笑了笑，下意識捏了捏荷包，發現荷包裡只剩下寥寥幾粒碎銀子，不由有些擔憂。蔡大戶家這個季度的束脩已經給過他了，他早給了母親，如今手裡只剩下這點碎銀子，而和梅溪書肆約好交書稿的日子是五月初一……

他頓時有些頭疼起來。看來還是得節儉著花啊！

韓氏提著包袱站在那裡，悄悄看了丈夫一眼，見丈夫低頭不語，並沒有準備搭理自己，便不作聲，只是站在那裡等女兒。

馬記滷肉鋪子並不遠，虞世清和韓氏站在那裡，看到青芷正和老闆娘馬三娘說話。

虞世清此時距離妻子很近，近到能夠聞到韓氏身上的香氣。他悄悄吸了吸，發現是一股藥香，便試著道：「妳身上是香藥的香氣嗎？」

韓氏嚇了一跳，頓了頓，才道：「相公，這幾日我和青芷在做香囊和香袋，預備快到端午節的時候拿到南陽城去賣，裡面填的香藥是我自己做的……」她鼓足勇氣看了丈夫一眼，繼續解釋。「我和青芷把曬乾的艾草、薄荷和菖蒲切碎，製成香藥。」

虞世清聽到那句「預備快到端午節的時候拿到南陽城去賣」，忽然想起自己好幾年沒給韓氏銀子零用了，便問道：「娘每個月給妳多少家用？」

韓氏茫然道：「家用？娘沒給過家用啊。」

虞世清不由有些羞愧，臉也有些熱。唉，韓氏這些年究竟是怎麼過來的？

韓氏的眼睛也有些濕潤，呆呆看著青芷的背影。

丈夫和婆婆從來不給她家用，這些年，為了養活青芷，她已經陸陸續續把沒被大姑子們搶走的首飾都當完了，只剩下如今髮髻上的這支白銀梅花簪還沒有當……

想到這裡，韓氏心裡有了一個極大膽的念頭——像虞世清這樣只顧孝順母親，不管妻女的丈夫，到底有什麼用？

這個念頭一閃而過，她便不敢再想了。

青芷正和馬三娘說話，見到一個細眉細眼、頗為清秀白皙的少年走過來，手裡拿著好幾根筒子骨。

少年看到青芷那雙似會說話的眼睛，不知為何臉有些紅，低著頭把筒子骨遞給馬三娘，聲如蚊蚋。「都……都敲好了。」

說罷，他逃也似地去了鋪子旁邊殺豬的棚子。

馬三娘笑了，道：「虞姑娘，這是我家老大，大名叫馬平。」

她丈夫是倒插門，因此家裡的兒女都隨了她姓馬。

青芷渾不在意，認認真真挑選了兩根筒子骨，微微一笑。「三姑奶奶，秤一下這兩根吧！」

馬三娘見青芷親切順眼，麻利地秤了筒子骨，然後道：「一分銀子。」

見青芷垂下眼專注地拿銀子，睫毛長長地垂下來，很是可愛；馬三娘便隨手又揀了根小一些的筒子骨，然後用幾片大荷葉疊著包起來，用紙繩子繞了幾圈包好。

青芷把銀子遞給馬三娘，笑吟吟道了謝，接過筒子骨離開了。

馬三娘一回頭，看到大兒子馬平站在柱子後面偷看青芷，不由一樂，心想，虞秀才雖然清高，可是他親娘王氏卻是個見錢眼開的貨，不知道二十兩彩禮能不能打動王氏這老風流？

此時太陽還沒有出來，整個學堂罩在梧桐樹的樹蔭裡，似籠上一層暗綠的薄紗，靜謐安逸。

青芷老遠就看到鍾佳霖拿著書在角落的樹叢前踱步，等到走近一些，她便聽到他正在背《孟子》。

聽到身後傳來腳步聲，鍾佳霖扭頭看過去，見是先生、師娘和師妹，他忙轉身端端正正拱手行禮。

虞世清見他這麼早就起來讀書，很是欣慰，含笑道：「一日之計在於晨，以後把這個習慣堅持下來。」

鍾佳霖聲音清朗道：「是，先生。」

韓氏含笑打量著鍾佳霖，見他穿著件藏青色紗袍，越發顯得髮黑臉白、眉目秀致，很是清俊，心中很喜歡。

鍾佳霖看向青芷，微微一笑，道：「師妹，要不要嚐嚐烤鯽魚？」

青芷「咦」了一聲。「哥哥，你哪裡來的魚？」

她隨著鍾佳霖向灶屋走去，還沒到灶屋，便聞到了烤魚的香氣。

鍾佳霖從灶屋裡取出一個白瓷盆，白瓷盆裡滿滿都是用荷葉裹著的烤魚。

青芷剝開被烤得發脆的荷葉，見魚皮已經烤成金黃色，便咬了一口，發現外層酥香焦脆，裡面的魚肉鮮美細膩，當真是外焦裡嫩，好吃極了。

鍾佳霖觀察著青芷的表情，見青芷大眼睛瞇著，一臉享受，這才放下心來。「好吃的話，咱們給先生和師娘送去吧！」

其實虞世清還沒有讓他行正式的拜師儀式，可是鍾佳霖自有一套生存智慧，直接跟著蔡羽他們稱呼虞世清先生，稱韓氏師娘，稱青芷則是師妹。

青芷細心得很，看了鍾佳霖一眼，笑咪咪點頭。「這是我前世今生吃過最好吃的烤魚！」

鍾佳霖見她說得這麼誇張，微笑道：「鯽魚還有一種吃法，就是將鯽魚整理乾淨，魚肚破開，抹上油、鹽和香料，在火上烤至九成熟，然後放在骨頭湯裡，加上青菜、千張和豆腐一起煮，吃起來別有一番風味。」

青芷聽了，口水都快流出來了。「哥哥，將來有機會你做給我吃，好不好？」

鍾佳霖笑著點點頭，見虞世清和韓氏在梧桐樹下的石凳上坐著，便把這盆烤魚送過去。

虞家四口人，除了王氏須得每天早上吃兩枚雞蛋，虞世清、韓氏和青芷早飯都以簡樸為主。今天的早飯便是稀粥和韓氏製作的茄鮓，虞世清根本沒吃飽，沒想到學堂居然還有鍾佳霖準備的驚喜，喜出望外，把一條烤鯽魚吃得只剩下魚骨頭和魚刺，這才問鍾佳霖。「佳霖，你從哪兒弄到的魚？」

鍾佳霖靦覥一笑，把一盞茶奉給虞世清，才道：「啟稟先生，我昨夜在河裡放了個竹簍子，清早過去，發現逮住了不少鯽魚。」

虞世清沒想到鍾佳霖還有這個本事，心裡很喜歡，伸手又拿了一條烤鯽魚剝起來。

上午虞家只剩下王氏一個人。

王氏正在西暗間織布，忽然聽到外面傳來敲門聲，心裡一喜。難道他這麼早就來了？忙停下織布機，起身去開門。

門外站著一個中年女人，臉上的粉敷得白生生，眉毛描得長長的，嘴唇塗得紅紅的，身材又瘦又高，穿著紅綢抹胸白紗衫，繫了條水紅裙子，做小姑娘打扮，正是蔡家莊的媒婆丁五娘子。

王氏見是丁五娘子，心裡有些失望，懶懶道：「妳怎麼來了？」

丁五娘子親熱地挽住王氏的手。「奴的姊姊，奴上門還能做什麼？自然是作媒了。」

王氏心裡一動，瞟了丁五娘子一眼。「給誰作媒？我家世清嗎？」

她先前和丁五娘子說過，想給兒子虞世清納一房妾室，好延續虞家的香火，讓丁五娘子幫她留心。只是後來被六姑娘一勸，她便覺得給兒子納妾太貴，不如讓兒子過繼虞冬梅的庶子雷雨時，因此便不再催丁五娘子了。

丁五娘子笑了。「奴的姊姊，您家自有那又紅又香的玫瑰花骨朵……」

王氏明白了——丁五娘子是來給青芷說媒！

她和丁五娘子一起進了正房堂屋，在方桌旁坐下來。

給丁五娘子斟了一盞涼茶後，王氏含笑問道：「說吧，到底來做什麼？」
丁五娘子摸了摸茶盞，發現是涼的，瞟了王氏一眼。「怎麼，奴在姊姊這裡連一盞熱茶都討不到？」
王氏見丁五娘子在這裡賣弄風騷，很看不慣，直接道：「我家兒媳婦和孫女都不在家，沒人燒水泡茶，這涼茶妳且喝著吧！」
丁五娘子喝了一口，才笑吟吟看向王氏。「姊姊，您覺得二十兩銀子是多還是少？」
王氏瞅了丁五娘子一眼，道：「若是給我兒子買妾，二十兩銀子是多了些；若是讓我嫁孫女，二十兩銀子聘禮卻是少了些。」
丁五娘子拿起帕子掩唇嫵媚一笑。「我的姊姊，如今市面上買一個勤謹些的小丫頭，也不過是四、五兩銀子。」
王氏不為所動，端起手邊的茶盞飲了一口，淡淡道：「可我家那個不是普通小丫頭，我家的可是書香門第的秀才閨秀。」
丁五娘子「嗤」了一聲，心道：腳還沒洗淨的泥腿子，不過兒子考中秀才，就敢自稱「書香門第」？哪個書香門第會想著賣親孫女？
她似笑非笑地道：「姊姊，奴勸您還是好好考慮一下，過了這個村，就沒有這個店了。」
丁五娘子告辭後，王氏心事重重，忽然聽到外面有敲門聲，原來是虞冬梅帶著女兒雷雨馨來了。

虞冬梅一進來就問王氏。「娘，我剛才和丁五娘子走了個對頭，她來做什麼？」她眉頭皺著。「娘，難道您真的打算給八弟買一個妾？」

虞冬梅可是一直都打算把庶子過繼給弟弟，好得娘家家產的，若是真的給八弟買了妾生出兒子，那她豈不是雞飛蛋打？

王氏見女兒生氣，忙安撫道：「除非妳把借去的十兩銀子還我，不然我哪裡有銀子給妳八弟買妾？」

虞冬梅聽了，才放下心來，敷衍道：「娘，等雨辰媳婦進門，我拿她的嫁妝還妳，可丁五娘子到底來做什麼？」

王氏一邊往裡走，一邊隨口道：「給青芷作媒呢。」

虞冬梅還沒說話，雷雨馨便笑了。「還有人能看上虞青芷這種貨色？外祖母，到底是什麼人家呀？說出來讓我笑一笑。」

王氏搖搖頭。「丁五娘子藏著、掖著，沒說是誰家，不過說了，人家願意出二十兩銀子的聘禮。」

雷雨馨一聽，心裡酸溜溜的。二十兩可不是小數目，還有人願意出這麼多銀子娶青芷這小蹄子？

虞冬梅卻開口了。「娘，不能答應。」

雷雨馨聞言，大吃一驚，瞪大眼睛看向虞冬梅。「娘，二十兩銀子呢，這些銀子將來可都是外祖母收著的！」

王氏也看著虞冬梅。「冬梅，妳的意思是——」

虞冬梅擺擺手。「有人來了，等一會兒再細說。」

她轉身打開大門。

雷雨馨探頭去看，卻看到韓氏和青芷回來了。

受王氏和虞冬梅影響，雷雨馨從來沒把韓氏看在眼裡，不過她是個聰明人，該演的戲總是要演的。

見到韓氏和青芷過來，她微微一笑，屈膝行禮。「舅母回來了。」

韓氏靦覥一笑，「嗯」了一聲

雷雨馨又看向青芷，正要說話，青芷屈膝給虞冬梅行了個禮。「見過六姑母。」

虞冬梅瞥了青芷一眼才看向韓氏，態度冷淡。「快到午時了，怎麼還不給娘做飯？難道想要餓死娘嗎！」

韓氏的臉脹得通紅，低著頭沒吭聲。

青芷笑容輕淡。「六姑母言重了，我和娘這就去給祖母做午飯。」

虞冬梅一向臉黑心狠，是幾個姑母中最心狠手辣、自私自利的，自己現在力量弱，輕易不想和她撕破臉。

要對付虞冬梅這樣的人，須得隱忍著尋找時機，然後一擊必中，讓她永世不得翻身。

用罷午飯，雷雨馨躺在堂屋的涼床上歇著，王氏拿了扇子，坐在一邊給雷雨馨搧風，虞冬梅則坐在桌邊喝茶。

韓氏進來給虞冬梅和王氏的茶盞都添了茶，又退了下去。

初夏的午後不算熱，虞家院內綠樹成蔭，涼風習習。

因為虞冬梅這個姑母在家裡，青芷心中警惕，一點睡意都沒有。待韓氏睡下，她便回了自己的臥室，開著窗子抄書。

雷雨馨迷迷糊糊，快要睡著，聽到外祖母問自己娘話。「冬梅，中午妳剛過來的時候，咱們聊的那件事，妳還記得嗎？」

虞冬梅端起茶盞飲了一口。「娘，是二十兩銀子聘禮那件事吧？」

王氏把茶盞放在方桌上，發出「啪」的一聲。「自然是那件事了，妳為何說不能同意？二十兩銀子可不是小數目。」

虞冬梅輕輕一笑。「娘，我們家老二雨時的生母春華，當年被我找到牙婆一枝花，把她賣到宛州城東煙花巷的杏花春館，就因為認識幾個字，能讀幾首歪詩，杏花春館的老鴇給的身價銀子是十五兩。」

王氏是第一次知道這件事，不禁吃了一驚。「女婿買回春華的時候，不過花了五兩銀子……」

虞冬梅眼中帶著一絲貪婪。「春華這樣的人都能賣十五兩，更何況虞青芷呢？一百兩不敢說，四、五十兩總可以吧！」

王氏不由嚥了口口水，喃喃道：「妳八弟怎麼會同意……畢竟是他閨女，他不會答應的……」

虞冬梅篤定地笑了笑，起身走到王氏身邊，低聲說了起來。

王氏連連點頭。「冬梅，還是妳最聰明，這個主意好，只是須得從長計議。」

虞冬梅自得地一笑，和王氏仔細斟酌起來。

院子裡安安靜靜的，只有微風吹拂樹葉的聲音間或傳來。

在這樣的氛圍中，青芷越發沈浸於詩詞所營造的意境中，一個下午足足抄寫了兩千多字。

千字十五文錢，她一下午就掙了三十文錢呢！

青芷將筆墨紙硯收拾妥當，回到床上和衣睡下。

大約是太累，她一躺下便很快進入夢鄉。

在夢裡，她又見到了李雨岫。

李雨岫戴著紅寶石花冠，穿著親王妃的朱紅繡袍，端坐在紫檀木雕花嵌寶椅上，左手邊的那人面目模糊，穿著彩繡輝煌的親王禮服。

青芷端著精緻的青瓷茶盞，屈膝行禮。

她已經保持屈膝行禮的姿勢將近一刻鐘，兩腿瘦疼，膝蓋發麻，身子搖搖欲墜。

李雨岫唇角噙著一絲笑意，一張臉清麗無雙，白嫩修長的手指撥弄著左手無名指上，紅得剔透如血的紅寶石戒指，卻始終不開口讓青芷起來。

左邊並排坐著的那人絲毫聲息也無，似乎不存在一般。

在他看來，李雨岫不過是想拿青芷立威，不是什麼大事。

她的父親可是當朝太傅李泰，權傾朝野，在清平帝面前頗有幾分臉面，對他非常重要。

時間一點一滴流逝，青芷再也堅持不住，身子一軟，歪在地上，手中的青瓷茶盞也摔在嶄新的大紅地氈上，茶液潑翻，洇濕了一小片地氈。

在暈眩間，青芷聽到李雨岫的聲音。「虞側妃人前失儀，禁足三日……王爺，您覺得怎麼樣？」

趙瑜的聲音似從極遠的地方傳來。「男主外，女主內，王府內院的女主人是王妃，孤自然是聽王妃的。」

青芷一下子醒了過來，內心一陣酸楚，還沈浸在夢中的悲苦失望情緒中。

她伸手抹去流淌的淚水。虞青芷，妳已經重生，不會再回到那個鑲寶嵌玉的黃金牢籠，不會再遇到趙瑜和李雨岫這對夫妻了……

這一晚，大概是白天睡得有點多，半夜裡，青芷居然醒了過來。

鄉村的夜靜極了，偶爾傳來幾聲布穀鳥的鳴叫，暫時打破了夜的靜寂。

可青芷總覺得外面似有奇怪的聲音傳來。

她悄悄起身，走到窗前，拔出窗閂，輕手輕腳地打開窗子。

聲音比先前大了些，是女人的呻吟聲，從祖母的臥室方向傳來！

青芷站在窗內側耳細聽。

如此纏綿，如此銷魂，中間還夾雜著男人的粗喘聲，她自然知道那呻吟聲意味著什麼。

她思索了瞬間，很快作了決定。

她輕手輕腳地出門，拿了盛石灰的匣子，躡手躡腳走到正房明間的門外，在地上薄薄撒了一層石灰。

此時距離近了，臥室裡的聲音越發大了一些，青芷只覺一陣噁心，悄悄離開了。

回到房裡，她關好窗子，插上窗門，安安心心回到床上睡下。

大概是因為胸有成竹，她一躺下就睡著了。

第二天清晨，天還沒亮，青芷聽到自己爹爹起床，也起來了。

她連頭髮也來不及梳，匆匆穿上衣裙跑出去。

太陽還沒出來，天地間籠罩著一層灰藍色的晨霧，院子裡有些暗，正房堂屋門前地上那層白石灰特別明顯，上面印著兩個大大的腳印，準確地說，是一個和半個成年男子的腳印。

青芷略微觀察了下，便拿掃帚掃兩遍，見到只餘一層薄薄的石灰痕跡，便舀了一盆水過來，用手撩著灑在整個正房廊下；至於撒過石灰的地方，她特地又端了一盆水，又灑了一遍。

這樣水乾了的話，就看不出曾經撒過石灰了。

用罷早飯，她和父母親說了一聲，拿了二錢銀子出門。

她和鍾佳霖說好的，要買幾隻小雞養在學堂後院。

出了家門，青芷並未直奔外祖母家所在的王家營，而是先在村子裡轉悠一圈，專門看看成年男子腳上的鞋子。

剛走到小河的碼頭那裡，青芷就看到鍾佳霖正在河邊站著，同魚行的老闆蔡雲賢說話，便走了過去。「哥哥，你做什麼呢？」

鍾佳霖抬頭見是她，微微一笑，示意她看看自己身前的竹簍。

青芷探身一看，發現竹簍裡盛著不少魚，正彈跳掙扎著。

她才知道鍾佳霖用竹簍逮了夜魚來賣，便和蔡雲賢打了招呼，然後陪鍾佳霖等著。

蔡雲賢用秤秤好了這簍魚，拿出算盤噼哩啪啦地算起帳來。

還沒等蔡雲賢算出結果，鍾佳霖便道：「蔡老闆，這些魚一共六分六錢銀子。」

見蔡雲賢將信將疑，鍾佳霖微微一笑，道：「一斤鮮魚兩分銀子，這些魚總共是三十三斤，一共六錢六分銀子。」

因科舉考試要考算學，因此他已經開始學算學，這些對他來說實在太簡單了。

蔡雲賢堅持用算盤算了，發現果真是六錢六分銀子，不由翹起大拇指。「小哥，厲害！」

青芷笑咪咪道：「我哥哥自然很厲害。」

離開之後，鍾佳霖拉過青芷的手，把碎銀子放在她手心。

青芷疑惑地抬頭看鍾佳霖。

鍾佳霖見她眼裡滿是懵懂，不由心生憐惜，輕輕道：「不是說好一起養雞的嗎？這是我入股的錢。」

青芷笑了起來，從這些碎銀子裡揀了幾粒出來，約莫有兩分，便笑道：「既然合股買小雞，那我出二分銀子，你也出二分銀子，可好？」

哥哥手裡也得有點私房錢，以備不時之需，她怎麼能把哥哥的銀子全拿走呢！

鍾佳霖混跡市井好幾年，知道小雞的價格，便不再推辭，道：「今日是休沐日，我陪妳去買小雞。」

他擔心青芷一個小姑娘出門不安全。

青芷點點頭，正要說話，卻見大路上從東邊走來一個青衣男子，手裡還拎著一刀用青麥秸稈穿著的鮮肉，正是蔡春和。

她看向蔡春和的腳。

他腳上穿著青面黑底布鞋，大概是穿了一陣子，鞋底邊緣有些磨損，青芷清清楚楚看到鞋緣沾著不少白色石灰末。

她一下子全都確認了，前世的不少疑問，如今都有了答案。

為何前世虞家的那十畝地莫名其妙變成蔡春和家的；為何爹爹去世後，爹爹的舊衣穿在蔡春和的弟弟蔡春明身上；為何王氏常常單獨見蔡春和——她前世一直以為祖母見蔡春和是為了談地租的事，怕她們母女聽到。

原來王氏的軟肋在這裡！

一個五十多歲的女人和比自己小二十多歲的有婦之夫勾搭成奸！

第十一章

韓氏出門看青芷和鍾佳霖回來沒有，卻遇上蔡春和扛著鋤頭經過。

見韓氏正望著前方，蔡春和心裡一動，走過來打招呼。「見過秀才娘子。」

韓氏原本唇角含笑，見他過來，笑意立時不見，垂下眼，屈了屈膝權作回禮。

蔡春和也不說話，視線似舌頭般從韓氏秀麗的臉往下，停留在韓氏隆起的胸前。

韓氏心裡一陣噁心，正要告退，這時，大門內傳來王氏的聲音。「外面怎麼那麼熱鬧？」

韓氏忙閃到一邊，恭迎婆婆出來。

王氏在裡面聽到了蔡春和那句「見過秀才娘子」，心裡有些發酸，這才出來的。她一臉端莊地立在那裡，看了韓氏一眼。「還不進去？杵在這裡做什麼？」

韓氏忙答了聲「是」，徑直進了院子。

蔡春和等韓氏進去，才低聲對王氏說道：「眼看著要收割麥子，該準備秋種了，那五兩銀子妳早些給我吧！」

王氏癡癡看著蔡春和，聲音似要滴出水來。「你先等一等，待我湊夠就給你……」

蔡春和睨了她一眼，道：「那妳快些，別耽誤我秋種。待我種罷，也在妳身上好好下下力、耕耕地。」

說罷，他扛起鋤頭離開了。

一直等到蔡春和的背影看不見了，王氏才轉身進了院子。

王氏吃罷午飯便睡了，睡起來後，她坐在堂屋裡喝茶想心事。

小情郎問她借五兩銀子，她如今倒也給得起，只是給了之後，手裡就沒有活絡銀子了。

因此她得好好想想，怎麼弄來這五兩銀子……

接下來這段時間，青芷心無旁騖，把所有心思都用在她的玫瑰花上。

她種在後園的玫瑰花終於進入花期，開滿了重瓣的深粉紅色玫瑰，芬芳甜美的香氣洋溢在園子裡，熏人欲醉。

她知道每年的頭期花產量最高，香氣最濃郁，而出油量也最高，因此須得好好採摘。

她和韓氏整整忙碌了一上午時間，才完成頭期花的採摘。收拾好玫瑰花後，又開始做提煉精油的準備。

如今大宋的胭脂水粉店提煉玫瑰香油，用的都是壓榨法，只是這種法子提煉出來的香油純度不高。

青芷經過多次試驗，自己琢磨出一種提煉香油的法子，她取了個名字叫「水上蒸餾法」。用這種法子提煉出的香油，色澤更純粹，香氣更濃郁，而且製作出的香膏也更細膩、更芬芳。

她又託舅舅韓成從城裡買回盛裝香油的瓶子，以及香膏的盒子。

這日待王氏去了虞冬梅家，青芷便忙碌起來，整整忙了一個時辰，才得了兩小瓷瓶玫瑰香油和兩盒玫瑰香膏。

經過簡單處理後，她用潔淨的純白綢緞包了一包收穫的頭期玫瑰，再把那兩瓶玫瑰香油和兩盒玫瑰香膏收好，和韓氏一起雇馬車進城去了。

她早就打聽過，南陽城的胭脂水粉鋪子都集中在梅溪巷，因此讓馬車夫把她們送到那裡，直接去梅溪巷最好的脂粉鋪子涵香樓。

兩刻鐘後，青芷得意洋洋地帶著韓氏出了涵香樓。

她故意舉起袖子在韓氏面前晃了晃。「娘，左邊的袖袋好沈啊！」

這些玫瑰花、玫瑰香油和玫瑰香膏，都被推銷給了涵香樓，青芷不但從涵香樓得到五兩銀子，還得了不少涵香樓獨有、專用來盛香油、香膏的瓶子及盒子——她拿到了涵香樓的訂單！

韓氏沒想到女兒做的這些香油香膏這麼值錢，雖然一向含蓄，此時也笑得嘴都合不攏，低聲道：「青芷，下次娘還陪妳來涵香樓。」

青芷得意洋洋。「娘，下次再來涵香樓，我們可要漲價了！」

韓氏疑惑地看向青芷。

「我自有妙用。」青芷笑咪咪道。「到時候您就知道了。」

她這次把這些玫瑰花、玫瑰香油和玫瑰香膏賣給涵香樓，是為了投石問路，因此價格是刻意壓低的；下次再來，她可是要加價的。

想到這裡，青芷覺得未來充滿希望，渾身都是力氣，腳步輕快地向前方走去。往南走到第一個丁字路口向西拐，就是韓成開綢緞鋪子的楊狀元胡同。

韓成的鋪子是個小小的門面，卻有個大氣磅礴的名字——瑞和祥綢緞莊。

青芷跟著韓氏站在臺階下，看著高臺上黑底金漆的招牌，不由笑了起來。

韓成正在招呼客人，一眼看到了自家二姊和外甥女青芷，忙把客人交給夥計招待，自己迎了出來。「二姊、青芷，進來吧！」

進了鋪子後，青芷好奇地四處看著。

韓成的鋪子擺滿了綾羅綢緞的樣品，不免有些窄狹，可是鋪子裡乾乾淨淨，角落還擺著幾盆蘭草，顯得潔淨雅致。

青芷走過去看雕花架上的一盆蘭草，發現葉片有些硬，而且葉邊粗糙，葉邊的鋸齒明顯，原來是建蘭。

韓成微笑地看著外甥女。「青芷，喜歡什麼儘管挑，讓妳娘給妳多做幾身衣服！」

「嗯。」她抬頭笑咪咪地看著韓成。

她知道舅舅是真的疼愛自己，因此並不和舅舅客氣。「舅舅，如今南陽城裡女孩子都穿什麼款式的衣服？」

韓成笑了。「現在妳這個年紀的小姑娘都穿白綾窄袖衣，下面配一條百合裙。」

青芷聽了，便挑選了白綾和石榴紅軟煙羅兩種衣料，預備給自己做一件白綾窄袖衫和一條石榴紅軟煙羅百合裙。

她又給鍾佳霖挑選了白羅，預備給他做一件交領白羅袍子。

至於韓氏，青芷打算到別的鋪子去買衣料，免得韓成又不肯要錢了。

見青芷選好了，韓成帶著韓氏和青芷去了鋪子後院，讓她們在堂屋坐下，然後拿了茶水、點心過來，讓母女倆先歇息一會兒，自己卻出去了。

青芷起身看了看，發現西暗間是倉庫，裡面放滿了各種綾羅綢緞；東暗間則是個簡單的臥室，家具素雅，陳設潔淨，書架上放了幾本書，應該是舅舅的臥室。

前世的舅舅和一個風流小寡婦好上，擠對得舅母葛氏沒法活。那個風流小寡婦到底是誰？如何避免她和舅舅好上？

青芷打量著齊整的臥室。最好的法子，其實是讓舅母葛氏進城跟著舅舅住在一起，可偏偏外祖母非要舅母住在鄉下侍候她……以後得好好想個法子，可不能讓前世悲劇再次發生！

韓氏見女兒如此好奇，便笑道：「別瞧了，來吃塊點心吧！」

青芷聽話地走過去，拿了個點心嚐了嚐，發現是綠豆餡的老婆餅，豆香濃郁，而且甜蜜適口，便吃了起來。

韓成又提著一個食盒進來。「我去買了楊狀元胡同喬記的豆角炒五花肉燜麵和酸辣肚絲湯，青芷最喜歡吃的。」

青芷笑著起身幫韓成擺飯。

燜麵鬆軟，肉香濃郁，卻不油膩，而且麵裡帶著淡淡的蒜香，味道特別鮮美；肚絲湯又酸又辣，十分爽口，三口下去，渾身冒汗，爽快得很。

用罷午飯，青芷才悄悄問韓成，南陽城裡有沒有精於女科、產科的大夫，她想找個大夫給母親看看。

韓成一聽就明白了。青芷的娘自從生了青芷，這些年一直未曾有孕，得看看大夫了。

他想了想，道：「我也不清楚。這樣吧，妳們娘兒倆先回去，待我打聽到了，就讓夥計雇車接了大夫去蔡家莊，怎麼樣？」

青芷覺得韓成說得在理，便看向韓氏。「娘，不如就按照舅舅說的辦吧！」

韓氏點點頭。自從生了青芷之後，她再也沒懷孕，每每被婆婆和大姑子們當面說是不下蛋的雞，如今不管怎麼說，總算有點機會，心裡也略微鬆快了些。

送韓氏和青芷出門的時候，韓成把她們的包袱遞過去。

青芷覺得重量大小都不對，打開一看，發現裡面多了兩塊料子，一塊是白銀條紗，一塊是天青色的薄羅。

韓成英俊的臉上帶著溫暖的笑。「青芷，這是給妳娘的衣料。」

青芷心中感激，知道不必和他客氣，當下笑咪咪道：「謝謝舅舅。」

韓氏眼睛早已濕潤，這些年也只有弟弟和女兒對她好了。

見姊姊這樣，韓成心裡有些難受，低聲道：「二姊，青芷快長大了，以後有青芷呢！」

傍晚的時候，細雨淅淅瀝瀝下著，學堂前面院子裡的梧桐樹、竹子和薄荷沐浴在雨中，綠得又濕又重，可天氣總算涼爽了一些。

學生都在伏案習字。
虞世清立在講桌後，視線定在外面一叢濕漉漉的翠竹上，不由在心裡嘆息一聲。
三年一度的鄉試在後年的八月，若是高中，他可以參加來年春天在京城舉辦的會試，從而得到一次魚躍龍門的機會；母親會成為老封君，受到鄉人敬仰，而虞氏一門會脫離農民身分，成為南陽的書香門第……
浮想聯翩之後，他坐了下來，預備今日再寫一篇策論。
好的策論與歷史、時政的連結很是緊密，除了針砭時弊之外，還要能夠充分呈現作者的學問和見識。
此時，青芷跟著韓氏打著傘走進學堂院子。
見虞世清還在學堂上課，她們便拎著從城裡買回的松針包子去灶屋，開始準備晚飯。
因今日王氏出門，晚上有五姑子虞櫻梨過來幫忙，所以韓氏和青芷母女不用回家做晚飯。
韓氏煮了玉米粥，又炒了蒜蓉紅薯葉，晚飯做好後，見學堂還沒有放學，青芷便打著傘去後院看她和鍾佳霖養的小雞。
夏天的草長得特別茂盛，小路上也長了青草，踏上去濕漉漉的。
她小心翼翼到了後院，發現雞圈裡空蕩蕩的，便提著燈籠往雞籠照去。
雞籠上有些反光，她湊近一看，才發現雞籠上蓋著一塊用桐油油過的布。油布被人用石頭壓住，而那些小雞則在竹編的雞籠裡探出頭來，吱吱叫著，低頭啄著外面用竹筒做的食槽，食槽裡撒了一層小米。

她不禁笑了起來。哥哥真是太可靠了，無論什麼事都能辦得妥妥當當。

青芷回到前院，發現學生已經下學，學堂院子裡站了好幾個來接的家人，熱鬧得很。她笑盈盈站在一邊，等著人群散去。

虞世清直到學生都離開，才從學堂出來。

青芷正和鍾佳霖說話，虞世清走到女兒身旁，才發現如今兩人都長高了不少，笑道：「青芷，佳霖，你們都長高了。」

青芷正和鍾佳霖說松針包子的美味之處，聽了虞世清的話，當即得意洋洋道：「以前根本吃不到肉，自然長不高，如今能喝到骨頭湯，自然長個子了。」

虞世清聞言有些尷尬。他都想不起來自己為何會那麼自私，這麼多年來都是他和王氏坐在桌位吃肉、吃菜，妻女只能窩在小板凳吃些粗茶淡飯，而他居然習以為常。

鍾佳霖見虞世清面露尷尬，便知青芷又故意懟先生了，當下便解圍道：「先生，我去給您打水洗手吧！」

虞世清答應一聲，趁勢洗手去了。

所謂的松針包子，就是在蒸小籠包子的籠屜中墊一層松針，這樣蒸出的小籠包子帶著松針的特殊清香，鮮肉香和松針清香完美地融合在一起，滋味更是別致。

青芷吃罷包子，拿了白瓷調羹舀了玉米粥慢慢吃著。

用罷晚飯，鍾佳霖繼續跟著虞世清讀書，韓氏和青芷則打著傘先回家。

外面下著雨，雨滴打在院子裡的青磚道上，發出「啪啪啪啪」的脆響。

王氏懶洋洋地坐在方桌邊的圈椅裡，等著虞櫻梨上菜。她不喜歡這個五女兒，可說來也奇怪，偏偏這個女兒孝順得很，又住得離娘家最近，有空便回來伺候她，而且還有一手好廚藝。

虞櫻梨在桌上擺了兩葷兩素四個菜，又把兩碗八寶粥和一碟蔥油餅送過來。「娘，洗洗手吃飯吧！」

王氏拿著筷子挾虞櫻梨炸的小魚，剛吃了一口，便聽到虞櫻梨問道：「娘，弟妹的肚子還沒消息？」

虞櫻梨一切都好，就是愛管閒事。

應聲之後，王氏把嘴裡的小魚嚼碎嚥下，才恨恨道：「這韓氏真是不下蛋的雞，她是想絕我們虞家的根啊！」

虞櫻梨挾了一塊紅燒肉給王氏，道：「娘，要不您給世清買個妾吧！」

見王氏抬眼瞪著自己，虞櫻梨忙笑了。「娘，用不了幾兩銀子，我們村子裡的姜瓦匠給賈大戶蓋祠堂時被砸死了，姜老娘要把姜瓦匠的娘子顏氏和閨女姜秀珍賣掉呢！」她的眼睛在油燈光裡閃閃發光。「娘，姜秀珍今年才十四歲，雖然生得不甚好看，可是屁股大、胯骨寬，是宜男之相，而且姜老娘只要五兩銀子就肯賣。」

王氏聽了，不禁有些動心，挾了一塊紅燒肉，慢慢嚼著，心裡計算著。

片刻後，她看向虞櫻梨。「等雨停了，妳帶著我去看看那個姜秀珍吧！這件事別讓韓氏和虞青芷小賤人知道。」

虞櫻梨是真的擔心虞家絕後，因此響亮地答應一聲。「誒，娘，您就放心吧，我做事有分寸。」她又笑了。「娘，青芷是您親孫女，是弟弟的親閨女，以後別小賤人、小蹄子地叫了，聽著不好聽。」

王氏「哼」了一聲，沒有說話。

在罵韓氏和青芷上，虞秀萍和虞冬梅才是她的知己。

待韓氏和青芷回家時，來給她們開門的便是虞櫻梨。

青芷打量了一下站在門內的少婦。少婦身材矮胖，一張圓臉，並不算美，可是笑容可掬，正是她的五姑母。

她忙微笑著打招呼。「五姑母來了。」

和三姑母虞秀萍和六姑母虞冬梅比起來，這個五姑母還算不錯的，對她和她娘還算可以。

只是與她爹虞世清、七姑母虞蘭一樣，虞櫻梨有點受虐，明明王氏不疼愛他們姊弟三人，卻偏偏他們三人待王氏最孝順。

而且虞櫻梨自己對王氏死心塌地，還愛說教，認為人人都得像她一樣孝順王氏，不然就是不對的，因此姊妹們並不是很喜歡她，有好事都不叫她。

虞櫻梨笑著答應一聲，又和韓氏打了招呼，然後低聲道：「我今晚炸了魚，燒了紅燒肉，特地給妳們娘兒倆留了些，就在灶屋櫥櫃裡放著，鹽放得略微重了些，明早應該還可以吃。」

韓氏心裡一陣感動，頗為受寵若驚，忙道：「謝謝五姊。」

虞世清的七個姊姊中，也就五姊和七姊對她不那麼盛氣凌人了。

虞櫻梨引著韓氏和青芷進了大門，口中嘮叨著。「弟妹，妳和青芷既然回來，第一件事就是得去給母親請安，這樣才是做兒媳婦、做孫女的該有的樣子。」

韓氏答了聲「是」。

青芷則笑道：「五姑母，下雨了地濕，我的鞋子濕了，得先去換鞋子，換了鞋子我就去看祖母。」

她的袖袋裡可是裝著五兩銀子，手裡還提著裝衣料的包袱，若是被祖母發現，要麼老老實實交給祖母，要麼被祖母偷走或者藉父親之名要走。

虞櫻梨不太會看人臉色，兀自道：「看了妳祖母再去換鞋也不遲……」

見她喋喋不休說個不停，青芷便沒吭聲，直接回房去。

虞櫻梨拿姪女沒辦法，只能拉著韓氏開始痛說家史。「……弟妹，母親這些年是真的不容易，父親讀書多年不第，家裡裡裡外外都靠母親操持。母親為了生世清給虞家留後，前前後後生了我們七個閨女，受盡了苦楚不說，還被咱們去世的老太太罵……為了世清，娘受了這麼多罪，你們三口若是不孝順母親，別人怎麼可能不戳你們的脊梁骨……」

韓氏面無表情聽著。這些話，虞櫻梨這些年說了無數遍，先前她還覺得虞櫻梨說得很有道理，她沒給虞家生兒子，她就是虞家的罪人，所以她得夾著尾巴做人；王氏生了八個兒女，很不容易，所以他們一家三口得把王氏當神敬著，不然就是不敬。

可是如今再聽虞櫻梨說這樣的話，韓氏心裡只覺得噁心！

虞櫻梨還在喋喋不休時，青芷已經換過鞋子過來了。

她見虞櫻梨還在囉嗦，便笑嘻嘻走上前，挽住了虞櫻梨的胳膊。「五姑母，今天辛苦了。」

虞櫻梨笑了起來。「雖然辛苦了些，可是做人子女的，孝順長輩不也是應該的？」

青芷誇了虞櫻梨兩句，便和虞櫻梨一起進了正房。

韓氏見青芷應付虞櫻梨去了，不由鬆了一口氣，跟在後面過去。

王氏坐在圈椅上，乾巴巴道：「對了，妳們那些玫瑰花賣了多少銀子？」她是知道這母女倆今天帶了玫瑰花要出去賣的。

虞櫻梨聞言，耳朵也豎了起來。

第十二章

韓氏看向女兒。

青芷並不害怕，微微一笑，道：「啟稟祖母，一共賣了五分銀子，我爹爹都收走了。」

這是她去學堂時跟虞世清提前說好的回話，免得在王氏這裡露餡。

王氏聞言，眉頭皺了起來。

虞櫻梨插嘴道：「青芷，妳掙了銀子怎麼不交給妳祖母保管？」

對於這個雖然不失善良，卻特別愛管閒事的五姑母，青芷心裡頗有些厭煩，面上卻是不顯，抿嘴一笑，道：「這些事五姑母不如去問問祖母。」

虞櫻梨當下看向王氏。「娘，怎麼了？到底是怎麼回事？」

王氏的臉一下子僵了起來。她總不能說自己把兒子這些年給的銀子都貼補給老大、老三和老六了吧？聽到這樣的話，即使虞櫻梨再孝順，也會生氣的。

王氏板著臉道：「我知道了。我累了，妳們娘兒倆下去吧！」

回到西廂房，韓氏和青芷不由相視一笑。

韓氏餘驚猶在，撫了撫心口道：「今日居然這樣就過關了。」又道：「妳祖母今日怎麼這麼好說話？」

青芷低頭一笑，心道，抓住了她的軟肋，她自然會消停。可是這些話不能和母親說，這些年母親被婆婆、丈夫和大姑子們嚇成了驚弓之鳥。

母女倆靜悄悄地燒水洗澡，見正房東暗間臥室的燈熄滅，這才進了南暗間韓氏的臥室，一起看今日的收穫。

見韓氏還在看韓成給的布料，籌劃著給自己做新衣服，青芷便把幾粒碎銀子塞到韓氏手裡，笑咪咪道：「娘，這二兩九錢銀子您拿著，手頭也寬鬆些。」

韓氏一時怔住，眼睛慢慢濕潤了。連丈夫都沒給過她銀子，更沒說過這樣暖心的話……

她淚眼矇矓地看向女兒，輕輕道：「娘知道了……」

韓氏把這幾粒銀子塞進自己的香囊內，拉緊拉繩，收好香囊。

青芷見韓氏收下了，心中歡喜，一雙清澈的眼睛在油燈光中閃閃發亮。「娘，以後只要努力，我們的日子會越過越好的。」

韓氏「嗯」了一聲，垂下眼簾，摸索著手中的石榴紅軟煙羅，默默籌劃著是給青芷做衫子端午節穿，還是做褙子，入了秋再穿？

母女倆聊了一會兒之後，青芷就回房了。

今日居然掙了五兩銀子，她很開心，正好趁著心情好，多抄寫幾首詞去。

外面雨聲淅瀝，令青芷整個身心都靜了下來。

一直抄寫到手腕發痠，她才收起筆墨紙硯。

臨去洗漱前，她特意關上臥室的窗子，從床下最裡面的床腿上取出她的玫瑰紅荷包，把剩餘的二兩銀子放進去。

鑑賞一會兒之後，青芷依舊用舊帕子裹好荷包，然後鑽到床底，又把這個荷包綁在最裡面的床腿上。

第二天早上起來，她發現虞櫻梨做好早飯，已經離開了，不禁有些吃驚，卻沒有說出來。

虞世清也有些吃驚，和王氏一起用早飯的時候問道：「母親，五姊怎麼走得這麼急？」

王氏用筷子尖扎了扎虞櫻梨炸好的油條。她這個五女兒勤快是真勤快，只是做飯太油膩了，不如韓氏的清淡。

把油條扎透之後，她才道：「她家裡有些急事。」

用罷早飯，王氏很自然地看向虞世清。「世清，我這段時間胸口老是悶得慌，你五姊認識一個大夫，過些日子帶我去瞧瞧。你手頭若是不寬裕的話，不如先去尋蔡大戶預支三兩銀子。」

虞世清聞言，胸臆間有些煩悶，可是又不能反駁自己的娘，過了片刻才悶悶地答應一聲。

他這些年的束脩都交給了母親，手裡有的那點銀子不過是抄書掙來的，原本是打算參加文會應酬用的。如今母親問他要銀子，他只能把參加文會的銀子給母親了。

為了迎接後面的鄉試，宛州的秀才們經常參加文會。參加文會可以以文會友，交流訊息，互相評點策論和詩作，哪有秀才不參加文會？

他嘆了口氣。「娘，我知道了。」

王氏皺著眉頭打量虞世清一眼，心裡還是有些捨不得花銀子給他買妾。可是若是給兒子買個妾，既能噁心韓氏和虞青芷母女倆，還能多個幹活的人，說不定還真能讓虞家有後……這樣一算，好像還不錯。

昨夜下了一夜雨，早上卻出了太陽，很快變得炎熱起來。

青芷拿了餘下的雞糞去後院，給玫瑰施了一遍肥，然後開始給玫瑰打頂。

所謂打頂，其實是幹農活或者養花的行話，就是掐去植物的頂尖，以達到增產壯苗的目的。夏季雨水充足，陽光強烈，玫瑰生長很快，必須以打頂來抑制玫瑰苗的生長，使玫瑰多長花苞。

青芷忙完自己的活，見韓氏正把放在棚子下面避雨的麥秸捆搬出來，又過去幫忙。

韓氏抽出一根麥穗捏了捏，從麥穗裡擠出幾粒麥子，撚了一粒放入口中嚐了嚐，道：「再曬一天就可以脫粒了。」

青芷眼珠子一轉，低聲問韓氏。「娘，麥收結束，蔡春和家會不會來交租啊？」

韓氏垂下眼簾，輕輕道：「這些事有妳祖母作主，咱們別管。」

青芷「嗯」了一聲，道：「娘，我和哥哥養在學堂後院的小雞需要吃小米，我明日買一些去。」

韓氏笑了。「去年隔壁胡家種了不少小米，等會兒我陪妳去他們家買一些。」

青芷正要說話，便聽到外面傳來女孩子說話的聲音。「青芷在家嗎？」

她聽出是荀紅玉的聲音，忙笑著和韓氏打了個招呼，就要去前院。

韓氏也直起身子。「趁這會兒有空，我去胡家買小米去。」

青芷「嗯」了一聲，和母親一起出去。

一出去，就看到荀紅玉和胡春梅站在院子那株夾竹桃前，而王氏正和兩人說話。

青芷微微一笑，走了過去，和王氏打了個招呼，然後看向荀紅玉和胡春梅。「妳們來了。」

荀紅玉忙上前拉住青芷的手。「青芷，我找妳有事呢！」拉著青芷就往西廂房走。

胡春梅到底多禮些，先屈膝給王氏行了個禮，才隨著青芷和荀紅玉去了西廂房。

進了西廂房，青芷先請兩人坐下，自己用胰子洗了手才過來陪她們。

荀紅玉正等得有些著急，青芷一坐下，她便拉著青芷的手道：「青芷，快到端午節了，妳教我做香包香囊吧！」

青芷笑著點頭。「我這裡還有一些香藥，正好用得上。」

荀紅玉拍手。「太好了！」

胡春梅一雙杏眼冷冷地瞟了青芷和荀紅玉一眼，懶洋洋道：「青芷的針線活未必比妳強多少吧！」

荀紅玉撇了撇嘴。「妳要不信的話，等一會兒親眼看看唄。」

青芷抿嘴一笑。「我的針線活不算好，不過比先前強了些。」

她拿出針線簸籮，又找出一包韓成給的綢緞邊角料，攤開放在桌上，笑盈盈道：「紅玉，妳來挑選料子吧！」

荀紅玉見那些料子五顏六色，花色種類繁多，很感興趣，便細細挑選起來。

到底是女孩子，胡春梅原本坐在一邊冷眼旁觀，可是越看越喜歡，也湊過去翻看起來。

青芷見狀，微微一笑，道：「春梅，妳也看看吧，說不定有喜歡的呢。」

胡春梅翻看著那些綢緞邊角料，口中道：「那我也看看吧！」

荀紅玉很快挑選了一塊玉青色緞子。「青芷，這塊怎麼樣？」

青芷接過來看了看，道：「可以做一個心形香包，我這裡正好有玉色絲線。」

荀紅玉雙手合十搖啊搖。「青芷，求妳幫忙啦！」

見她如此可愛，青芷忍不住伸手捏了捏她的臉。「放心吧！」又問：「香包上要不要繡字？」

「字？」荀紅玉歪著腦袋。「繡什麼字呢？」

青芷知道她不識字，想了想，道：「我在上面用翠色絲線繡一個『福』字吧！」

荀紅玉點點頭。「嗯，我聽青芷的。」

胡春梅挑選了一塊紅錦，聞言道：「『福』字意頭很好。」

她瞟了已經開始做裁剪準備的青芷一眼，道：「青芷，等一下我做一個香囊，妳幫我寫一句詩吧！」

青芷只顧著裁剪，頭也不抬就答應了。對於不識字的荀紅玉和胡春梅來說，這些不太容易做到，可是對她來說，是不值一提的小事。

胡春梅見青芷答應得這麼爽快，心裡不由一陣羨慕。

自己家養了不少羊，荀家是十里八鄉有名的牛經紀，明明都比虞青芷家有錢，可是家裡就是不讓她們讀書識字，還扯什麼「女子無才便是德」。

青芷做活細緻，速度卻也不慢，除了繡字慢一些，其餘都快得很，不過半個時辰就把荀紅玉的荷包做好了，還纏了與福字同色的翠色絲線，讓荀紅玉方便佩戴。

荀紅玉歡喜得很，摟著青芷笑嘻嘻道：「多謝多謝。」

胡春梅拿著青芷剛做好的玉色心形香包，細細看了看，又聞了聞，最後實在無可挑剔，悻悻道：「看來妳的手藝確實比先前精進了不少。」

兩人見她說得不情不願，心中暗笑，互相使了個眼色，都笑了起來。

胡春梅裝作沒看到，笑吟吟道：「青芷，聽說妳在學堂後面養了些小雞，我們去看看吧！」

青芷想了想，道：「我娘去妳家買餵小雞的小米了，待她回來，我們拿了小米一起去學堂。」

得知青芷要出門，王氏淡淡道：「不要玩瘋了。」

青芷答應了一聲，和荀紅玉、胡春梅一起出門。

一出大門，荀紅玉哼了一聲，道：「青芷，妳祖母怎麼說話陰陽怪氣的。」

青芷抿嘴一笑，沒有說話。

正在這時，韓氏拎著一個小小的布袋從胡家出來，見青芷她們迎面過來，不由笑了。

「妳們來接我呀？」

青芷接過布袋。「娘，您先回家吧，紅玉和春梅陪我去送小米。」

韓氏答應了一聲，道：「妳們去吧！我去後面園子摘些長豆角，中午做滷麵。」

青芷想起韓氏做的五花肉豆角滷麵的美味，忙道：「娘，買些五花肉蒸滷麵吧，再煮一鍋綠豆湯，放涼了喝。」

韓氏見女兒饞成這樣，不由笑了，柔聲道：「放心吧！」

青芷賣玫瑰花掙了銀子，正好可以給她做些好吃的，婆婆想必沒什麼話說。

走到大石橋時，胡春梅故作若無其事問了一句。「青芷，妳爹爹那個新學生是不是叫鍾佳霖？」

青芷「嗯」了一聲，眼波流轉看向胡春梅。胡春梅從小心思就深，說話、做事目的性很強，不會說廢話的。

荀紅玉插嘴道：「是那個眼睛特別黑、特別好看的小哥哥嗎？」

胡春梅含笑看向荀紅玉。「妳就知道看人家長得怎麼樣了。」

荀紅玉便道：「他是叫鍾佳霖，有一次天黑了，他還去我家接過青芷呢。」

胡春梅聽了，心裡不免有些妒意，看了青芷一眼，道：「佳霖哥哥待妳倒是不錯。」

青芷驀地想起了前世之事，頓時心一陣蹙縮，片刻後方輕輕道：「他是我的哥哥呀。」

「哥哥？」胡春梅眼睛滴溜溜一轉。「妳爹爹準備收養他了？」

青芷沒有回答。

前世的這個時候，爹爹已經準備收養事宜，可是現在四月都快過完了，爹爹似乎還沒有動靜……到底怎麼回事呢？怎麼和前世不一樣了？

這時候三人已經走到學堂外面。

見青芷沒有回答，胡春梅也不再追問，和荀紅玉一起進了學堂院門。

院子裡靜悄悄的，學堂裡書聲琅琅。「……皇祖有訓，民可近，不可下，民惟邦本，本固邦寧……」

胡春梅凝神聽了片刻，低聲問青芷。「他們讀的文章是什麼意思呀？」

青芷輕輕道：「大概的意思是說，老祖先說了，老百姓可以親近，不可以輕視；老百姓才是國家的根本，根本穩固了，國家才能安寧。」

胡春梅沒想到自己一個字都沒聽懂，而青芷全都聽懂，不由吃了一驚，瞪圓眼睛看向青芷。「妳怎麼這麼厲害？這樣拗口的妳也能聽懂？」

荀紅玉掩口而笑。「妳才知道啊！」

青芷也笑起來，很快就轉移話題。「走吧，我們去後院看小雞。」

三個小姑娘怕驚動學堂裡的學子們，躡手躡腳從西邊夾道進了後院。

後院種了不少莊稼，鬱鬱蔥蔥的，滿目都是綠意。已經結莢的油菜地前面就是用青竹紮的雞圈，和用磚頭、青竹壘起來的雞舍，一隻隻黃絨絨的小雞在雞圈裡玩耍、進食，發出

「吱吱吱吱」的叫聲。

三人沿著小路走過去，圍在雞圈外面看了起來。

見雞圈裡還有用青竹製成的水槽，青芷不由微笑。哥哥的手真是太巧了，什麼都會做！

荀紅玉興奮地看著用青竹做成的雞舍，正要讓胡春梅看，卻發現胡春梅一直在看學堂的後窗，便湊過去輕輕道：「春梅，妳在看什麼？」

胡春梅的臉有些紅。「沒……沒看什麼……」

青芷把小米放進一邊的小缸裡，蓋好蓋子，見荀紅玉和胡春梅湊在那邊看，有些好奇，便跟著看了過去。學堂裡的學生正專心讀書，有什麼可看的？

荀紅玉指著坐在第一排靠窗那張書案的鍾佳霖。「佳霖哥哥是不是生得最好看？不過，我的羽表哥長得也不錯。」

胡春梅隨著她的指示看過去，見鍾佳霖後面坐著一個劍眉星目的少年，正是蔡大戶的長子蔡羽。

她看了蔡羽幾眼，又依依不捨地看向鍾佳霖。比起蔡羽，她更喜歡清俊的鍾佳霖。

荀紅玉把學堂裡的十二位學生都看了一遍，覺得還是鍾佳霖最好看，黑髮白衣坐在那裡，本身就是一道風景，便也笑咪咪鑑賞起來。

她欣賞了片刻，忍不住湊到青芷耳邊竊竊私語。「青芷，佳霖哥哥長得鼻子是鼻子，眼睛是眼睛的，不知怎的，看著就是好看。」

青芷心中暗笑，怕影響哥哥讀書，忙拉了胡春梅和荀紅玉離開。「走吧，一會兒被爹爹發現了可是不好。」

荀家離得近，荀紅玉開開心心地拿著香包回家了。

青芷和胡春梅一起沿著大路往西走去。

到了虞家門口，青芷與胡春梅道別，進了家門。

韓氏已經做好午飯，見青芷進來，忙道：「滷麵我蒸得多，青芷，妳給妳爹和佳霖送些過去吧！」

按照一般情況，虞世清和鍾佳霖的午飯是在學堂自做，晚飯才由家裡送，只是今日她做的滷麵有些多，便讓青芷送些過去。

青芷答應了一聲，詫異道：「祖母呢？不在家嗎？」

若是祖母在家，娘才不敢這麼大聲說話和自作主張。

韓氏眼睛裡滿是笑意。「妳祖母去妳五姑母家了。」

青芷聞言一愣。「祖母去五姑母家做什麼？五姑母不是早上才回去嗎？」

韓氏聽了，也覺得有些奇怪。「方才妳剛出門，妳五姑母家的中玉就來了，接了妳祖母就走，我也沒敢問妳祖母……」

青芷思索片刻，笑了。「等中玉哥哥送祖母回來，我覷個機會問問吧！」

她五姑母只生了一個兒子，比她大一歲，大名叫賈中玉。賈中玉又胖又高，性格活潑通達，頗為通情達理，倒是可以從他那裡打聽一下。

此時王氏坐在賈中玉牽著的騾子上，已經趕到了鄰村賈營的賈家。

虞櫻梨正在家裡等著，見王氏進來，歡天喜地迎上去。「娘來了。」又笑嘻嘻指了指堂屋方向，壓低聲音道：「姜老娘帶著孫女姜秀珍在堂屋坐著呢，她的二兒媳婦張氏也在裡面。」

王氏矜持地點點頭，扶著虞櫻梨進了堂屋。

姜老娘原本正蹺著二郎腿坐著，拿著水煙袋在吸，見王氏進來，她忙用鼻子噴出兩道白煙，把水煙袋扔在方桌上，濕漉漉的手心在清布裙子上蹭了蹭，滿臉堆笑迎上去。「您來了！請坐吧！」

王氏仰著臉，用眼角餘光瞄了這個姜老娘一眼，見姜老娘滿頭花白頭髮用竹簪子在腦後綰了個髻，臉上的皺紋似刀刻一般，癟著嘴，身上穿著白粗布衫子，繫了條藍布裙子，真是一身窮酸相。

她最瞧不起這些窮酸女人，卻忘了兒子虞世清還沒有考上秀才前，她自己也是別人眼中的窮酸女人。

虞櫻梨看到自己嶄新的紅漆方桌被姜老娘的煙袋鍋燙了一下，心疼得很，扶著王氏在方桌另一端的圈椅上坐下，然後藉著倒茶，把姜老娘的水煙袋拿起來，靠在放瓜子的瓷盤上，似笑非笑道：「姜老娘，新漆的方桌，小心燙壞了。」

姜老娘絲毫不覺得尷尬，裝作沒聽到、沒看到，笑吟吟和王氏搭話。「老婆子我的大兒子給賈大戶蓋祠堂時被砸死了，如今老婆子沒人奉養，倒要養活大兒媳婦顏氏和孫女姜秀珍，實在活不下去，只好給她們娘兒倆找條活路了。」

虞櫻梨立在一邊侍候，聽姜老娘胡說八道，實在忍不住了，笑道：「姜老娘，賈大戶可是賠了二十兩銀子呢！這些銀子都到了您老人家手裡，誰不知道如今您和老二一家吃香喝辣的，日子過得紅火得很呢！」

姜老娘臉皮甚厚，裝作沒聽到冷嘲熱諷，一雙凹陷的小眼睛看向王氏。「要不，您先見見人？」

王氏瞪了虞櫻梨一眼。她之所以不喜歡虞櫻梨，就是因為這個女兒愛管閒事。又矜持地點點頭，撣了撣身上的寶藍雲紋紗袍。「那就先見見吧！」

這件紗袍的衣料還是韓氏的嫁妝，被她要了過來，做了三件紗袍，她自己留了一件，給三女兒一件、六女兒一件，正好分完了。

不愧是有名的雲紋紗，夏天穿著既涼快又透氣，看上去也華貴。

姜老娘當下直著嗓子叫了一聲。「老二媳婦，快出來吧！」

王氏被姜老娘這一嗓子嚇了一跳，皺著眉抬手抿了抿鬢角，看到一個胖大媳婦拉著一個瘦瘦的女孩子從西暗間走出來。

那胖大媳婦身上穿著大紅衫子，繫了條紫色裙子，衣服做得有些緊，腰上贅肉被勒成了一道道。她把那小姑娘拽了出來，笑著福了福，又在小姑娘腦袋上敲了一下。「還不給虞老娘行禮。」

那小姑娘被打得一個趔趄，蒼白著臉，怯生生地給王氏福了福。

王氏細細打量著，發現這個姜秀珍個子比青芷倒是高了些，只是瘦得很，肌膚雖然白，卻是蒼白，眉目倒還清秀，尤其是眼睛，頗為靈動。

她看向女孩子的身子，發現確實像虞櫻梨所說，將來養胖一些的話，確實變得屁股大、胯骨寬，是宜男之相。

第十三章

見王氏只顧著打量，姜老娘忙起身走過去，扯著姜秀珍讓王氏看。「王老娘，您看看我家秀珍，個子不矮吧？您再看看她的胯骨——」她虛虛比了比。「這麼寬！將來肥雞肥鴨將養一陣子，一定能長得大奶子、大屁股、壯身子，既能生兒子，又能下地幹活，才五兩銀子，多划算啊！」

聽了姜老娘的話，姜秀珍羞愧得滿臉通紅，低下了頭。

「四兩銀子。」王氏端起茶盞飲了一口，道：「四兩銀子我就買下來，不然算了。」

姜老娘臉上一陣猶豫，搓了搓手道：「這……這也太便宜了。」

王氏端著茶盞慢慢飲著，懶得搭理姜老娘，連討價還價都不屑。她可是秀才老娘，怎麼耐煩和這些鄉下粗鄙婦人多說。

姜老娘糾纏了半日，最後肉疼地答應了。「四兩就四兩，不過牙婆那邊的銀子得您出。」

王氏矜持地笑了。「我再考慮考慮吧！」

姜婆子還要糾纏，王氏給虞櫻梨使了個眼色。

虞櫻梨連說帶勸，把姜婆子、張氏和姜秀珍送了出去。

送走姜老娘，虞櫻梨回來問王氏。「娘，這個姑娘怎麼樣？」

王氏垂下眼簾，調整了一下衣袖，道：「反正才四兩銀子，即使不能生養，再轉賣了也不會賠錢。」她想了想，道：「讓妳家中玉送我去妳七妹家一趟吧！」

虞櫻梨一聽就明白了。「娘，您想讓七妹出這筆銀子？」

王氏挺煩虞櫻梨這張沒遮攔的嘴，皺著眉頭道：「妳們也都是虞家姑娘，難道要眼睜睜看著虞家絕後？沒讓妳們姊妹七個人人都兌份子錢，我已經是仁至義盡了！」

虞櫻梨一聽王氏提錢，忙陪笑道：「娘，我也就說說罷了。」她忙高聲叫道：「中玉，快去牽騾子出來，送你外祖母去司徒鎮的七姨母家。」

中玉正在東廂房讀書，聽到他娘叫人，答應了一聲，放下書，笑嘻嘻地走出來。「外祖母且等片刻，我這就去牽騾子。」

用罷午飯，青芷略微睡了會兒，就起來繼續抄書。

抄寫溫庭筠的〈望江南〉時，青芷運筆穩健、一氣呵成，很快就寫了一遍。

寫罷最後一個字，她心裡一動，總覺得自己似乎忘記了什麼，索性又讀了一遍。「梳洗罷，獨倚望江樓。過盡千帆皆不是，斜暉脈脈水悠悠。腸斷白蘋洲……白蘋洲……」

重複了幾遍「白蘋洲」之後，青芷終於想起來，白蘋洲在〈望江南〉中，原本指的是長滿蘋草的小沙洲，可是流經南陽的白河在梅溪匯入之處附近，卻有一處大沙洲，名字也叫白蘋洲。

青芷記得前世在一位工部大員的主持下，宛州修建了一條白蘋渠，打通了白河與運河，成了連接南北的水路要道，從此以後，無數載滿糧食、鹽和絲織品的大船在白蘋渠上來來往往……

而南陽城外的白蘋洲因是白蘋渠和白河的交會處，交通便利，商業繁華，寸土寸金，盛極一時。

青芷放下筆，走到床邊躺下來。她閉上眼睛，竭力回憶著往事。

不知過了多久，她終於記起來——白蘋渠修好是在她進入英親王府的第四年，也就是失蹤三年的哥哥出現在英親王府，要帶她離開京城之時。細細算來的話，那年她十八歲……

如今她十二歲，也就是說，如果沒有意外的話，六年後的白蘋洲會成為連接大宋南北的商業重鎮。

若是她如今就開始購買白蘋洲的土地呢？六年後，白蘋洲的地價可是會翻幾十、百倍！

韓氏撩開臥室門簾進來看女兒，見她躺在床邊，不由笑了。「妳這孩子，既然要睡，怎麼不好好躺著？」

青芷一骨碌坐起來，大眼睛在光線黯淡的紗帳內熠熠生輝。「娘，我渴了。」

韓氏聽了轉身出去，很快就端著一盞白開水進來。

青芷喝過水，下了床，去外面洗筆。

筆剛洗完，就聽到外面有人敲門，她出去一看，發現是一個笑眉笑眼的青年，正是韓成鋪子裡的夥計李志勇，便笑著打招呼。

李志勇微微一笑，還了個禮，看到韓氏過來，忙道：「見過二姑奶奶！老闆請了城中有名的董女醫，命我送過來給二姑奶奶看脈息。」

韓氏聞言歡喜，忙帶著青芷去迎，只見一個小丫鬟先從馬車上跳下來，然後扶了一個青衣白裙的中年女子下馬車，又從車上取了藥箱。

青芷見這中年女子五官雖然平淡，可是肌膚細白，態度雍容，猜到這位便是董女醫，忙屈膝行禮。「見過女醫。」

韓氏緊張得聲音都有些抖了。「董……董女醫，請……請進。」

董女醫打量著韓氏和青芷，發現韓氏約莫二十七、八歲，身材苗條，梳著圓髻，髮髻上插戴了一支白銀梅花簪，身上穿著淺藍色交領夏衫，繫了條白裙子，一雙眼睛盈盈含水，頗為美貌，隱約與瑞和祥綢緞莊的老闆韓成有些相像；只是頭髮枯黃乾燥，肌膚蒼白泛黃，明顯是長期營養不良造成的。

她又看韓氏身側的小姑娘，發現她生得又瘦又小，可是雪白的小臉晶瑩潔白，一雙大眼睛寶光璀璨，鼻梁挺秀，櫻唇飽滿，實在是個美人胚子。

心裡有數之後，董女醫點點頭，隨著韓氏進了院子。

見娘親因為緊張而縮手縮腳，青芷當即挺身而出，笑吟吟道：「董女醫，請往這邊走。」

董女醫見這小姑娘年紀雖小，可是一板一眼，頗有法度，不禁微笑，心道：這便是所謂陋室明珠吧！真沒想到這樣的農家居然有這樣一對母女，也真是明珠蒙塵了。

引著董女醫進了西廂房明間後，青芷請韓氏陪董女醫坐著，自己要去燒水沏茶，卻被董女醫攔住。

董女醫淡淡一笑，道：「來鄉下一趟不容易，先看看令堂的脈息吧！」

青芷生怕王氏這時候回來，便不再推讓，道：「董女醫，不瞞您說，我母親自從生了我之後，一直未曾再孕，因慕董女醫的令名，才拜託舅舅請您過來，煩請您細細看看脈息。」

董女醫把三個指頭按在韓氏右手脈上，思索片刻，又看了左手的脈息，然後讓韓氏抬起頭，細細看了片刻。

望聞問切一番之後，董女醫才看向韓氏，緩緩道：「娘子這病，一則產後沒有好好休養，二則日常營養不足，三則氣鬱於心，以致此病。我先開個方子調理，三個月為一療程，這三個月內按方抓藥服用就行。不過飲食須得注意，需要有葷有素，葷素搭配，不可長期茹素。」

韓氏知道董女醫說的全是她的病根，心中感佩，一時百感交集，說不出話來。

青芷忙道：「董女醫，請您開個方子吧！我這就去準備筆墨。」

董女醫含笑搖頭，看了跟著過來的小丫鬟一眼，小丫鬟忙奉上準備好的筆墨。

青芷機靈得很，早拿出宣紙鋪好。

董女醫想了想，提筆開始寫方子。

青芷見都是些知母、熟地黃、黃柏、山茱萸之類，悄悄鬆了口氣。幸好這些藥都不貴。

她正要去臥室取診金，卻被董女醫叫住。

董女醫把筆遞給青芷，淡淡道：「韓老闆已經付過診金和藥費，我回去後讓人按方做成丸藥，送到韓老闆鋪子裡去，大約明天下午，丸藥就做好送過去了。」

韓氏和青芷聞言，心中又是歡喜又是感激，忙謝了董女醫。

送了董女醫回來，一回到房裡坐下，韓氏多年的委屈都浮上心頭，不由哭了起來。

青芷心裡一陣酸楚。重活一次，她終於明白前世母親為何生了她之後未再有孕，也明白為何母親最終抑鬱而亡。生活的艱苦、婆婆的虐待、丈夫的冷遇、心靈的荒蕪……最終令母親還不到三十歲便撒手人寰。

想到前世的母親去世那夜的淒風苦雨，以及母親去世後她的無依無傍，青芷的眼淚也湧了出來。

片刻後，她用帕子拭去眼淚，笑盈盈道：「娘，沒事，以後有我陪著您、照顧您，您就放寬心吧！」

韓氏想到女兒的懂事和貼心，含著淚笑了，道：「今天太陽毒，後面園子曬的麥子怕是差不多了，咱們這就甩麥子去。」

青芷知道韓氏是要趕在王氏回來之前把麥子打好收起來，免得被她盤剝走，便笑著道：「娘，麥芒搠得慌，咱們拿布條子把衣袖纏起來吧！」

韓氏忙起身尋了布條子出來。

母女倆忙了一個多時辰，才把麥子都打下來，把麥秸堆起來，又在豆角和絲瓜架子後面找了塊隱蔽的向陽空地，鋪了幾塊乾淨的舊床單，把打下來的麥子曬起來。

這會兒還有點太陽，先曬一會兒再說，等太陽落山再用舊床單籠起來，明日攤開繼續曬。

忙完這些回到前院，母女倆都是滿頭大汗，渾身難受，索性燒水痛痛快快洗了個澡。待青芷晾乾頭髮，太陽已經落山了。

韓氏去後院籠麥子，青芷則坐在灶屋外面擇菜。

剛擇好半盆子眉豆，便聽到有人敲門，她起身理了理裙子走出去。「誰呀？」

大門外傳來賈中玉的聲音。「青芷，是我！我送外祖母回來。」

青芷打開門，門外正是賈中玉和王氏，她先笑著向王氏福了福，然後招呼賈中玉。「中玉表哥，你也進來吧！」

賈中玉笑著答應，扶著王氏進了院子。

青芷伺候王氏洗罷手臉，見賈中玉堅持要回家，便送賈中玉出去。

到了大門外，她拉住賈中玉的衣袖，輕輕問道：「中玉表哥，祖母今天到底做什麼去了？」

賈中玉猶豫了一下，抬眼往院子裡看了看，見堂屋裡光線有些暗，王氏正坐在方桌邊吃點心，低聲道：「青芷，妳可別說是我說的。外祖母說要給舅舅買妾，為虞家傳宗接代，問七姨母要了十兩銀子，然後花四兩銀子買了我們村的姜秀珍，身契已經寫好，明日我娘就送姜秀珍過來。」

舅母和表妹太可憐了，他真心看不慣，因此才把來龍去脈告訴青芷。

青芷聽了，吃了一驚，不過轉念一想，又覺得這件事太正常了，一則她祖母和姑母們一直嫌棄她娘沒生兒子，二則只要能讓她娘和她不痛快，她祖母從來都是不遺餘力。

遇到事情，想辦法解決就是，不必著急。

想到這裡，青芷的心便沈靜下來。她看向賈中玉，輕輕道：「謝謝你，中玉哥哥。」

賈中玉看著又瘦又小的青芷，心裡有些難受，低聲道：「妳和舅母有空了去我家作客，我讓我娘給妳們做些好吃的。」

他爹賈三是個鐵匠，爹娘都是勤懇人，又只有他一個孩子，家裡日子還算寬裕。

青芷點點頭，笑咪咪地目送賈中玉騎著騾子走了，這才心事重重地進了院子，關上大門。

堂屋裡點著一盞油燈，幾隻蚊子和蛾子圍著燈焰，嚶嚶嗡嗡地飛著，屋子裡有些悶熱。

王氏大模大樣坐在方桌邊，嘴角噙著一絲得意的笑，看著韓氏忙碌地給她擺晚飯。

韓氏剛把筷子擺好，便聽到王氏陰惻惻的聲音。「青芷小蹄子呢？」

她怯生生地道：「啟稟婆婆，青芷去給相公送晚飯了。」

王氏「哼」了一聲，又問道：「我記得世清前段時間從城裡雇了個小廝在學堂幹活，如今怎麼樣了？」

韓氏生怕說錯話，僵在那裡思索片刻，才道：「他還在學堂裡幹活。」

王氏將信將疑地看了韓氏一眼，拿起筷子道：「既然收留了他，就別讓他閒著，有重活就叫他來做。」

韓氏答了聲「是」，悄悄退了下去。

此時的青芷在學堂院子裡的梧桐樹下擺飯。

鍾佳霖洗乾淨雙手，去灶屋取了中午炸的小魚，也擺在石桌上。「青芷，妳也吃點炸小魚吧！」

青芷「嗯」了一聲，抬頭看著鍾佳霖，心裡一陣溫暖。不管怎樣，這輩子還能夠看到哥哥，這就足夠幸運了。

這時候，虞世清從學堂裡走出來，站在門口伸了個懶腰。

鍾佳霖馬上走過去。「先生，水已經準備好了，您先洗洗手吧！」

虞世清含笑點頭。

青芷笑盈盈道：「爹爹，我給您買了一壺酒，準備了幾樣小菜，快些過來吧！」

虞世清大喜，答應一聲，隨著鍾佳霖洗手去了。

聽青芷的話帶回鍾佳霖，真是再合適不過的決定！鍾佳霖是他遇到最聰明的學生，一目十行、舉一反三都是小菜一碟，關鍵是鍾佳霖真的是傳說中的過目不忘、過目成誦，真的是個天才。

而且鍾佳霖不只會讀書，只要他願意，他什麼都能做得很好。

自從鍾佳霖來了，加上青芷也懂事了，虞世清就只管教書、讀書、散步、賞花，別的萬事不理，過上了蘇軾理想中「對一張琴，一壺酒，一溪雲」的日子。

待虞世清在石桌邊坐下，青芷巧笑嫣然道：「爹爹，這是油炸花生米，這是掃帚苗蒸菜，這是我炒的回鍋肉，這是哥哥炸的小魚，酒是狀元紅，您嚐嚐吧！」

虞世清挾了一片回鍋肉，只覺酥香微脆，味道濃厚，香而不膩，實在不錯，便點點頭。「青芷的廚藝頗有長進。」

青芷端起酒盞奉給虞世清。「爹爹，嚐嚐女兒特地給您買的酒。」

虞世清接過青瓷酒盞小小飲了一口，感受著微醺，只覺得鬆快極了。

他閉上眼睛，品味那種難得的陶陶然。

院子裡掛著一盞燈籠，柔和的光暈中，青芷的大眼睛熠熠生輝。「爹爹，這花生米是娘炸的，您嚐嚐吧！」

鍾佳霖一見青芷這模樣，便知她一定是有計劃要進行，便默不作聲地坐在那裡用飯，很快就用罷晚飯，和虞世清打了個招呼，去學堂裡習字了。

第十四章

見鍾佳霖離開，青芷才進入正題。

她又給虞世清斟了酒，若無其事道：「爹爹，今天舅舅請了南陽城中專精女科、產科的董女醫來咱們家了。」

虞世清聞言看向青芷。「董女醫？是梅溪書肆董先生的姑母董女醫嗎？」

青芷笑了。「爹爹，是舅舅出面請的大夫，我也不知道。董女醫帶著小丫鬟過來，給娘看了脈息，說娘沒什麼事，就是產後沒有好好休養，且日常營養不足，氣鬱於心，以致多年未育。」

虞世清聽了，心裡一陣羞愧，卻又有些茫然，低下頭，嘆了口氣。

他心裡清楚自己的娘不好惹，只是沒想到韓氏的處境竟然到了如此地步。

青芷笑容燦爛。「爹爹，您不用擔心，董女醫說我娘身子底子好，她先開個方子調理，飲食再注意一些，葷素搭配，早晚會給我生幾個弟弟妹妹的。」

虞世清聞言，才鬆了一口氣。他和韓氏都不到三十歲，還有希望再生兒子。

青芷拿起酒壺給虞世清斟滿酒，笑盈盈道：「爹爹，診金和藥費我舅舅都付過了，董女醫說了，會讓人按方做成丸藥，送到舅舅的鋪子裡去，讓我明天下午進城去拿丸藥。」

虞世清聽了，徹底放鬆下來。「如此，那就太好了！青芷，咱們真得多謝妳舅舅啊！」

青芷嫣然一笑。「爹爹，您若是想要感謝我舅舅，我有個好法子。」

虞世清好奇地看著女兒。

青芷得意洋洋道：「等昭玉表弟來這裡就學，您對昭玉表弟嚴格一些不就行了？」

想到韓氏的姪子韓昭玉到時敢怒不敢言的模樣，虞世清也笑起來。「如此甚好。」

青芷再接再厲，笑道：「爹爹，蔡大戶家的蔡翠姊姊六月二十要辦蓮花花會，說要請我去呢！」

虞世清聞言，喝了一口酒。「既然蔡大姑娘邀請，妳就去吧！妳已經十二歲，也該學著應酬，畢竟是秀才家的閨秀。」

青芷聽虞世清喝了酒有些大言不慚，居然說自己「畢竟是秀才家的閨秀」，心中暗笑，面上卻收斂笑意，低下頭玩著手指。「爹爹，只是別家的姊姊妹妹們都有丫鬟跟著，就我沒有……」

虞世清聞言，眉頭皺了起來，片刻後道：「青芷，這件事交給爹爹，放心吧，爹爹一定在花會前買個小丫鬟給妳使喚。」

青芷抬眼看向爹爹，大眼睛閃閃發光。「爹爹，真的嗎？謝謝爹爹！」

被女兒這麼感謝，虞世清心裡美滋滋的，拈著空酒盞遞過來。「青芷，給爹爹斟酒。」

青芷笑吟吟答了聲「是」，拿起酒壺給虞世清斟酒，口中道：「爹爹，我不要年紀太小的丫鬟，大一些可以幫我幹活。」

虞世清自然答應了，青芷得意地笑起來。

鍾佳霖出來洗筆，恰好看到她如小狐狸般得意的模樣，不由微笑。這師妹真是狡黠又可愛。

晚上，韓氏做了一陣子針線活，又去了青芷的屋子，見女兒坐在書案前抄書，額角的碎髮濕漉漉的，都被汗水浸透了，便拿了扇子坐在青芷身後輕輕搧著風。

青芷只顧抄寫，根本沒注意到韓氏給自己搧風，一直抄完了五首詞，她把筆放在筆擱上，回頭笑嘻嘻道：「娘，風再大一些。」

韓氏笑著用了些力，風果真大了起來。

青芷痛痛快快吹了會兒風，待汗消下去了，才道：「娘，我去燒水，咱們洗個澡吧！」

娘兒倆洗了澡收拾罷，搬了張小凳子坐在臥室窗外的薄荷叢旁，一邊晾頭髮，一邊說話。

韓氏今日看了董女醫，心裡有了盼頭，整個人都放鬆不少，月光中顯得更加柔美了。

見母親這樣，青芷也開心得很，忽然想起自己之前做的玫瑰油，便起身進屋拿出來，非要讓韓氏抹。

韓氏哪裡捨得，自然不肯，可是拗不過青芷，最後在臉上、頸部和手上薄薄敷了些。

夜風送來了韓氏身上的玫瑰芬芳，青芷陶醉地聞了聞。「好香啊！爹爹一定也喜歡聞。」

韓氏的臉有些紅，不說話，低著頭掐了幾片薄荷葉，悄悄嘆了口氣。

丈夫冷淡她好久了，怎麼可能會喜歡聞她身上的味道呢？即使是好聞的玫瑰香氣……

虞世清在學堂裡又作了一篇策論，檢查了鍾佳霖的文章，這才交代幾句，起身離開學堂。

回到家，王氏已經睡了，正房籠罩在黑暗中，只有西廂房南邊的臥室還透著昏黃的光。

虞世清閂上大門，跟著來開門的韓氏一起往西廂房走去，隨口問道：「母親已經歇了？」

韓氏「嗯」了一聲。

虞世清看著妻子纖瘦的背影，心裡有些不是滋味。「青芷也睡下了？」

韓氏又「嗯」了一聲，走到西廂房明間門口停下腳步，側身等著虞世清先進去。

虞世清經過韓氏身邊時，聞到了一股沁人心脾的芬芳，不由一怔。「好香。」

韓氏有些不好意思，低下頭沒說話。

虞世清也不再說話，抬腿進了屋子。

隔天早上，青芷是被王氏給吵醒的。

她翻了個身，閉著眼睛聽著外面的動靜。

王氏應該是很開心，正高聲和虞世清說話。「……我的兒，中午回家一趟，母親有事要和你說。」

禮，急匆匆離開了。

虞世清早上起得有些遲，此時正急著去學堂，含糊答應了，拱了拱手，向王氏行了個

看著兒子的背影消失在大門外，王氏得意地笑起來，看了恭謹地侍立一側的韓氏一眼，臉上的笑容驀地消失，冷冷道：「去把我的被褥、枕套都洗洗曬曬吧！」

韓氏答了聲「是」，拿了胰子和洗衣的木盆走到王氏面前，怯生生道：「婆婆，奴準備好了。」

平常王氏是不讓韓氏進自己臥室的，都是自己把要換洗的衣物拿出來，只是王氏這會兒有些懶得動，便道：「妳跟我進去吧，我看著妳拿。」

韓氏答了聲「是」，端著盆子跟著王氏進了正房。

侍從王氏房裡出來，韓氏發現青芷已經洗漱好，笑盈盈地在外面候著她。

看著青芷漫著一層水氣的潔白小臉，她不由笑了起來，柔聲道：「怎麼不多睡會兒？」

青芷正是長身體的時候，因而韓氏起來做早飯時，特意不叫青芷起來，想讓她多睡一會兒。

青芷還沒說話，韓氏背後便傳來王氏陰惻惻的聲音。「一個丫頭片子，早晚是外姓人，能讓她吃口飯、喘口氣就行了，睡什麼睡！」

韓氏聞言，擔心青芷性烈如火，怕她又和王氏吵起來，忙給青芷使了個眼色。

青芷卻不生氣，瞧著王氏微微一笑，走上前去屈膝福了福。「給祖母請安。」

她仰首看著王氏，笑吟吟道：「祖母，如今正是收麥天，不知道蔡春和家今年什麼時候

來交租？」

蔡春和既然在床笫上出力奉承祖母，這地租怕是不會來交了！

王氏一聽，臉色當即變了，「哼」了一聲道：「家裡的事不用妳這丫頭片子操心。」

說罷，她轉身進了堂屋。

青芷見王氏被自己氣得不輕，心裡愉快得很，大眼睛含笑看向韓氏。「娘，我陪您去河邊洗衣服。」

韓氏見王氏進去了，湊近青芷，低聲道：「咱們明間的桌上有妳的早飯，快去吃吧！吃完了再去外面幫我。」

用罷早飯，青芷出了門，見韓氏旁邊是胡春梅的娘方氏，青芷笑著打招呼，在韓氏身邊蹲下去，幫忙洗衣服。

方氏見了便道：「韓娘子，妳家青芷真勤快，我家春梅嫌熱，不肯出門呢。」

韓氏心裡熨貼得很，口中卻道：「妳家春梅幫家裡放羊，也很勤快。」

青芷聽著兩人妳一言我一語地說話，手下卻不停歇，在清澈的河水中漂洗韓氏已經打過胰子、搓洗過的床單。

方氏見青芷專心漂洗床單，便湊近韓氏，低聲道：「我說韓娘子，妳家青芷生得這麼好，求親的人怕是不少吧？」

韓氏忙看了青芷一眼，輕輕道：「青芷還小呢。」

方氏正要說話，抬眼見大路上遠遠走過來一個白臉少年，正是馬記滷肉鋪家的大兒子馬平。

她馬上想起婆婆胡老娘說，馬家大兒子馬平看上了虞秀才的獨生女，眼珠子一轉，當即高聲道：「馬小哥，你這時候出來做什麼？」

馬平早看到在河邊洗衣的青芷，只是不好意思停下來說話，一聽方氏的話，他停下腳步，靦覥地拱手行了個禮。「見過兩位嬸嬸。我去賈營討帳，剛回來。」

方氏見馬平的臉都紅透了，不由暗笑，低聲和韓氏說道：「殺豬人家的大兒子居然一說話就臉紅。」又道：「我可是聽說馬三娘看上妳家青芷了，都託了媒人去妳家探信，誰知被妳婆婆給罵出去。」

韓氏聞言一愣。她根本就不知道這件事！

她其實滿欣賞馬平的，打心眼裡覺得青芷若是能嫁給馬平，其實也不錯。馬平家開著馬記滷肉鋪，家境殷實，不缺肉吃，最重要的是馬平的娘馬三娘性格直爽，又會做生意，一定不會像王氏一樣陰惻惻地算計。

青芷在一邊聽到了，不由啼笑皆非。馬三娘和馬平看上了她？開什麼玩笑！她可不想那麼早成親，起碼得等到哥哥中了進士，她有了靠山之後再提婚事。

看了韓氏的表情，方氏笑了。「妳居然不知道這件事？不過也難怪，妳家是妳婆婆當家作主，怎麼會和妳商量。」

韓氏低下頭，用力搓洗著手中的衣服。

馬平看了專心洗衣的青芷一眼，頓了頓，終於下了決心。「青芷，妳過來一下，我有話要和妳說。」

韓氏和青芷都愣住了，方氏掩口笑了起來。

見青芷疑惑地看著自己，卻不起身，馬平有些著急，忙道：「真的有事，很重要的事！」

見馬平確實像是有急事，青芷低聲和韓氏說道：「娘，我去看看到底什麼事？」

韓氏也覺得馬平似乎真有重要的事，便道：「妳去吧，我在這裡看著呢。」

青芷把漂洗好的床單擰了水，放進一邊的洗衣筐裡，才起身走到路邊。「馬平哥，怎麼了？」

馬平這時發現青芷最近長高不少，肌膚潔白晶瑩，大眼睛黑泠泠的，小仙子一般，頓時有些緊張。「青……青芷，我……我剛從賈……賈營回來，看到……」

「看到什麼？」見馬平緊張得臉都紅了，青芷忙問了一句。

馬平正要說話，卻聽到後面傳來鈴鐺聲，扭頭一看，發現後面走來好幾個人，中間簇擁著三匹騾子，坐在騾子上的人分別是青芷的五姑母虞櫻梨、有名的牙婆一枝花和一個臉搽得通紅又穿一身新衣的女孩子，他也不結巴了，直接道：「青芷，妳祖母在賈營給妳爹買了個小老婆！」

說來也真是巧，他去賈營收帳，最後去的那家恰是姜家。

一直愛拖欠的姜老娘這次痛痛快快付了帳，馬平心細，見姜家熱鬧得很，就連青芷的五姑母虞櫻梨也在，忙打聽了一下，才知道姜老娘把孫女姜秀珍賣給青芷的爹做小老婆。

青芷因為早已知道，所以內心平靜無波。她端端正正向馬平福了福。「謝謝你，馬平哥，我知道了。」

馬平擔憂地看了她一眼，又有些結巴了。「妳……有事儘……儘管找……找我……我走了。」

青芷沒有說話，只是又福了福。

馬平知道虞家有得熱鬧了，也不多擾她，自己先走了。

青芷抬眼看向河邊，發現韓氏已經站起來，正擔憂地看著這邊。

看到母親，她心裡不禁一陣難受。她知道這件事給母親的打擊，此時的她一定要站在母親身邊，陪母親度過這段時間。

前世自從李雨岫入了王府，為了分她的寵，短短兩、三年內，李雨岫就給趙瑜安排了七、八位美貌侍妾。

新的侍妾不斷出現，徹底磨去了青芷心底對趙瑜的期盼、對愛情的憧憬。即使重生了，可青芷還記得那一個個孤獨淒清的寂寞夜晚……

前世，她無兒無女，只有哥哥一個親人，如今重生了，她要保護母親，照顧哥哥，堅定地站在他們身邊！

下定決心之後，青芷轉身走到韓氏身邊，看了方氏一眼，發現方氏走到路邊看熱鬧去了。

她握住韓氏的手。大熱天，韓氏的手卻涼冰冰的。

青芷知道韓氏已經猜到了大概，用力握了握她的手，凝視著她的眼睛，用極低的聲音道：「娘，祖母買了五姑母村子裡一個叫姜秀珍的女孩，打算給爹做小老婆。」

韓氏的身子瑟縮了一下，臉色瞬間變得蒼白。

青芷看著自己的母親，聲音雖低，可是清清楚楚。「娘，您別擔心，一切都有我呢！」

韓氏只覺得大腦一片空白，身子發冷，只想縮成一團躲起來。她擔心了好幾年的事，終於變成現實了！

她看向青芷，眼睛溢滿淚水。「青芷，怎麼辦……」

青芷聲音低低的，卻滿是篤定。「娘，您現在去馬記滷肉鋪買一錢銀子的滷肉。到了馬記滷肉鋪，妳尋個理由和馬三娘閒聊幾句，多耽擱一會兒再回來，其餘事情交給我就行了。」

聽了青芷的話，韓氏才沒那麼慌亂，點點頭，道：「這些衣服——」

青芷微微一笑。「衣服我來洗，娘先不用管。」

待韓氏急匆匆地沿著大路向東而去，青芷把洗了一半的東西都收在木盆裡，放在水邊，往家裡走去。

如今天下承平日久，雖然算不上路不拾遺，可是這些濕衣服、濕床單放在這裡也沒人會偷。

虞家門口圍了好幾個看熱鬧的人，其中就有胡家的幾個女人。見到青芷過來，她們停止了竊竊私語，都好奇地看著青芷。

青芷笑了笑，昂首進了大門。

她剛進大門，就聽到胡老娘的聲音。「十四、五歲的小姑娘，又搽脂抹粉的，還穿著新衣，莫不是要給虞秀才做小老婆？」

另一個女人道：「喲，咱們村子裡童養媳多得是，小老婆可是稀罕東西，原先只有蔡大戶有小老婆，如今可要再添一家了，虞家可真富貴！」

「虞秀才可真有福氣……」

「別說了，虞秀才過來了。」

王氏坐在方桌邊，挑剔地打量著怯生生立在堂屋裡的姜秀珍。

姜秀珍臉上塗了脂粉，眉毛也畫過，雖然粗糙，卻也添了幾分顏色。

她抿了抿嘴唇，沒有吭聲。

牙婆一枝花笑得花枝亂顫，上前推了姜秀珍一把。「妳這孩子，還不給虞家老太太行禮？」

姜秀珍身子晃了晃，忙屈膝行了個禮。「見過老太太。」

這位虞老太太看著可不像老太太，不但用著脂粉，而且衣服光鮮，只是嘴唇薄薄的，瞧著是個厲害人物。

王氏皺著眉頭，拿著團扇輕輕搧了兩下，吩咐虞櫻梨。「去叫韓氏進來，讓秀珍給她遞杯茶。」

按照大宋民間風俗，小妾進門，主母只要接了小妾的茶，就算默認小妾進門，承認小妾的地位了。

虞櫻梨剛答了聲「是」，外面就傳來清脆悅耳的少女聲音。「啟稟祖母，我母親去買招待五姑母的小菜去了，等一會兒就回來。」

聽到這個聲音，一枝花抬眼看過去，姜秀珍也悄悄看過去，只見一個梳著雙鬟的少女走了來，小臉白嫩嫩的，大眼睛亮晶晶，嘴唇如玫瑰花瓣般，秀美不可方物。

屋內眾人皆眼前一亮。

一枝花眼睛發亮地看著這個秀美的少女，扯了扯虞櫻梨的衣袖。「我說五娘子，這位就是妳姪女？」

虞櫻梨見一枝花的眼睛都射出光來，心內一陣警惕，忙拍開一枝花的手，壓低聲音道：「我家青芷可是秀才閨女。」

一枝花這牙婆除了說媒，還專門經營人口買賣，往南陽城和宛州城裡的煙花樓送人，可得小心提防。

聽了虞櫻梨的話，一枝花笑盈盈地看向王氏，意味深長道：「老太太，您這孫女可是秀外慧中喲。」

這樣的人才，花四、五十兩銀子買下來，養幾年學學琴棋書畫再賣的話，身價至少能翻十倍。

雖然是秀才閨女，可是有這樣一個刻薄貪婪的祖母，只要身價銀子夠高，她就不信王氏會不動心！

王氏深深看了一枝花一眼，嘴角彎了彎，搖了搖團扇，看向青芷。「妳娘不會生，我總不能眼睜睜看著虞家絕後，就給妳爹買了個人，恰好妳來了，先替妳爹看看吧！」

青芷嫣然一笑。「是，祖母。」

她抬眼打量了姜秀珍一番，然後笑道：「妳叫什麼名字？今年幾歲了？」

秀珍從來沒見過這麼好看的女孩子，怯怯地看著青芷，輕輕道：「啟稟姑娘，我叫秀珍，今年十四歲了……」

青芷正要說話，忽然聽到身後傳來熟悉的腳步聲，便笑盈盈回頭道：「爹爹，您回來了。」

她迎了上去，親熱地挽著虞世清的胳膊。「爹爹，您不是說要給我買一個比我大兩歲的丫鬟嗎？爹爹可不要騙我。」

虞世清一回來就看到自家大門口圍了不少人，一見他過來就笑著散了，原本正丈二金剛，摸不著頭腦，可是被女兒一說，不由自主道：「好、好，都聽妳的。」

抬眼一看，見堂屋裡一屋子人，他看向王氏。「母親，這——」

一枝花怕見到虞世清這樣的正經讀書人，有些心虛，當下和王氏打了個招呼，也不敢招搖，急急離開了。

姜秀珍見一個陌生的高大男人進來，有些害怕，低下頭站在那裡。

王氏還沒說話，虞櫻梨就親熱地走上前，笑道：「世清，你不是一直沒有兒子嗎？咱娘一直為你操心，怕你絕後，虞家後繼無人，就作主讓姊姊們湊錢給你買了個丫頭。」

虞世清一愣。

虞櫻梨走過去，抬起姜秀珍的下巴讓他看看。「世清，你看看，長得挺清秀的吧！」

虞世清看向自己閨女，一臉尷尬。

青芷抬頭看向虞世清，一臉震驚。「爹爹，這難道不是您買給我的丫鬟？」

說到最後，她的聲音都哽咽了。

虞世清看向女兒，發現青芷眼角都紅了，忙解釋道：「青芷，這是——」

青芷眨了眨眼睛，眼裡立時氤氳了一層晶瑩的淚霧。「爹爹，您昨天說的，說要給我買一個比我大兩、三歲的丫鬟！爹爹您騙我！」

她也不哭出聲，只是含著淚，滿眼控訴地看著虞世清，花瓣般的唇微微顫抖著。

虞世清心疼女兒，當下便道：「自然是給妳的，爹不騙妳。」

「真的？不騙我？」青芷含淚握住虞世清的手，眼睛明亮，滿是驚喜。

虞世清哪裡能拒絕這樣可愛可疼的女兒？當即肯定道：「就是給妳買的。」

青芷笑咪咪道：「謝謝爹爹！謝謝祖母！謝謝五姑姑。」

她一陣風般地衝過去，拉了姜秀珍就跑出去。

王氏猝不及防，見青芷拉著新買的丫鬟跑了，當即大怒，一把把團扇拍在方桌上，怒視著虞世清。「你胡亂答應青芷這賤蹄子做什麼？這是我給你買的小老婆，是讓你睡了給虞家生兒子的！」

虞世清本來因為擅自作主正在內疚，被王氏這麼一說，反倒逆反起來。「年紀那麼小，能生什麼兒子？母親，這件事等以後有機會再說，這個先給青芷用吧！我已經答應青芷了，怎能改口——」

王氏勃然大怒，抬手在桌上用力捶了一下，桌上的茶壺茶盞被震得直響。「這是我買的丫鬟，我自己不會使喚，反倒給那小賤人使喚？去把我買的人叫過來！」

虞世清「撲通」一聲跪在地上，卻不肯屈服。

對青芷這個獨生女，他實在虧欠太多，這次不能再虧欠了。

王氏沒想到這個順從了二十多年的兒子居然敢違逆自己，還是為了青芷那個小賤貨，當即氣得心肝疼，「哎喲」了起來。

虞櫻梨看看暴怒的母親，再看看倔強跪在那裡的弟弟，忙勸說虞世清道：「世清，你看看母親都被你氣成什麼樣子了！快向母親認個錯、道個歉吧！」

虞世清似乎沒聽到般，直挺挺跪在那裡，一動不動，一言不發。

王氏找不到下臺的梯子，便哭了起來，一邊哭，一邊道：「我好苦命啊！兒子被小狐狸精給蒙蔽，不孝順我這做娘的啊！我含辛茹苦幾十年，養大了兒子卻養了隻白眼狼啊……」

見弟弟這個樣子，自己的娘也沒法下臺，虞櫻梨見不是辦法，便扶著王氏道：「娘，不如去我家住幾日，消消氣，待弟弟回心轉意了您再回來。」

王氏見虞世清這個模樣，便知道他是鐵了心要違逆自己。

她清楚得很，虞世清雖然脾氣好、好說話，可是一旦他真的生氣，或者要堅持什麼，誰的話也不會聽的。

虞櫻梨又勸了幾句，終於把王氏給帶出去。臨出門，她扭頭看了一眼，發現虞世清還一動不動跪在那裡，就知道自己這個弟弟是拗上了，只得指揮著兒子去牽騾子出來。

王氏扶著虞櫻梨走到院子裡，忽然想起青芷把自己買來的人給搶了，火氣立時又上來，當即甩開虞櫻梨，衝到西廂房門口，瞪著和青芷一起待在房裡的姜秀珍。「妳是我買的，自然是要侍候我的，給我滾出來！」

姜秀珍知道自己的身契在王氏手裡，王氏就是自己的主人，只得踟躕著出去了。出了西廂房，姜秀珍忍不住回頭看了青芷一眼，發現青芷正在看王氏，大眼睛裡黑沈沈的，似乎蘊藏著一場暴風雨。

王氏見了，「哼」了一聲。

姜秀珍打了個寒顫，忙站在王氏身旁。

王氏帶著姜秀珍出了大門，理了理衣裙，在虞櫻梨的攙扶下上了騾子。

虞櫻梨給賈中玉使了個眼色，待賈中玉趕著騾子走了，才低聲對姜秀珍說道：「妳跟著我走路吧！」

姜秀珍和虞櫻梨是一個村的，知道虞櫻梨好說話些，便點點頭，一行人往西去了。

到了賈營虞櫻梨家，虞櫻梨收拾出賈中玉住的東廂房，安頓王氏帶著姜秀珍住下，讓賈中玉拿了鋪蓋，先去家裡的鐵匠鋪子住。

到了晚間，姜秀珍服侍王氏洗腳，端著銅盆出來倒水，恰巧和一身水氣的賈中玉走了個對頭，忙閃到一邊，吶吶道：「……回來了……」

他們是一個村的，以前見面，她都稱呼賈中玉一聲「賈大哥」，如今卻成了奴婢和主子，卻不知道該怎麼稱呼了。

賈中玉剛從河裡洗過澡回來，頭髮還是濕的，身上帶著乾乾淨淨的胰子氣息，很是好聞。

映著院子裡的燈籠，他看到了姜秀珍臉上凸起的紅腫手印，濃眉皺了起來，低聲道：「外祖母打妳了？」

姜秀珍看了眼這個五官端正的少年，吶吶道：「是我自己笨手笨腳……」

賈中玉頓了頓，沒有再說話，直接進了院子，去正房堂屋看他爹娘去了。

他這個外祖母，一向脾氣暴躁、自私自利至極，偏偏母親、姨母們和舅舅還慣著她老人家，讓她老人家越發不得人心起來。

第十五章

聽到騾子的蹄聲漸漸遠去，青芷鬆了口氣，整個人似虛脫般坐在椅子上，渾身都沒了力氣。

她剛歇了一會兒，就聽到外面傳來「吱呀」一聲，接著是韓氏擔憂的聲音。「青芷……」

青芷怕母親擔心，起身道：「母親，我在這裡呢。」

韓氏拎著一個油紙包急匆匆走了過來。「青芷。」

青芷微笑地看著韓氏。「娘，沒事了，祖母去五姑母家住一段時間。」

韓氏遲疑地看著青芷。「青芷，妳沒事吧？」

青芷搖搖頭，從韓氏手中接過油紙包。「爹爹沒要祖母給他買的小老婆，祖母很生氣，現在爹爹還在堂屋裡跪著，您去陪陪他，我去做飯。」

王氏把東屋儲藏室的鑰匙掛在腰上帶走了，青芷沒法子拿到米麵，便只能將就著做了。

青芷煮了一鍋玉米粥，做了個香油拌青椒絲，又切了一盤滷肉，用托盤都搬到西廂房明間擺好，這才去請爹娘來用飯。

韓氏正服侍虞世清在院子裡洗臉，聽到青芷叫他們，忙道：「稍等一會兒，妳爹在洗臉呢。」

青芷在滷肉的清香中深深吸了一口氣，道：「爹，這會兒還不到午時，佳霖哥哥應該還在讀書沒有做飯，我給他送飯去吧！」

虞世清眼睛有些腫，不好意思見女兒，聞言自然答應。「去吧，多帶些，妳也在那裡吃午飯吧，順便薅些青菜剁了，餵妳那些小雞。」

青芷一邊收拾食盒，一邊道：「那我下午就不回來了。」

她想給爹娘獨處的時間，好讓娘早些給自己生個弟弟或妹妹。

先生離開後，鍾佳霖負責帶著大家背書。

學堂如今總共十二個學生，其中以鍾佳霖、蔡羽和李真程度最好，已經開始研讀四書中的《孟子》，明年二月就要參加縣試。

另外還有董翰、蕭令真、賈存孝和蔡翎等五個學生，已經跟著虞世清讀了兩、三年書，只是水準還不夠，因此還在讀《論語》和《大學》。剩下的四個學生最大的十歲，最小的才七歲，全都是一月才入學的小學生，還在讀《蒙求》和《千字文》。

青芷過去的時候，聽到學堂裡書聲琅琅，便直接進了灶屋。

一進屋，她就聞到一股桃子清香，順著尋了過去，發現乾乾淨淨的案板上放著一個竹編的小簸籮。

她發現簸籮裡放著三個洗得乾乾淨淨的大桃子，一看就知道是哥哥給自己留的，順手拿起一個咬一口。好甜啊！

到了午時，學堂散了學。
鍾佳霖待眾人都離開，才打水開始洗手。
洗著手，他忽然想起早上賣魚時，魚行老闆蔡雲賢的娘子給他的桃子。青芷是個小女孩，應該喜歡吃桃子，怎麼給她送去呢？萬一讓王氏看到了不好，還是等晚上青芷來送晚飯時再給她吧……
鍾佳霖正想著心事，忽然聽到外面傳來青芷的聲音。「哥哥，我把午飯擺在西廂房，你快些來吧！」
鍾佳霖扭頭見青芷站在西廂房門口，不由笑了。「我給妳留了三個桃子，正好拿給妳吃。」
青芷嗤嗤直笑。「我已經吃了一個，哥哥，桃子好甜，你也吃一個吧！」
鍾佳霖答應一聲，洗了手，拿了盛桃子的竹篾籮過去。
用罷午飯，距離未時上課還有一段時間，鍾佳霖便和青芷去後面園子看小雞。
青芷站在雞圈外面咬了一口桃子，直覺得滿口清甜的桃汁在口中瀰漫，忙又咬了一口。「哥哥，明日是四月二十，是學堂的休沐日，你能不能陪我進城一趟？」
鍾佳霖看著正大口吃桃子的青芷，答了聲「好」，心中卻道：看來青芷確實愛吃這種桃子，明日見了蔡雲賢，找他買幾個，帶回來給青芷吃。
青芷知道鍾佳霖是謹慎的性子，見他不假思索地答應，是把自己當成了信任的人，不由得笑了。「哥哥，我明日進城要做好些事情。」她一邊想，一邊說。「我得去好幾個地方……」

鍾佳霖凝視著她，心底驀地一片溫柔，輕輕道：「無論妳去哪兒，我都陪著妳。」

見青芷吃完一個桃子，他把自己手中那個桃子也遞過去。

青芷也不推辭，接過來咬了一口——她真的很喜歡吃桃子——笑咪咪看向鍾佳霖。「哥哥，這個桃子也很甜。」

鍾佳霖也笑了，忍不住伸手摸了摸青芷的腦袋。「喜歡吃的話，我想辦法再給妳弄幾個。」

正在這時，身後傳來少年清朗的聲音。「佳霖、小師妹，原來你們在這裡啊！」

青芷扭頭微笑。「蔡羽哥哥，快來看我和哥哥養的小雞。」

蔡羽施施然走了過來。他今日打扮得格外齊整，身穿白色紗袍，腰圍繡花黑緞腰帶，瞧著頗有幾分翩翩少年的韻致。

看了一會兒之後，蔡羽道：「這後院這麼大，其實小師妹可以在這裡養幾隻羊，將來還有羊奶喝。」

青芷拿著桃子悠悠道：「我早有這個打算啊，只是羊太貴了，我得再攢錢一段時間。」她看著滿目青翠的後院，暢想未來。「我準備買一隻母羊和一隻小羊，母羊擠奶給哥哥喝，小羊養大了賣錢供哥哥讀書考科舉。」

蔡羽心裡有些酸溜溜，想要說些什麼，可是張了張嘴又閉上。他是個聰明人，自然看出沒有兒子的虞先生是把鍾佳霖當兒子養的，青芷作為妹妹，關懷哥哥似乎也很正常。

有個像青芷這樣乖巧可愛的妹妹，似乎也不錯……

鍾佳霖若有所思地看著青芷。青芷真是小女孩，她確實把他當成哥哥了……

但看了蔡羽一眼之後，他意識到蔡羽怕是誤會了，便伸手摸了摸青芷的腦袋，老氣橫秋道：「青芷，等哥哥長大，哥哥也會好好照顧妳的。將來妳出嫁，妳的夫家若是欺負妳，哥哥自會為妳出頭。」

蔡羽聽了，方才那股醋意頓時一掃而空，俊臉微紅，掩飾地咳嗽一聲。

青芷聞言大喜，大眼睛閃亮亮地看向鍾佳霖。「哥哥，可別忘了你的話，將來我在外面受了委屈，你可一定要為我作主。」

雖然覺得青芷有些口無遮攔，鍾佳霖心裡卻暖洋洋的，當即柔聲道：「放心吧，我不會忘的。」

蔡羽不由自主地心想，鍾佳霖將來必非池中之物，有這樣一位大舅子，似乎也不錯……

到了未時，鍾佳霖和蔡羽自去讀書，青芷則留在後院拾掇空地，預備再種一些玫瑰。

一直到了申時，虞世清才過來。見自己爹爹頭髮微濕，身上散發著她做的玫瑰香胰子香氣，分明是剛洗過澡的模樣，青芷不由心中暗笑，向他告辭，回家去了。

晚飯是韓氏往學堂送的飯。

因為王氏不在家，青芷心中平靜，便專心在家抄書。

這樣平靜的月夜，端坐在書案前，聽著外面風吹白楊葉子發出的聲響，就著油燈提筆在宣紙上抄寫，沈浸在詩詞的世界裡，實在是一種享受。

青芷正整理自己這段時間抄寫的詩詞，韓氏和虞世清走了進來。

虞世清擔憂地看著青芷。「青芷，明天妳自己進城怎麼樣啊？要不要爹爹跟妳一起去？」

青芷瞇著眼睛笑了。「爹，我和哥哥一起去就行，你在家陪陪娘吧！」

趁王氏不在家裡，得趕緊讓她爹娘培養感情。

虞世清快三十歲的人，聽了女兒的話，竟然有些不好意思，含糊地答應一聲，帶著韓氏回房去了。

青芷這會兒精神得很，把明日要帶的東西都收拾齊備，這才洗洗睡下。

第二天清晨，虞世清和韓氏很早就起來了。

虞世清坐在窗前書案後讀書，見韓氏立在堂屋往北暗間看，以為她要叫青芷起床，忙輕輕道：「讓青芷再睡一會兒吧，她正長個子呢。」

女兒已經十二歲，可是又瘦又小，分明是吃得太少，外加上做活太多太累的緣故。

虞世清心裡頗為愧疚，只能想法子來彌補了。

韓氏聽了，見丈夫知道關心女兒了，頓時又驚又喜，雙目盈盈地看向虞世清，輕輕答了聲「是」，起身出去了。

鍾佳霖是在鳥叫聲中醒來的。

他閉著眼睛傾聽。對他來說，雖然失去原先擁有的一切，可是幸虧有先生、師娘和青芷收留，那就一步一個腳印，踏踏實實走下去吧！

洗漱後，鍾佳霖坐在窗前開始讀書。

他記憶力出奇地好，稱得上過目成誦，昨日背的《書經》，今日他只是讀了一遍鞏固。

讀完《書經》，他鎖上門去河邊，把昨夜下的魚簍都撈上來，集中在兩個魚簍後便提著去了魚行。

魚行老闆蔡雲賢用秤秤好了兩簍魚蝦，也不拿出算盤算帳，直接笑咪咪看著鍾佳霖。

「鍾小哥，你來算吧！」

鍾佳霖微微一笑，直接就報出了銀子數目。「一斤鮮魚兩分銀子，魚總共是三十斤，一共六錢銀子；一斤蝦一分銀子，一共是六斤，一共六分銀子。魚和蝦加起來是六錢六分銀子。」

蔡雲賢和鍾佳霖打過很多次交道，很爽快地拿出戥子秤了六錢六分碎銀子給他。

鍾佳霖接過碎銀子，用舊帕子包好，見蔡雲賢的娘子拉著小兒子過來，忙上前一步，微笑地拱手行禮。「學生見過蔡娘子。昨日蔡娘子相送的桃子甚是甜美，不知道在哪裡可以買到？」

蔡娘子笑起來，指著河邊的桃園道：「那是東邊蔡大戶的桃園裡結的桃子，如今蔡大戶的老家人蔡貴忠在桃園門口的窩棚裡賣呢。」

鍾佳霖道謝，去了蔡大戶家的桃園，花了一錢銀子買一簍大仙桃，揹著回學堂去了。他挑選四個不那麼大的仙桃留下，其餘好些的都留在竹簍裡，預備等一會兒去接青芷時送到虞家去。

青芷用罷早飯，正在房內整理要帶的東西，便聽到外面傳來說話聲，聽著像是虞世清在和鍾佳霖說話。

她走到窗前探頭往外看了看，發現果真是鍾佳霖，笑盈盈地招手。「哥哥，我在這裡。」

鍾佳霖循聲看了過去。「青芷，我給妳買了一簍昨日那種仙桃，先給妳洗一個吧！」

「哥哥，稍等片刻，我這就好了。」

她跑到床邊，把自己昨晚繡的帕子和荷包拿出來，又找出了先前在荀紅玉家用青色絲線打出來嵌白玉珠的象眼絡子，預備等一下給鍾佳霖。

片刻之後，鍾佳霖提著虞世清的書篋陪著青芷出門，朝東邊村口走去。村裡每日上午辰時會有進城的馬車，若能趕上這馬車的話，就不用另外再雇車了。

青芷把帕子、荷包和象眼絡子都遞給鍾佳霖。「哥哥，我給你做的。」

鍾佳霖接過來，垂下眼簾，修長的手指撫摸著這些精緻的小東西，一顆心似被浸入溫暖的水中，柔軟而放鬆，帶著微微的舒適，半晌方道：「謝謝妳，青芷。」

青芷正在吃桃，聞言笑咪咪道：「謝什麼呢，你可是我的哥哥呀。」

前世她在英親王府和李王妃鬥氣，哥哥每次給她私房銀子，一給都是好幾千兩……

鍾佳霖也笑了，柔聲道：「對，我是妳的哥哥。」

我會把妳當作親妹妹，好好照顧妳的。

青芷愛吃桃子，她雙手捧著一個大仙桃，一邊吃一邊走，間或還和鍾佳霖說話。「哥哥，馬車會停在城南巷，咱們先去城南巷的梅溪書肆送我和爹爹抄寫的書。然後再到梅溪巷的涵香樓送些東西，接下來我們再去舅舅的鋪子拿娘的藥，拿了藥之後，我請哥哥吃好吃的。最後我們再去白蘋洲逛逛，我想看看那邊的情況……」

鍾佳霖「嗯」了一聲，看了青芷一眼，見她嘴角有桃汁，便拿出潔淨帕子要遞給青芷。

桃子實在太大，青芷實在分不出手來接帕子，便眨了眨眼睛。「哥哥，你給我擦，我騰不開手。」

見她嘴角下巴都是桃汁，鍾佳霖一手扶著她的下巴，一手拿著帕子細細擦拭一下，再把帕子疊好，收了起來。

青芷一動不動站在那裡，靜靜看著近在咫尺的鍾佳霖。

她前世從來沒有這麼近地看過哥哥。在她眼中，鍾佳霖不過是生得好看些的哥哥罷了；如今近看，才發現他肌膚細緻如白瓷，眉目秀致，實在清俊得很。

鍾佳霖見青芷圓圓的大眼睛看著自己，不由抿嘴笑了。「走吧！」

眼看快走到村東頭，迎面走來兩個女子，年紀大些的身材小巧，白皙的圓臉上是淡眉細眼、小鼻子小嘴，一切都比別人小一些，加上滴溜溜轉的眼珠子，一副精明外露的模樣，正是蔡春和的娘子白氏。年紀小些的生得濃眉大眼，頗為端莊大方，正是蔡春和的妹妹蔡春月。

白氏一見到青芷和鍾佳霖，褐色的小眼滴溜溜轉了轉，視線在鍾佳霖臉上停了一瞬又看向青芷，臉上瞬間堆出笑。「喲，是虞大姑娘啊！小媳婦給姑娘請安。」

她口中說得熱情而謙卑，臉上表情卻是傲氣的。

青芷心裡明白，自家的那十畝地恐怕早被祖母送給蔡春和，如今蔡春和表面上還是自家的佃戶，其實已經不是了，所以白氏才變了臉。

她笑了笑，正要走，卻被白氏拉住。

白氏盯著鍾佳霖。「這位小哥是……」

青芷不等鍾佳霖說話便微笑道：「這是我哥哥。」說罷，她笑著掙開白氏的手。「呀，馬車要走了。」

說罷，她對白氏笑了笑，伸手拉著鍾佳霖的手便走了。

白氏還有一大串話要問呢，見青芷拉著那清俊小哥走了，不由有些失落，跟著追了兩步，才意猶未盡地停下來，哼了聲喃喃道：「裝什麼大小姐呢，還不知道自己家已經敗了呢！敢在老娘面前擺架子，到時候看妳怎麼哭……」

蔡春月一聲不吭，看著青芷和鍾佳霖的背影，心裡卻在想：青芷這個哥哥真好看呀！

白氏和蔡春月回家後和蔡春和說了聲，便一起去雷家村買玉米種。

買罷玉米種出來，白氏一眼就看到了經過的虞冬梅，當即有了一個主意，忙笑著叫道：「喲，前面是不是虞秀才家的六姑奶奶呀？」

虞冬梅扭頭看了眼，見是娘家佃戶蔡春和的娘子，面無表情打量著白氏和蔡春月，卻發現白氏和蔡春月的髮髻上居然都有金首飾，不由心中納罕，面上卻也不顯。

白氏一張小臉笑得跟一朵花似的，搖擺著走上去。「小媳婦見過六姑奶奶。」

蔡春月沈默地跟在後面福了福。

虞冬梅微微頷首，沒有多話。

白氏親熱地走上前，聲音甜美響亮。「六姑奶奶，妳是回娘家去嗎？妳也知道妳娘家發生的事了？」

虞冬梅眉頭皺了起來。「什麼事？」

白氏一臉吃驚。「妳難道還不知道？唉唷，妳家老太太被家人氣著了，如今跟著五姑奶奶去賈營了。」

虞冬梅一聽，臉色當即沈了下來，不再搭理白氏，徑直回家去了。

白氏含笑看著虞冬梅的背影，美滋滋道：「春月，虞冬梅瞧著不愛說話，可是虞家七個姑奶奶就數她最狠毒，不信妳往後看吧，虞家可是要熱鬧嘍！」

蔡春月心裡不是很贊成嫂子的行為，「哦」了一聲，沒有說話。

白氏哼著小曲往前走。「……我讓妳個喬模喬樣描眉畫眼的老妖精……家破人亡……」

村裡的馬車很大，不過很簡陋，已經坐了兩個要進城的村人，見了青芷和鍾佳霖都笑了。「虞大姑娘，妳和鍾小哥也進城嗎？」

青芷笑盈盈道：「我和哥哥去城裡看我舅舅去。」

鍾佳霖溫和一笑，先把青芷扶上馬車，又把自己揹的書箧也放上去，先去找車夫付了車錢，這才上了馬車。

馬車轆轆而行，在城南巷停下來，車上眾人開始下車。

鍾佳霖先下了馬車，然後伸手去扶青芷。

此時正是早晨集市開始的時候，街上熙熙攘攘來來往往都是人，摩肩接踵，鍾佳霖見狀忙拉住青芷的手，護著她往梅溪書肆方向走去。

過了路口，人漸漸少了下來。

見人少了，青芷才低聲問鍾佳霖。「哥哥，你願不願意幫書肆抄書？梅溪書肆的老闆董先生給我的價錢是千字十五文，爹爹的是千字二十文。」

鍾佳霖知道自己的字，想了想，道：「我的字還不算好，不過我可以先試一試。」

第十六章

走沒多遠，鍾佳霖便看到了梅溪書肆的招牌。

青芷一眼看到董先生在書肆外面擺弄廊下的一盆蘭草，笑道：「哥哥，那就是董先生。」

鍾佳霖先前在這一帶流浪，自然是認識董先生的，跟著青芷上前向董先生行禮。

董先生起身一看，認出青芷，笑道：「是虞大姑娘啊！」

青芷微微一笑，屈膝福了福。「見過董先生。」

董先生還禮，看向青芷身旁揹著書篋的少年，發現少年手姿俊秀，如暗夜明珠般，舉手投足分明是出身很好的樣子。

青芷含笑道：「董先生，這是我的兄長。」

董先生記得虞秀才只有一個女兒，從來沒聽說虞秀才有兒子，卻不多問，含笑道：「原來是虞小哥啊。」

董先生做事穩重，並不因青芷兄妹年少而輕視。「請進來吧！」

進了書肆，青芷從書篋裡拿出一摞文稿，遞給董先生。「董先生，這是這個月抄寫的書。」

董先生請兩人坐下，又親自斟茶，才檢查起來。

他翻看這些文稿，口中讚嘆道：「虞大姑娘小小年紀，卻有如此筆力的簪花小楷，等閒人可是寫不出來的。」

青芷得意地笑了。「董先生，我可是很認真地練過。」

見她如此不謙虛，鍾佳霖在一邊抿嘴笑了。

他習慣把事情都藏在心裡，做事說話都自有法度，青芷的性子和他明顯不同，可他依舊覺得青芷很可愛，是個值得疼的妹妹。

董先生也笑起來，道：「虞大姑娘的字以後和令尊一樣吧，也按千字二十文來結帳。」

青芷聞言心中歡喜，燦然一笑。

她笑的時候眼睛亮晶晶的，讓人看了內心覺得溫暖。

鍾佳霖若有所思地看著青芷。

他雖然一直待青芷像個哥哥一樣愛護有加，可是心中清清楚楚，自己只是理智地做自己應該做的事情，理智永遠高於感情。只是不知為何，和青芷在一起，他總是覺得暖洋洋的，特別舒服。

董先生交給青芷一兩銀子後，又交給她一本《策論優選》，道：「這種名人選編的策論賣得很好。」

青芷接過來翻了翻，抬眼看向董先生，認認真真道：「董先生，您放心吧！」

和鄉試、會試有關的書是賣得最好的，要求也是最苛刻的，正是因為信任青芷這個小姑娘的能力，他才把這樣的書稿交給青芷抄寫。

見時機成熟，青芷看了鍾佳霖一眼，鍾佳霖會意，當即走上前，一臉誠懇道：「董先生，能不能也讓我試一試？」

董先生並沒有認出鍾佳霖便是先前常在附近出現的小乞丐，對這位容顏清俊舉止文雅的少年印象很好，略一思索便道：「請來這邊寫吧！」

青芷忙笑道：「我來磨墨。」

待她磨好了墨，鍾佳霖提筆開始寫下一段話。「不違農時，穀不可勝食也；數罟不入洿池，魚鱉不可勝食也……養生喪死無憾，王道之始也。」

董先生站在一邊看，發現他的字寫得快且穩，字跡勻衡，點畫挺秀，結體嚴謹，像柳體，卻比柳體更圓潤一些，不由頷首道：「不錯，似柳體卻更圓潤，速度也快，只是筆力稍顯不足，再練一練，必有大成。」

青芷在一邊看，聽了董先生的話，不由微笑。「我哥哥讀書、寫字都很有毅力的。」

董先生見她對哥哥很崇拜，也笑了，道：「虞小哥的價錢也和虞大姑娘一樣，千字二十，如何？」

青芷雙目盈盈地看向鍾佳霖。

鍾佳霖神情認真地拱手道：「多謝董先生，我一定不會辜負您的期望。」

董先生拿了一本《孟子》和一本《書經》遞給鍾佳霖，鍾佳霖用白綢裹好、放進書篋裡，正要和青芷告辭離開，卻見一個身穿藍紗罩袍、身材高䠷的少年大步走進來。

少年眼神很亮，白皙的臉曬得有些紅，一進門就道：「大哥，方才許內相去咱家了，說要宣姑母進宮照料宮中的貴人呢！」

董先生一愣，道：「姑母專精女科、產科……難道宮中貴人有喜了？」

鍾佳霖聞言，臉上現出凝重之色，也不急著走了，把剛放進書篋裡的書又拿出來，整理了下，重新用白綢包好。

青芷也沈默下來。

如果和前世一樣的話，如今宮中有喜的貴人，怕是清平帝的寵妃令妃。只是前世令妃的這一胎並沒有保住……

清平帝後宮佳麗三千，且派系林立，每位高位妃嬪身後都有個顯赫的家族，後宮的一動一靜都牽涉朝堂，表面上繁花似錦，其實是風刀霜劍。

正因如此，清平帝的子嗣從來沒有活過三歲的，以至於清平帝病情嚴重後，只得和梁皇后商量，最後從眾皇弟中選了胞弟英親王趙瑜為皇位繼承人。

董先生和弟弟說了幾句，才想起青芷和虞小哥還沒離開，忙道：「真不好意思……」

鍾佳霖和青芷便順勢告辭離去。

出了梅溪書肆，鍾佳霖聽到董先生的弟弟還在說：「……大哥，姑母這次進京有沒有危險呀？你也跟著去……」

兩人一直走到梅溪邊，才沿著溪邊的白石小徑往東走去。他們要到涵香樓去送青芷做的玫瑰香膏和玫瑰香油。

涵香樓內依舊是衣香鬢影，熱鬧非凡。

女管事一見青芷便笑著迎上來。「虞大姑娘，妳可來了，我們老闆娘剛才還在念叨妳呢！」

她又看向隨著青芷進來的清俊少年。「這位是——」

青芷微微一笑。「這是我哥哥，陪我過來看看。」

女管事不再多問，引著兩人穿過櫃檯東邊掛著的珍珠簾子，徑直進了內堂。

內堂窗明几淨，家具精緻，瀰漫著清雅的花香，一個容顏豔麗的紅衣女子正倚著繡花靠枕，坐在後窗前的紫檀木雕花羅漢床上。

方才引青芷進來的女管事走過去，彎腰湊過去低聲說了幾句，那豔麗女子頓時笑起來，媚氣一掃而空，聲音清脆得很。「原來就是妳送來的玫瑰花和玫瑰香油呀！兩位請坐吧！」

那女管事忙引著青芷和鍾佳霖在女子右邊的圈椅上坐下，又奉了茶點。

女子手裡的團扇搖啊搖，一雙妙目打量兩人一番，最後定在青芷身上。「虞大姑娘，聽說那些玫瑰花是妳親手種出來的，那些玫瑰香油也是妳提煉出來的？」

「正是，」青芷燦然一笑。「這次我帶了些親手做的玫瑰香膏過來，老闆娘要不要看一看？」

老闆娘精心描畫的柳眉頓時挑了起來。「虞大姑娘，請。」

青芷看了鍾佳霖一眼。鍾佳霖會意，當即從書篋裡取出她的一個小包，遞過去。

青芷揭開裹在外面的素白錦帕，一只精緻的白瓷胭脂盒露了出來，她垂下眼簾，輕輕擰開胭脂盒的蓋子。

擰開盒蓋的同時，一股沁人心脾的玫瑰芬芳便散了出來，浮動氤氳。

鍾佳霖不懂這個，只覺得挺香，香膏看上去色澤很豔麗。可老闆娘是行家，馬上明白這涵香樓最普通的白瓷胭脂盒裡盛的玫瑰香膏，怕是她見過最頂級的香膏了。

她的神情頓時謹慎起來。

青芷嫣然一笑。「老闆娘，我演示一下，請您再看一看效果吧！」

女管事很快就準備好銅盆、香胰子、錦帕和靶鏡等物。青芷用香胰子洗了手，又用錦帕拭去手上的水珠，右手尾指略微蘸了些玫瑰香膏。

她把蘸了玫瑰香膏的指尖抬起來，特意讓老闆娘看了看，然後示意女管事拿著靶鏡，自己當眾在唇上輕輕塗抹起來。

老闆娘、女管事和鍾佳霖專注地看著。

青芷臉上脂粉未施，可是小臉晶瑩潔白，一雙大眼睛寶光璀璨，櫻唇飽滿，實在是個容顏美麗的小美人兒。

可是待她在唇上敷上一層玫瑰香膏，整個人立即發生變化，恍如玫瑰花苞在月光下乍然盛放一樣，整個人清豔絕倫，生動無比。

青芷放下靶鏡，眼波如水緩緩掃過老闆娘、女管事和鍾佳霖，嫣然一笑。「怎麼樣？」

她清澈的聲音打破了屋內寂靜，另外三個人這才吁出一口氣——他們剛才不由自主都屏住了呼吸！

鍾佳霖垂下眼簾，暗自下定決心——一定要保護好青芷！

他已經意識到，他的妹妹青芷以後定會長成絕代佳人。

女管事看向老闆娘。「麗娘子——」

老闆娘望著青芷。「虞大姑娘，我用三十兩銀子買虞大姑娘製作這種香膏的法子，可好？三十兩銀子既能在南陽城郊買三畝地，也能在南陽城託牙婆買五、六個丫鬟，還能在鄉下買一處小宅子了。」

青芷笑了，一雙大眼睛看向老闆娘。「姊姊，您看看我的念頭行不行？涵香樓提供盒子和瓶子，我來製作玫瑰香膏和玫瑰香油，一盒玫瑰香膏一兩銀子，一瓶玫瑰香油二兩銀子。」

三十兩銀子雖然誘人，可是她要的卻不是眼前這區區三十兩。

老闆娘沒想到這個小姑娘不但清豔美麗如同小仙子，而且精明得不像小孩，不禁思索起來。

片刻之後，她緩緩答了聲「好」。

青芷燦然一笑。「姊姊，我們請一位中人訂立契書吧！」

老闆娘麗娘子沒想到青芷考慮得這麼完善，但也答應了下來。

青芷笑咪咪道：「我要請的中人是我的舅舅，楊狀元胡同瑞和祥綢緞莊的老闆韓成。」

半個時辰後，韓成陪著青芷和鍾佳霖離開涵香樓。

青芷把她和韓氏做的香包、香囊留下來讓涵香樓代賣，荷包裡則多了兩張大宋最大的銀號麒福號發行的銀票，一張面額為十兩，一張面額為五兩，另有一兩碎銀子。

青芷這次共帶來十二盒玫瑰香膏和兩瓶玫瑰香油，一盒玫瑰香膏一兩銀子，十二盒總共十二兩；一瓶玫瑰香油二兩銀子，兩瓶則是四兩，總共賣了十六兩銀子。

待離涵香樓一段距離了，韓成才開口道：「青芷啊，妳這孩子怎麼這麼膽大啊！」

見韓成的表情無奈至極，青芷不由莞爾。「舅舅，不是有您出面，有哥哥陪著我嗎？再說了，我娘在家裡的情形您是知道的，我若是再不努力掙錢的話，我娘怎麼熬下去？我們娘兒倆只能靠自己了。」

韓成更加無奈，只得道：「以後妳每次過來送玫瑰香油和玫瑰香膏，都記得先來我這裡，我陪著妳一起去。」

青芷笑咪咪地挽著韓成的胳膊，撒嬌道：「還是舅舅最疼我和娘了。」她馬上又得寸進尺。「舅舅，等一下取了我娘的藥，還得請您陪我們去一趟白蘋洲呢！」

梅溪是一條小河，自東而西穿過南陽城，向西而去，出了南水門又蜿蜒向南，不久就進入水面寬闊無邊的白河。

韓成讓夥計雇的船，麻雀雖小但五臟俱全，船艙裡甚至有四個坐墊和一個小小的楊木炕桌。

青芷舒舒服服地坐在坐墊上，才向韓成說明她去白蘋洲的目的。

聽說青芷要去買地，韓成忙道：「妳若是想買地，為何要去白蘋洲？白蘋洲現在看著是還不錯，可若是哪一年白河發大水，白蘋洲的土地十之六七都會被淹。」

青芷早想好理由，一臉認真地看著韓成。「舅舅，我偷聽到我們村的蔡大戶和荀紅玉的爹爹說話，蔡大戶說過，兩年官府就要修水渠連通白河和運河，以後白蘋洲的地就要值錢了，我想買兩畝地先放那裡，等地價上去了再賣。」

見韓成不相信，她忙道：「舅舅，真的，我沒騙人，您也買白蘋洲的地吧，蔡大戶當時可是保證地價會漲的！」

見青芷搬出了南陽城有名的蔡大戶，韓成頓時有些動心，可是又怕小孩子沒聽清楚亂說。

鍾佳霖腦海中立刻浮現出白河、運河和白蘋洲的位置來，片刻後，他看向韓成。「舅舅，青芷說得沒錯，這條水渠早晚會修的。」

如今大宋商業發達，白河和運河若是透過水渠連接起來，南北方的水路會更四通八達，南陽城會成為商業重鎮，而位於白河中央的白蘋洲也會成為南來北往的船隻停泊的碼頭。鍾佳霖天生有種令人信服的力量，韓成也知道虞世清自從收留這個少年後便很看重他，原本還在猶豫，一聽他的話，當即就道：「那我也先買兩、三畝地吧！」

只是青芷剛下船登上白蘋洲，就看到先下去的韓成皺著眉頭看向前方，便也看了過去。

夏日的白蘋洲四面碧水，白沙細膩，草木蓊蓊鬱鬱，頗有幾分景致。水邊停泊著不少船，其中一條船尤其華麗，畫窗精緻，紅漆嶄新，一對男女正依偎著立在船舷上。

男的臉黑而瘦，大約三十多歲的樣子，穿著大紅紗袍，腰圍金帶，穿金戴銀，華麗異常。女的滿頭珠翠，姿態妖嬈，身材小巧豐滿，尤其是腹部，因為夏季衣裙單薄，已經明顯可以看出小腹鼓了起來。

雖然是重生後第一次遇到，青芷還是馬上認了出來——這一男一女正是她的七姑父溫東和外室司徒娟！

前世的司徒娟大著肚子進了溫家，設計害死了溫子淩，趕走溫子涼，又把溫東的正妻虞蘭給擠走，最終霸占了溫家。

想到那俊秀親切的子淩表哥會被眼前這女人害死，親爹卻無形中充當幫凶，青芷臉上的笑容漸漸消失，藏在衣袖中的雙手緊攥成拳。

鍾佳霖發現她的異常，輕輕道：「怎麼了？」

青芷壓低聲音。「前面船舷上那個男人是我的七姑父溫東，懷裡的女人是他養的外室。」

鍾佳霖聽了，伸手握住青芷的手，低聲道：「不要輕舉妄動。」

青芷仰首看著鍾佳霖。「嗯，哥哥。」

韓成聽到兩人的對話，當下低聲道：「咱們沿著松林中的小路往南走，先去找白蘋洲村子裡買賣土地的經紀。」

青芷答應了，跟著韓成往前走去，鍾佳霖才鬆開她的手，也跟著過去。

如今南陽城南白河邊最好的土地均價是十五兩細絲紋銀，白蘋洲雖然在白河中央，距離不遠，可因為白河一發大水就要淹了白蘋洲，因此地價並不貴。

青芷隨著白蘋洲買賣土地的張經紀看了好幾塊地，價錢都不高，白蘋洲最中間的土地也不過十兩銀子一畝，而四周土地更便宜，臨水的甚至才四兩一畝。

韓成陪著青芷把白蘋洲要賣的地都看了一遍，把她拉到一旁低聲問道：「青芷，有沒有看上的？」

青芷指著白蘋洲東邊臨水的那塊地，道：「舅舅，我要這塊地！就是地頭種了三株梧桐樹的那塊。」

這塊地的面積是三畝一分，要價才四兩銀子一畝，等白蘋洲發展起來，這裡會變成好位置的。

韓成沈吟了下，道：「青芷，這塊地之所以便宜，就是因為容易淹水……」

青芷微微一笑。「舅舅，若是蔡大戶說的是真的，官府要修水渠連接運河和白河，這裡絕對會變得很值錢！舅舅，這塊地旁邊那塊臨水的地也賣，你不如也買下來吧！」

韓成原本有些猶豫，可是見青芷如此篤定，不由也受到感染，瀟灑道：「既然妳這麼肯定，那舅舅就聽妳一次，把那塊地買下來吧！」

青芷得意地道：「舅舅，等著瞧吧，早晚會讓本錢收回來的。」

青芷做事麻利，當即敲定買地之事，便讓韓成出面去談了。韓成是多年的生意人，也很快就把生意談下來。

青芷買的那塊地因地頭長了三棵梧桐樹，地名就叫三棵梧桐樹，經過韓成的討價還價，總共花了十二兩銀子。

韓成買的那塊地因地勢稍低，水邊長了不少蘆葦，因此地名叫蘆葦蕩，面積比較大，所以總共花了二十四兩銀子。

韓成和青芷都是乾脆索利的人，當即拿了地契帶著張經紀去南陽縣衙登記。

到了縣衙，韓成花了些碎銀子賄賂主管的官吏，然後和張經紀、青芷和佳霖一起在簽房的廊下等著。

青芷當著鍾佳霖的面告訴韓成，要把自己買的那塊地登記在鍾佳霖名下。

韓成聞言吃了一驚。「青芷——」

鍾佳霖忙道：「青芷，不能這樣。」

青芷卻笑起來。「哥哥，這塊地若是在我或者我娘名下，早晚會被我祖母搶走送給姑母們，不如登記在你名下，這樣的話，你也能有戶籍了。」

她把剩餘的銀子全拿出來，遞到韓成手中，笑盈盈道：「舅舅，給我哥哥登記戶籍的事就拜託了，求您了！」

大宋商業發達，戶籍制度開放而自由，只要在某地居住滿一年以上，或者擁有土地，就可以登記戶籍。

韓成憂慮地看著青芷，他已經明白青芷的意思。青芷沒有兄弟，怕是存了把鍾佳霖當親兄弟的打算，只是不知道鍾佳霖的人品究竟如何？

鍾佳霖心潮起伏，整個人呆在那裡，一時沒有反應。

韓成又看向鍾佳霖，見他依舊不動聲色，黑泠泠的眼睛幽深難明，不由嘆息，心道：希望青芷有雙慧眼，並非識人不清！

他把青芷的手推回去，道：「佳霖名下有了土地，登記戶籍就是順便的事，不用花錢疏通的。」

主管的官吏很快就抱著一摞文書從縣令大人的書房回來。

韓成笑著上前拱手行禮，很快和官吏攀談起來，跟著進了簽事坊。

夕陽西下時分，青芷和鍾佳霖買了些茶葉，在南陽城西門外登上韓成雇的馬車。

馬車緩緩向前移動，青芷探頭一看，發現韓成還立在那裡，目送她和鍾佳霖離開，忙笑著揮手道：「舅舅，天快黑了，您也趕緊回去吧！」

這個馬車的車夫是舅舅的老熟人，根本不用擔心，她也已經交代舅舅保守今日的秘密，因而心裡很坦蕩。

鍾佳霖一直沈默，清俊的臉上總是若有所思的神情。

青芷一想到在自己的操作下，哥哥有了戶籍，嘴角就不由自主往上翹。按照大宋的規矩，童生參加縣試，只須有本縣的戶籍，而且無居父母之喪，就可以去本縣禮房報名應考。

如今鍾佳霖有了戶籍，可以在本縣禮房報名應考明年二月的縣試了！

第十七章

馬車晃晃悠悠走在官道上，車尾連簾子都沒有，鍾佳霖坐在那裡，清清楚楚看到道路旁的白楊一棵棵遠去。

他從來都是活得明明白白，如今卻有些不明白了，青芷為何對自己這麼好？自己如今除了一張好看的臉和一個聰明的腦袋，別的什麼都沒有，簡直是赤條條來去無牽掛，如浮萍般流蕩在人世間。

還沒等他想出答案來，忽然覺得右臂有些熱，這才發現青芷不知何時靠在自己身上睡著了。

看著青芷睡得白裡透紅的臉，鍾佳霖嘴角翹了起來。反正他什麼都沒有，也沒什麼好失去的，既然青芷願意讓他做哥哥，那他就做個合格的好哥哥吧！愛護、照顧青芷，為她尋一個好夫婿，做她背後的堅強靠山，不讓她被人欺負！

青芷正在作夢。

夢裡，她又回到了運河別業。

暮色蒼茫，煙雲曖曖，連綿群山成了青色的背景，她正帶著丫鬟在月亮門前散步，聽到身後傳來熟悉的腳步聲。是哥哥的腳步聲！

她轉過頭，又驚又喜地看著疾步而來的鍾佳霖。「哥哥——」

一見到哥哥，她心中滿溢歡喜，如同漂泊良久的孤舟終於靠岸，又如單飛的雛燕見到了母燕，諸多情緒在胸臆間鼓蕩著，令她的眼睛濕潤了。

看著越走越近的哥哥，青芷強壓著雀躍之情，輕輕告訴自己：虞青芷，妳已經去世，再也見不到哥哥了，這是夢，這是夢呀！

她的淚水瞬間奪眶而出，整顆心脹痛難忍，終於忍耐不住，撲進鍾佳霖懷裡痛哭起來。「哥哥，我好想你！哥哥，我再也不進王府了！我好後悔……」

夜幕漸漸降臨，馬車裡也黯淡下來。

鍾佳霖的肩膀被青芷的淚水浸濕，他忙伸手去摸青芷的臉，卻摸到一手熱淚，這才發現青芷在哭，忙攬住她，低聲喚道：「青芷，怎麼了？」

湊近青芷，只聽到她在夢裡哭泣，似乎在說什麼「哥哥，我再也不進王府了，我好後悔」之語。

鍾佳霖不知道為何，聽到青芷說這樣的話，心一陣陣抽痛，似被人攥在手中惡意揉搓，疼得快要喘不過氣來。

他忍著心痛，攬著青芷，取出袖袋裡的帕子，輕輕拭去她的淚水，心疼不已。

馬車進了村子便顛簸起來，青芷這才醒過來。「哥哥？」

鍾佳霖「嗯」了一聲，她鬆了一口氣。

她發了一陣子呆，揉了揉濕漉漉的眼睛，狐疑地問道：「哥哥，我睡著的時候是不是在哭？」

鍾佳霖又「嗯」了一聲，頓了頓，問道：「妳在夢裡為什麼哭？」

青芷正要說話，馬車緩緩停了下來，她探頭一看，已經到自家門前了。

韓氏正在擔心，聽到大門外傳來青芷的聲音，忙起身去開門，埋怨道：「怎麼這麼晚才回來？」

青芷握住韓氏的手，低聲道：「娘，祖母回來了嗎？」

韓氏輕輕道：「還沒回來。」

青芷聞言笑了。「那可以留哥哥在家裡用晚飯了，我和哥哥都還餓著肚子呢！」

韓氏忙招呼鍾佳霖進來。「佳霖，進來吧，飯早做好了，就等著你和青芷回來。」

鍾佳霖靦覥一笑，叫了聲「師母」，揹著書篋隨著韓氏和青芷進去了。

虞世清正在臥室窗前讀書，這會兒也放下書走出來。「回來就好，先洗手吧！」

用罷晚飯，一家四口坐在院子的薄荷叢前說話。

青芷把書篋裡的東西一樣樣拿出來：給韓氏帶回來的丸藥、給虞世清買的茶葉、她和鍾佳霖要抄寫的書和宣紙。

韓氏聽了青芷轉達的醫囑，心中滿是希望，摩挲著盛藥丸的小匣子，含笑道：「我先吃吃看吧！」

青芷眼神柔和地看著韓氏。「娘，董女醫看女科、產科那麼有名，她開的藥一定會有效。」

母親畢竟生了她，因此應該是沒事的。

韓氏伸手握住女兒柔軟的小手。「我知道。」

婆婆已經給相公買過一次妾，這次多虧青芷化解，可是有一就會有二，按照婆婆執拗的性子，她是絕對不會放棄的！若是吃了藥能早些懷孕就好了……

安撫罷母親，青芷看向虞世清。「爹爹，舅舅託人登記了哥哥的戶籍。」

虞世清聞言，先是一驚，接著就笑起來。「我原本想著等我下次進城就帶佳霖去登記，真是多謝妳舅舅了。」

沒想到青芷的舅舅居然會主動幫忙……

他其實一直存著一個心思——再看看鍾佳霖的品行，若確實合適，就稟報母親，正式收養鍾佳霖為養子。只是如今母親負氣去了五姊家，只能再等等了。

見虞世清茶盞裡的茶該添了，鍾佳霖起身端起茶壺穩穩地添茶，又給韓氏添了些白開水。

此時，滿天繁星，夜風習習，風中帶著薄荷清涼的氣息，舒適得很。

青芷正雙手托腮放空心思，見鍾佳霖起來倒茶，忙端著自己的杯子湊上去。「哥哥，給我也添點水。」

鍾佳霖「嗯」了一聲，果真給青芷添了水。

青芷捧著茶杯，笑容甜蜜，星光下，眸子璀璨似寶石。「謝謝哥哥。」

有個哥哥真不錯啊，將來哥哥做了官，她可是官員的妹妹了，自己掙錢養活自己，想成親就成親，不想成親就過自己的日子；即使成了親，不生孩子也沒人敢說什麼。

想到這樣美好如畫的未來，青芷的笑容更加燦爛了。

韓氏看著女兒可愛的笑顏，又看向鍾佳霖，見他相貌清俊、舉止文雅，不禁微笑，心道：佳霖這孩子若是長進的話，將來把青芷許給他似乎也不錯。

虞世清則有自己的心事。

母親負氣去了五姊家，得早些去接母親，如果不接的話，就是對母親不孝……

隔日早上起來，青芷就發現枕邊放著一摞疊好的衣服，拿過來抖開，是一件白銀條紗交領窄袖衫和一條石榴紅軟煙羅百合裙。柔軟的絲織品撫摸上去，細膩輕柔，帶著涼涼的觸感，應該是洗過剛剛陰乾的。

青芷把臉埋進衣裙裡，滿心的幸福——這是母親的愛啊！

這時候，韓氏掀開門簾走進來，手裡拿著兩條石榴紅繡帶。「青芷，我順手給妳繡了兩條髮帶。」

青芷放下衣物。「上面繡的是什麼花？」

韓氏遞過來，她細細一看，上面用玫瑰紅繡線繡了一朵朵的玫瑰花，精緻異常，心中歡喜道：「娘，今日妳幫我梳雙丫髻吧，用這兩條髮帶來綁。」

韓氏笑著答應，伸手撫了撫她柔軟的頭髮。

此時，賈家的氣氛有些壓抑。

王氏在姜秀珍的服侍下洗漱罷，大模大樣地進了堂屋，在方桌北邊的紅漆靠椅上坐下來，吩咐姜秀珍。「去給我沏壺茶！」

姜秀珍怯怯地答了聲「是」。這幾日她被王氏又打又掐，身上青一塊、紫一塊，如今見了王氏如同鼠見貓一般。

王氏翻了翻眼皮。「我喜歡喝毛尖，不喝柳葉泡的茶。」

姜秀珍又答了聲「是」，驚弓之鳥般地溜出去。

賈三帶著兒子賈中玉剛從打鐵鋪裡出來。

賈家是東西兩個並排院子，東邊院子住人，西邊院子做鐵匠鋪子，兩個院子中間有個小門相通。

賈三父子倆剛打過鐵，都是一臉一身汗，正拿著手巾在院子裡擦汗，順便等虞櫻梨送涼好的茶過來。

虞櫻梨去灶屋端出涼好的柳葉茶，給賈三和賈中玉一人一碗，自己拎著茶壺在一邊等著，預備給他們添茶。

正在這時，姜秀珍躑躅著走過來，飛快地溜了賈中玉高大健壯的身子一眼，臉一下子紅透了，低頭屈膝給虞櫻梨行禮。「娘子，老太太說不想喝柳葉茶，想喝毛尖……」

虞櫻梨還沒說話，賈三的眉頭就皺起來，壓低聲音道：「我家沒有毛尖，想喝去別處喝！」

鋪。

虞櫻梨忙看了堂屋一眼，這才低聲道：「少說兩句吧！」

賈三不想看見自己這個以架子大、性子壞出名的岳母，「哼」了一聲，轉身又去了鐵匠鋪。

虞櫻梨見丈夫離開，心事重重地去了堂屋。

姜秀珍不知道自己該去哪裡，便求助地看向賈中玉。

賈中玉湊近她一些，輕輕道：「妳去灶屋，裝作洗完抹灶臺忙得很，這樣外祖母就不能指使妳了。」

姜秀珍此時聞到了賈中玉身上的味道，臉又有些紅，瞟了他一眼，低聲道：「謝謝中玉哥哥……」

賈中玉的年齡正是少年和青年之間，雖然一身的汗，卻不難聞，反而令她臉紅心跳。

賈中玉也有些臉熱，忙後退一步，道：「我去沖個澡。」說罷，佯裝鎮定地離開了。

屋裡，虞櫻梨使盡渾身解數，終於安撫住自己挑剔的娘暫時先喝柳葉茶，這才道：「娘，我這就給您端早飯去。」

王氏板著臉道：「去吧！」

虞櫻梨急急出去了，幾乎是落荒而逃。

到了灶屋，見姜秀珍拿了抹布細緻地擦拭灶臺，她鬆了口氣，道：「秀珍，妳把早飯送到鋪子裡去吧！」

她家一家三口，原本都是三口在一起親親熱熱吃飯，自從王氏過來，她一天到晚板著臉不高興，常常掐得姜秀珍哭叫；還愛享福，對吃的喝的住的要求高得很，都快把賈三煩死了。於是變成她陪著王氏用飯，而賈三和賈中玉父子倆在鋪子用飯的局面。

秀珍答應一聲，取了托盤過來，把幾樣小菜都分成兩份，又盛了兩碗稀飯，拿了一籃子饅頭，這才出去。

虞櫻梨這時看到姜秀珍後頸的青痕，知道是被自己的親娘給掐的，不由又嘆了口氣。她這個娘真不得人心啊，這些年不知道世清和韓氏兩口子是怎麼忍耐過來的！

至於賈三已經忍耐到極限，快要爆發，得趕緊想法子把親娘送走，再不送走，丈夫就要掀翻桌子了。

虞櫻梨正絞盡腦汁想主意，卻聽到外面傳來一陣敲門聲，忙探頭出去。「秀珍，快去開門。」

姜秀珍從鐵匠鋪那邊跑過來。

虞櫻梨一時想不出法子，便端著早飯去堂屋，心想：正是飯點，不知道是誰來串門子？姜秀珍打開門，發現是個陌生的女人，身材矮小，肌膚黝黑，頭上明晃晃插戴著一支赤金鳳簪，耳朵上則是一對赤金耳環，身上穿著絲綢衣裙，瞧著像是小地主婆的模樣。

她有些遲疑。「請問您是？」

虞冬梅翻了個白眼，直接把秀珍撞到一邊，昂首直入。

虞櫻梨剛要擺早飯，便聽到一陣腳步聲，抬頭一看，發現是虞冬梅來了，便道：「六妹，妳怎麼來了？」

虞冬梅淡淡地點頭，一陣風般地進了堂屋，屈膝福了福，叫了聲「娘」。

王氏在虞櫻梨這裡得不到同情，一見這貼心的六女兒，滿腹委屈便湧上心來，當即哽咽道：「冬梅，妳可算是來了，妳不知道……妳不知道……妳娘……妳娘我是被人給趕出來的啊！」

虞冬梅見母親憔悴許多，臉上粉也沒搽，眉也沒描，胭脂和香膏也沒抹，眼皮耷拉下來，分明是受了很大委屈的模樣，當即大怒。「娘，是虞世清把您給趕出來的？我這就去縣學找教諭大人告狀！教諭大人若是不管，我就去縣衙找知縣大老爺告狀，不信告不倒虞世清！」

王氏聞言，心裡一動，可是轉念一想又覺得有些不妥，便道：「讓我再想想……」

虞櫻梨在一邊，見虞冬梅又要攛掇著娘去坑八弟，忙道：「娘，您只有一個兒子，可別亂來。」

虞冬梅冷笑一聲。「娘，您放心，虞世清不孝順，您還有我，還有五姊，您可是有七個女兒。」

王氏被虞冬梅一激，也有些心動，卻還保持著一絲理智。「虞世清如今只聽韓氏和虞青芷那小賤蹄子的話，不把我這當娘的放在眼裡，都是因為虞青芷這小賤蹄子！」

虞冬梅聞言，眼珠子一轉，心裡早有了計較。她給王氏使了個眼色，然後看向虞櫻梨。

「五姊，我早上來得急，還沒用早飯呢。」

虞櫻梨老實些，忙道：「我這就給妳盛飯去。」

待虞櫻梨出去，虞冬梅才湊近王氏。「娘，我有個主意……」

王氏挑眉看她，虞冬梅湊到王氏耳邊，嘰嘰喳喳說了起來。

王氏的眼睛越來越亮，連連點頭。「不錯！這主意不錯！」

虞冬梅正要再說，卻聽到一陣腳步聲，便直起身子，順勢在王氏的右手邊坐下來，看向端著粥碗進來的虞櫻梨，口中道：「給娘準備早飯，怎麼才備了倆小菜？」

她這個五姊有點偏心虞世清，得先尋個由頭堵住五姊的嘴巴，讓虞櫻梨沒有心思管閒事。

虞櫻梨一聽，把碗往方桌上一放，口中道：「兩個小菜？妳先看看是什麼小菜吧！一個銀魚鮓，一個炒雞蛋，在我們賈營除了里正賈大戶家，還有誰家的早飯比我家強？」

虞冬梅懶得多費口舌，便不說話，拿起筷子遞給王氏。「娘，先吃早飯吧，吃完了再商量。」

王氏接過筷子，慢騰騰挾了些銀魚鮓。

虞冬梅看見好吃的從來不會放過，一雙竹筷子被她使得飛快，眨眼間，白瓷碟子裡的銀魚鮓和炒雞蛋就被她挾得只剩小半碟了，桌上只聽她吃得吧唧吧唧的聲音。

虞櫻梨知道自己這個妹子的性子，暗自嘆口氣，在王氏對面坐下來，鬱悶地吃起早飯。

待王氏用罷早飯，虞櫻梨收拾了杯盤碗筷，和姜秀珍一起去了灶屋。

堂屋內只剩下王氏和虞冬梅母女。

王氏嘆了口氣，問虞冬梅。「妳怎麼知道我在妳五姊這裡的？」

虞冬梅漫不經心地道：「我遇到了蔡春和娘子，是她告訴我的。」

王氏聞言，眼神閃了閃，垂下眼簾道：「這件事就交給妳了。」

她在老五家住得實在不暢快，早就想回去了。

虞冬梅答應一聲，道：「娘，您放心。」

王氏沒在家的這幾日，虞家一家三口都感覺到隱密的快樂。

虞世清發現自己得到自由，再也不用晨昏定省，也不用聽母親說韓氏和青芷的壞話，走路時，腳步似乎也輕快許多。只是他的心裡微微有些歉疚，覺得自己居然如此不孝，母親不在家裡，自己居然會開心。

而韓氏這幾日忙個不停，要趕在婆婆回來前，用弟弟的衣料給青芷做幾件衣服，再給她做幾頓愛吃的飯，好好陪陪她。

青芷則是一家人中最開心的，她得了好幾件新衣裙，還吃到愛吃的韭菜雞蛋菜盒、喝到排骨湯、嚐了羊肉餡餃子，這都是她以前想吃可是王氏絕對不會讓她吃的。

這天中午，虞世清特地拿了錢讓韓氏買羊肉，包了羊肉大蔥餡的餃子。

虞世清吃了兩個餃子，抬眼看向青芷和鍾佳霖，發現他們吃得很香，不由微笑，心道：母親不在家似乎不是件壞事，青芷和佳霖這幾日似乎都長高不少呢！

吃完餃子，青芷抬眼看向虞世清。「爹爹，要過端午節了，您一會兒就去接祖母吧！」

再不接的話，她的七位姑母該殺過來聲討他們一家三口了。

爹爹畢竟是秀才，姑母們自私得很，若是跑到縣學甚至縣衙去告爹爹，「不孝」、「忤逆」的大帽子壓下來，爹爹可承受不起。

虞世清想了想，嘆了口氣，道：「是該去接妳祖母了。」

說罷，他抬眼看向鍾佳霖。

鍾佳霖雙目清澈，神情專注。「先生，您放心，今天下午我看著大家讀書，您不用擔心。」

虞世清點點頭，道：「我這就過去。」

佳霖做事可靠，把事情交給他便能夠辦得妥妥當當，虞世清自然是放心的。

青芷笑盈盈道：「爹，我和娘跟您一起去。」

她們跟著爹爹一起去，顯得誠意十足，而且她有把握能讓王氏乖乖回來。

終於見虞冬梅要走，虞櫻梨頓時鬆了一口氣，忙帶姜秀珍出來送客。

她這個六妹從小就主意大、心機重，不是個省油的燈，得趕緊送走，不然又要出什麼么蛾子。

虞冬梅看了姜秀珍一眼，道：「這就是娘給老八買的小老婆？長得還可以嘛。」

虞櫻梨見姜秀珍的臉都白了，忙道：「瞎說什麼，還沒定呢，先跟著娘侍候。」

想到虞冬梅的霸道自私，虞櫻梨又接了一句。「買她的銀子是七妹出的。」

虞冬梅才不管是誰出的銀子呢，反正能占的便宜她是絕對不會不占的。

她早打定主意要把庶子過繼給虞世清，因此絕對不會讓虞世清納妾生子，這個姜秀珍既然生得不錯，不如要過去，將來給雨馨做陪嫁。

姜秀珍只覺得這個六娘子看自己的眼神有些怪，大熱的天，她不由自主打了個寒顫。

虞冬梅心裡計議已定，這才騎著驢子離開。

她怕是要奔走一番了，虞櫻梨心慈手軟成不了事，不能讓虞櫻梨知道這件事。

賈中玉沖了澡出來，見姜秀珍臉色發白，嘴唇都沒了顏色，顯見是怕極了的模樣，便看向母親，若無其事問道：「娘，剛才誰來了？」

他用罷早飯就一直在鐵匠鋪裡忙著，還不知道這邊發生了什麼？

虞櫻梨嘆了口氣，道：「你六姨母剛才來了……」

賈中玉的眉頭皺起來。「六姨母又要起什麼么蛾子？」

虞櫻梨看了姜秀珍一眼，有些尷尬道：「胡說什麼呢！」

她轉身向堂屋走去，姜秀珍怯怯地看了賈中玉一眼，也跟著過去了。

虞櫻梨轉身要去堂屋，可是走了幾步，忽然想起自己的娘愛折騰姜秀珍這小姑娘，有些不忍心，便轉身交代她。「妳收拾一下髒衣服，讓中玉帶妳去池塘洗衣服吧！」

姜秀珍聞言，眼睛亮了亮，垂目答了聲「是」。

王氏脾氣太怪，待她非打即罵，比她祖母姜婆子還難纏，她實在不敢和王氏待在一起。

賈中玉聽了，開口道：「秀珍，妳去收拾吧，我在這裡等妳。」

姜秀珍心中歡喜，跑去收拾髒衣服了。

虞櫻梨到了堂屋，陪著笑臉奉了一盞茶給王氏，試探道：「娘，六妹來找您做什麼？」

王氏哼了一聲，沒說話。

虞櫻梨又道：「娘，有什麼事咱們一家人好好商量，可別衝動。世清畢竟是秀才……」

王氏嫌虞櫻梨說話不投機，直接趕她出去。「我想吃五香瓜子，妳家不是有嗎？去給我盛一盤子送過來。」

虞櫻梨只得答應，走了出去。

眼看著快到中午，日光有些強烈，賈中玉去池塘那邊接姜秀珍。他提著洗衣籃，姜秀珍端著木盆，一起回家。

剛走到大門口，賈中玉就聽到後面傳來一聲清脆悅耳的「中玉哥哥」，扭頭一看，是青芷含笑立在那裡，而舅舅虞世清和舅母韓氏跟在後面。

他忙把洗衣籃放下，拱手向虞世清和韓氏行禮，才笑著看向青芷。「青芷，妳來做什麼？」

青芷早看到了姜秀珍掩飾不了的青紅痕跡，知道是王氏造的孽，心裡大怒，面上卻笑容燦爛。「我們都想祖母了，來接祖母回去呢！」

聽到青芷一家三口是來接王氏回去的，賈中玉心中歡喜，越發熱情起來，上前接過虞世清提著的竹籃。「舅舅，外祖母在堂屋坐著呢。」

姜秀珍也過來怯生生地見了禮。

虞世清看到姜秀珍，有些尷尬，便點點頭，徑直進了賈家的院子。

賈中玉一手提著一籃子大仙桃，一手提著盛滿濕衣服的洗衣籃，待韓氏和青芷母女也進去了，才給姜秀珍使了個眼色，也進了大門。

姜秀珍忙跟著進去。

王氏正靠在椅背上，舒舒服服地想著怎麼配合虞冬梅折騰虞世清和韓氏，還有青芷那小賤蹄子？忽然聽到外面傳來青芷的聲音，不由一愣，忙豎起耳朵。

虞櫻梨正在廊下和丈夫說話，聽到聲音看過去，卻見一個嬌俏婀娜的少女走了過來，正是姪女青芷。

青芷見狀，嫣然一笑。「五姑母好。」又看向賈三，屈膝行禮。「見過五姑父。」

賈三自己沒有閨女，因此一直喜歡妻子這個可愛的姪女，笑著點點頭。

第十八章

虞世清也和賈三見了禮。

賈三見到小舅子，倒是頗為欣慰，道：「岳母在堂屋坐著，八弟快進去吧！」八弟啊，求你了，快把你娘給接走吧！

虞世清感覺到賈三的熱情，卻沒有多想，帶著韓氏和青芷徑直進了堂屋，一家三口齊齊行禮。

事情的發展跟她和虞冬梅商議得不一樣，王氏一下子懵了。

虞世清見母親皺著眉頭，一臉不高興，忙道：「母親，兒子帶著韓氏和青芷來接您回家！」

王氏已經反應過來，心道：絕對不能跟老八回去！若是這時候回去，冬梅所有的佈置都要毀了！

想到這裡，她挺直背脊掃視一圈，冷冰冰道：「我不回去！我受了委屈，非要住在老五這裡，除非韓氏和虞青芷給我跪下磕頭，從賈營磕到蔡家莊。」她冷笑一聲。「這樣還不算完，還得韓氏的娘家人過來給我賠禮道歉。」

虞世清的眉頭皺了起來，站在一邊的虞櫻梨和賈三也眉頭緊蹙。

韓氏的臉色變成灰白，整個人搖搖欲墜。

青芷忙扶住韓氏，湊近母親，輕輕道：「娘，有我呢！別擔心。」

她把韓氏交給虞世清，笑盈盈道：「爹，您扶著我娘，我去勸勸祖母。」

王氏一見青芷那帶笑的眼睛，當即打了個寒顫，忙道：「我不要妳這小賤蹄子勸！」

青芷腳步輕捷地走過去，立在王氏右後方，伸手輕輕捏著王氏的肩膀，撒嬌道：「祖母，是青芷惹您生氣了。爹爹雖然把丫鬟給了青芷，可是祖母也想要，無論怎麼說，青芷都得讓著祖母呀！」

賈三聞言，當即看向王氏，眼中滿是不贊同。做祖母的得有做祖母的樣子，怎麼能搶孫女的丫鬟，還嘔氣去已經出嫁的閨女家攪和！

王氏聽了青芷這顛倒黑白的話，當即大怒，抬手在桌上用力拍了一下。她霍地站起來，正要咆哮，卻聽到青芷用極低極低的聲音在她耳邊道：「祖母，我今日遇到蔡春和了，蔡大哥問您好呢……」

王氏一下子定在那裡，大熱的天，她卻渾身發冷。這小賤蹄子怎麼發現的?!她到底知道多少……

青芷此時距離王氏很近，近到王氏能夠感覺到她的呼吸，後頸冒出了一層雞皮疙瘩。

青芷雙手繼續給王氏按摩肩膀，大眼睛裡滿是懇求，聲音不疾不徐。「祖母，一則您是咱家的主心骨，家裡不能沒有您；二則您在五姑母家住了好幾日，我爹、我娘和我，還有咱們村子裡的……人，也都想您了……」

她故意停頓一下，毫無意外地發現王氏的肩膀僵了一下。

王氏僵硬地笑了。

「好，我們一家回去吧！」

青芷嫣然一笑。「我和娘陪祖母去收拾行李。」

看著這幅祖母慈愛、孫女孝順的景象，虞世清和虞櫻梨姊弟倆都覺得說不出的奇怪，卻又說不出哪裡怪。

韓氏擔憂地看著，一顆心始終懸在那裡。

堂屋裡的人，只有賈三一個人臉上帶笑，內心歡欣無比。一家人就是要齊齊整整的，岳母該回去了！

於是在青芷的指揮下，虞櫻梨和韓氏很快就收拾好王氏的行李，一陣風般把王氏給攆走了。

王氏臨出門還沒忘記姜秀珍，帶上她一起離開了。

人不為利，誰肯早起。

虞冬梅心裡鼓著一股勁，雇了馬車先去七妹虞蘭家。

到了溫家大門外，看著嶄新的粉牆黛瓦和紅漆金釘大門，虞冬梅心裡妒意四溢，在馬車裡坐了一會兒，才吩咐車夫道：「你去敲門，就說我是溫家太太的六姊，讓人通報一聲。」

車夫答應了聲，走去敲門。

過沒多久，虞蘭就帶著一個身材苗條的粉衣少女出來，另有一個小丫鬟跟在後面。

虞蘭見了虞冬梅，又驚又喜，快步迎上來。「六姊，妳來了。」

虞冬梅才一臉皮笑肉不笑的，起身下了車。

虞蘭拉著虞冬梅就要進去，她捏了捏虞蘭的手，低聲道：「車錢還沒給呢。」

虞蘭笑著吩咐跟著的那個少女。「阿歡，妳去付了車錢吧！」

那少女答應了，打量虞冬梅一眼，自去付了車錢。

虞冬梅隨著虞蘭進了溫宅，見溫家新宅處處齊整，一派富貴景象，心中羨慕至極。「六妹，你們什麼時候翻新宅子的呀？怎麼沒聽妳說？」

虞蘭含笑道：「過完年就開始翻修了。」又道：「我相公已經把磨山買下來，預備圍起來，蓋幾間房子，種些花木，建成一個莊園。」

虞冬梅嫉妒得心都疼了，堆笑道：「妳家可真有錢。」

虞蘭眼中滿是驕傲。

「還是我相公有本事，我剛嫁給他的時候，咱娘還嫌棄他窮，說他只是窮潑皮，若不是我相公東拼西湊了些聘禮，咱娘哪裡會同意我嫁過來？」

虞冬梅忙笑道：「娘都是為妳好，怕妳過窮日子。」

到了正房堂屋坐下後，虞蘭一看虞冬梅的神情，便知她有話要說，當即吩咐溫歡。「妳帶著榆錢去準備些茶點送過來。」

榆錢便是溫子淩給虞蘭買的小丫鬟。

見溫歡帶著丫鬟出去，虞冬梅才嘆了口氣，一臉憤慨道：「七妹，老八把咱娘趕出去了！」

虞蘭聞言一驚。「八弟把咱娘趕……趕出去了？怎麼可能！八弟那麼孝順。」

虞冬梅冷笑一聲，道：「咱娘一把屎一把尿，辛辛苦苦把他帶大，可是抵不上韓氏那賤人和虞青芷那小賤人的幾句話。」又道：「咱娘現在在五姊家，哭得眼淚都乾了……」

虞蘭當即站起來，大怒道：「我們姊妹這就去找虞世清和那娘兒倆算帳去！」

虞冬梅起身把虞蘭摁了下去，緩緩道：「單是咱倆不行，咱們姊妹都去，虞世清和韓氏才會害怕，不敢不孝敬咱娘。五姊正陪著娘，先不叫她，叫上大姊她們，咱們六姊妹齊過去，給咱娘作主。」

虞蘭點點頭，道：「我叫人去告訴大姊、二姊她們。」

這時，溫歡帶著榆錢端著茶點進來了。

虞蘭忙吩咐道：「榆錢，妳去叫司徒鋒過來一下。」

待榆錢出去，虞蘭才向虞冬梅解釋道：「司徒鋒是相公的車夫，我讓他趕著馬車去傳話，這樣也快一些。」

虞冬梅有些奇怪。「妳家換車夫了？我怎麼記得車夫叫張允？」

虞蘭笑著拿了塊點心遞給虞冬梅。「我相公不喜歡張允，非要換個車夫，子淩就讓張允跟他了，我相公又找了這個司徒鋒回來。」

溫歡立在一邊，垂下眼簾，端起茶壺斟了兩盞茶，一盞奉給虞冬梅，一盞奉給虞蘭。

「母親，您的茶。」

她知道司徒鋒是爹爹養的外室司徒娟的哥哥，兄妹倆一個是爹爹的親信，一個是爹爹的心上人，只有這蠢笨的嫡母還被蒙在鼓裡。

虞冬梅飲了一口茶，只覺清香甘甜，應該是上好的茶葉，再看看虞蘭，發現她髮髻上插戴著一支明晃晃的赤金鳳形步搖，便道：「妳又打首飾了？」

虞蘭聞言，喜孜孜地拔下那支步搖遞給虞冬梅看。「這是相公剛讓南陽城裡的金匠打的，妳看好看嗎？」

虞冬梅拿著嶄新的赤金鳳形步搖，心裡酸溜溜的，

溫歡瞥了一眼，微不可見地撇撇嘴。爹爹給司徒娟打的那支赤金鳳形步搖比虞蘭這支可貴多了，鳳嘴裡銜著的不是赤金珠子，而是一串血滴子般的紅寶石。

把王氏接回家後，虞世清就去了學堂。

鍾佳霖雖然信得過，可畢竟是個才十三歲的孩子，還是得自己去招呼著。

青芷和韓氏一起把王氏安頓在堂屋，留下姜秀珍侍候王氏，自己跟著韓氏去灶屋做午飯。

吃罷午飯，王氏雷打不動地睡午覺去了。睡足醒來，又叫了姜秀珍過來侍候起身，坐在堂屋裡喝茶、吃點心。

她總覺得自己忘記了什麼事，可是左想右想，就是想不起來。

姜秀珍生怕王氏一言不合便拿長指甲撓上來，大氣也不敢出，如鵪鶉般立在一邊候著王氏的吩咐。

吃了兩塊點心後，王氏才開口問道。「韓氏呢？虞青芷呢？」

這娘兒倆要是還敢在睡午覺，她非去撕了她們不可！

姜秀珍忙道：「啟稟老太太，韓娘子正帶著大姑娘在後面園子裡幹活……」她覷了王氏一眼，補充一句。「荀家女兒荀紅玉也來了。」

王氏原本還尋思著如何找個由頭折騰母女倆，聽說荀紅玉也在，便暫時偃旗息鼓。她一輩子好名聲，蔡家莊誰不知道她含辛茹苦教養兒子，待媳婦孫女也慈愛寬容，她不捨得壞了自己名聲。

等晚飯準備好之後，青芷整理了食盒，讓姜秀珍往學堂送飯去。

青芷去堂屋，笑盈盈道：「祖母，今日天氣炎熱，屋裡有些悶，院子裡有風，倒是涼快些，您要不要和我們一起在院子裡吃飯？」

王氏原本是自己一個人用飯的，可是今日荀紅玉也在，為了表現她的寬容慈愛，便難得下凡一次，吩咐青芷。「今日飯菜不必分開了，我和妳們一起在院子裡用吧！」

青芷清脆地答了聲「是」，這才出去。

韓氏聽了有些吃驚，不知道王氏葫蘆裡賣的是什麼藥？

見韓氏疑惑，青芷笑起來，低聲道：「娘，因為紅玉在，祖母又要演戲了。」

韓氏這才明白過來，不由也笑起來。

青芷和紅玉很快便把飯菜在梧桐樹下擺好，一起去請王氏過來。

王氏過來一看，覺得還算差強人意，便紆尊降貴地在方桌邊坐下來。

青芷拿了白麵餅子遞給王氏。「祖母，這是特地給您貼的白麵餅子。」

王氏接過來咬了一口，默不作聲地吃起來。

此時正是傍晚時分，太陽剛剛落山，夜幕卻未降臨，晚風習習，不熱不涼，很是愜意。因王氏在，眾人都不說話，就連一向活潑的荀紅玉都變得正經起來，不敢吭聲，院子裡一時有些靜。

這時，外面傳來一陣喧譁聲，細聽的話是好幾個女人高聲說話的聲音，還夾雜著雜亂的腳步聲、釘了掌的馬蹄聲和馬車車輪滾動的轆轆聲。

王氏皺著眉頭道：「怎麼回事？外面怎麼這麼吵？」

在車夫司徒鋒的奔走下，到了後半晌，虞冬梅和虞蘭終於集合了大姊虞筠、二姊虞秀雲、三姊虞秀萍和四姊虞裙，七姊妹聚集了六個，由虞蘭出錢雇了兩輛馬車，加上虞冬梅的兒子雷雨辰，一群人浩浩蕩蕩地往蔡家莊而來。

這會兒正是村人的晚飯時間，村民有的愛熱鬧，端著飯碗，三五成群地聚在村頭巷尾的大樹下吃飯，見虞家六位姑娘這個時候齊齊回來，都有些吃驚，待虞家姊妹過去了，便七嘴八舌議論起來。

「天都要黑了，這六姊妹回來做什麼？」

「虞家發生啥大事了？」

「沒聽說啊？」

虞冬梅得意洋洋地坐在虞蘭的新馬車裡，心道：這下子我可要給虞世清來個下馬威，攪了他納妾的好事，讓他知道我的厲害，以後老老實實過繼雷雨時，家產全落在我的手裡！

到了娘家大門外，虞冬梅扶著雷雨辰的手先下馬車，雙手扠腰站在那裡，等眾姊妹都下來了，才吩咐雷雨辰。「雨辰，把大門撞開。」

雷雨辰答應一聲，一搖一擺地晃著走到大門前。他雖然才十六歲，可是又高又胖，站在那裡如同一座肉山般。

虞冬梅見兒子過去了，便開始動員姊妹們。「虞世清有了媳婦忘了娘，居然和韓氏、虞青芷合夥把咱娘趕到老五家，咱們若是不給他個下馬威，他還不知道咱們的厲害！」

周圍聚攏了不少村民，大家的日子乏善可陳，平日最愛看別人家的笑話，如今虞家要出大事了，自然都端著飯碗圍過來。

這時，雷雨辰已經走到大門前，側身對準大門，用力撞了過去。

誰知大門只是虛掩著，「砰」一聲就被撞開了，雷雨辰一時收勢不住，整個人跌了進去，噗地正面朝下栽在地上。

虞冬梅嚇了一跳，忙衝進去。「我的兒！我的兒你怎麼了？」

眾姊妹也都有些懵，呆呆看了過去，圍觀的眾人也看向院內。

大門內的梧桐樹下，王氏、韓氏、青芷和荀紅玉正圍著方桌吃飯，手裡都拿著餅子和筷子，方桌上滿滿當當地擺了不少碗碟。

青芷最先反應過來，放下筷子站起來。「六姑母、大姑母、二姑母、三姑母、四姑母、七姑母，妳們這是要做什麼？」

王氏也站起來，神情複雜至極。原來她忘記自己早和老六商量好，要老六聚齊眾女兒，衝到家裡好好收拾世清和韓氏一頓了！

韓氏臉色蒼白地站起來，身子顫抖，搖搖欲墜。

前些年，她想著一直沒懷孕，請了大夫來看，王氏便鬧了一場，說她和虞世清不孝順、亂花錢，鬧著要自殺。

除了五姊和七姊，其餘五個姊妹齊齊回到娘家拾掇她和虞世清。她被五姊妹搧了無數耳光，頭髮也被拽斷好多，最後和虞世清一起跪在王氏面前求饒，王氏才答應不上吊。

後來兩人的感情就越來越淡，以至於好長時間連句話都不說。如今她和虞世清感情剛恢復一些，這些大姑子就又回來鬧了……難道真要逼死她嗎？

青芷見母親臉色不對，忙靠近韓氏，扶住她，低聲道：「娘，放心，有我呢！」

荀紅玉不知道發生了什麼事，見青芷攙扶著韓氏，忙也有樣學樣地扶住韓氏。

青芷見荀紅玉扶著自己的娘，便低聲道：「紅玉，麻煩妳就這樣一直扶著我娘。」

待荀紅玉點頭，青芷便含笑上前，攙扶了王氏，看了虞冬梅一眼，又看了圍觀的村民一眼，才看向其餘五位姑母。「姑母們是來看祖母嗎？我和娘剛為祖母做了晚飯，祖母正在吃呢，姑母們也坐下吃一些吧！」

她的聲音清脆悅耳，即使站在大門外的村民也聽得清清楚楚，虞蘭她們自然聽得更清楚。

虞蘭不知道哪裡出了紕漏，忙看向虞冬梅。「六姊，到底是怎麼回事？」

雷雨辰是虞冬梅的心頭肉，她這會兒只顧著扶兒子，哪裡顧得了別的？只是雷雨辰實在太肥太壯了，她一個人根本扶不起來，虞蘭見狀，只得上前幫忙，終於把雷雨辰扶了起來。

雷雨辰跌了滿身滿臉的灰，鼻血也流了出來，瞧著淒慘得很。

虞筠是個聰明人，這會兒已經明白老六這次怕是上了韓氏娘兒倆的當了，忙拉了虞秀萍陪笑，請了眾村民出去，關上大門，自家事自家院內解決。

虞冬梅忙著拿濕手巾來擦拭雷雨辰臉上的灰和血，口裡一迭連聲地問：「我的兒，你頭疼不疼？鼻梁疼不疼？哪裡不舒服？」

青芷鬆開了面無表情的王氏，走到虞蘭面前，雙目盈盈。「姑母們已經出嫁了，是虞家的客人，好客人上門，主人自然是歡迎的；若是那惡客上門，主人可是不會歡迎。」

她這七個姑母，六姑母虞冬梅因為最陰險，又最愛上躥下跳鬧事，因此七姊妹常常由虞冬梅來動員；可是七姊妹真正的首腦卻不是虞冬梅，而是最有錢的七姑母虞蘭。原因很簡單，虞蘭的相公是財主，她最有錢，其餘六姊妹基本上都欠她錢。

正因為知道眾姊妹都聽七姑母的，而七姑母又最通情達理，所以青芷直接找上她。

虞蘭看向王氏。「娘，您沒事吧……」

王氏看了青芷一眼，見外孫女的眼神幽黑不見底，不由得一凜，忙看向虞蘭。「我沒……沒事！我很好。」

虞蘭這下知道自己冤枉八弟和弟妹了，又羞又愧，不肯多待，命司徒鋒扶著雷雨辰，自己扶了虞冬梅，叫上眾姊妹一起灰溜溜地離開了。

女兒們離開之後，王氏再也沒了吃飯的心情，悶悶地回屋裡睡下。

青芷扶韓氏坐下，笑著低聲道：「娘，咱們吃飯吧！」

荀紅玉坐下之後，長長地吁了口氣。「哎喲，大姑子多了好可怕啊！」

青芷把筷子遞給荀紅玉，含笑道：「妳娘給妳說親的時候，千萬別答應有兩個以上大姑子、小姑子的人家。」

她隱約記得前世荀紅玉的相公羅鑫有三個姊姊，荀紅玉被逼死，那三個大姑子可是出了大力的。

荀紅玉心有餘悸，用力點點頭。「我今晚回去就和我娘說！」

青芷意有所指。「那妳可記住了，千萬別忘記，我娘的教訓可就在眼前。」

韓氏含淚看向女兒，心裡頗為安慰。雖然丈夫指望不住，可是幸虧有青芷……

夜裡下起雨，雨滴打在院子裡的梧桐樹和楊樹上啪啪直響，越發顯出了夜的靜寂。

青芷還沒有睡，正坐在書案前抄書。

聽到雨聲，她放下筆，單手支頤聽了一會兒。

雨聲一滴一滴，好似敲在她的心上。

今日雖然她藉著祖母的隱私威脅住了她，可她絕對不是任自己捏圓搓扁的性子；雙方這樣的平衡持續不了多久，祖母一定會反擊的。

而祖母的反擊，絕對不是溫軟如水，而是一招斃命。

這樣溫馨靜謐涼爽的雨夜，怕是再難得到……

前世，祖母逼死了她娘之後，夥同六姑母要把她賣入杏花春館。那麼，這一世她重生之後呢？她們又會怎麼做……

第二天，雨還在淅淅瀝瀝地下。

青芷閒來無事，便隨著韓氏在屋裡做針線。

她想起前些時日跟著鍾佳霖一起進城時，鍾佳霖的袖袋中隨時都能掏出素白帕子給她用，不由微笑起來。前世的哥哥也是如此，不管什麼時候，身上都帶會著幾方潔淨的白帕子。

他好像對生活沒有別的要求，只是特別愛乾淨。

想到這裡，青芷便抬頭問韓氏。「娘，家裡還有沒有白綾？」

韓氏正在端茶碗吃藥，聞言，邊想邊道：「還有一些，上次給佳霖做袍子剩下的，只是不夠再做一件衣服了，所以一直在那裡放著。」

她原本想著再湊一些給青芷做一件窄袖衫，只是一直沒尋到紋路相同的白綾。

青芷眼睛亮晶晶。「娘，這些白綾讓我用了，可好？」

韓氏笑了。「妳隨便用吧！」

青芷去南暗間臥室把剩下的白綾找出來，然後忙忙碌碌拿了木尺和剪刀，一刻都沒停。

過了一會兒，韓氏覺得有些奇怪，走過去一看，發現她把那塊白綾裁剪成一摞帕子，正用青色絲線鎖邊，不由笑了。「妳做這麼多白帕子做什麼？再說了，哪有帕子不繡花，不垂穗子的？我來幫妳繡花吧，順便再給妳打幾個絡子掛上去。」

青芷乖巧地遞過來讓韓氏看。「娘，我是給哥哥做的，鎖了邊就行，不用繡花掛絡子。」

韓氏這才明白，想了想，道：「雖然是男孩子，可是帕子上也該繡些松蘭竹之類。」

青芷想起前世鍾佳霖的袍子衣襬處，偶爾會繡一些青竹葉，便道：「我在邊角繡一簇竹葉吧！」

韓氏從針線笸籮裡找出翠色絲線。「妳看看這個配色怎麼樣？」

青芷比了比，覺得顏色有些豔，便道：「須得再蒼翠一些……」

韓氏在笸籮裡找了半日，卻沒有找到滿意的蒼翠色絲線，便笑道：「翠色其實可以了，要不妳就用翠色絲線繡吧！」

青芷依偎在母親懷裡撒嬌。「娘，我就要用蒼翠色的絲線……」

韓氏的懷裡柔軟馨香，青芷的身子依偎在她懷裡，前世的遺憾得到了彌補，心底滿是溫馨與滿足，只是這溫馨與滿足中又帶著薄薄的淒涼。前世母親實在吃了太多苦，這一世，她一定要讓母親平安喜樂。

韓氏輕輕撫摸著女兒單薄的肩膀，柔聲道：「這麼大了，還撒嬌呢！既然妳這麼想要，等天晴了，娘帶妳去找妳舅母，咱們一起去潦河鎮的絲線鋪子看看。」

這孩子一向是寧缺毋濫的性子，什麼都想要合心意的，不然寧可不要，這樣到底好不好呢？

青芷答應一聲，一抬眼就看到外面有個人影一閃，定睛一看，發現姜秀珍畏縮地站在外面，微笑道：「秀珍，有事？」

姜秀珍羨慕地看著依偎在韓氏懷中的青芷，想到自己不知被賣到何方的親娘，心裡又酸又澀又苦，竭力忍住眼淚，聲音微顫。「六姑奶奶過來了，老太太讓給六姑奶奶打荷包蛋……」

韓氏要起來，卻被青芷摁住。

青芷笑道：「娘，我和秀珍去吧，妳忙妳的。」

姜秀珍燒鍋，青芷打雞蛋，很快煮好了六個荷包蛋。

青芷把荷包蛋分兩碗盛了，撒上白砂糖，放在托盤上。她招手叫姜秀珍過來，掏出一粒碎銀子塞到她手裡。

姜秀珍瞪圓了眼睛。「大姑娘……」

青芷微微一笑。「這銀子妳藏好，說不得什麼時候就用得著了。」

姜秀珍忙把碎銀子放進荷包裡，又小心翼翼把荷包塞進懷裡，用手拍了拍，這才看向青芷，等著青芷的吩咐。

青芷低聲道：「等一下妳去送荷包蛋，然後想法子聽聽祖母和六姑母在說什麼？」

姜秀珍用力點點頭。

青芷微微一笑。「記得不要太明顯了。」

姜秀珍笑著「嗯」了一聲，這才端著托盤往堂屋去了。
虞冬梅這次過來不像先前那樣招搖，沒來招惹韓氏和青芷母女，只是和王氏在正房屋子裡說話。
中午用過午飯，虞冬梅就急匆匆地打著傘離開了。
而王氏是雷打不動要睡午覺的。
等到王氏睡熟，姜秀珍躡手躡腳地去了西廂房。
青芷正坐在窗前抄書，見她在外面，忙招了招手，示意她進來。
姜秀珍進了臥室，青芷招呼她坐下，自己在另一張椅子上坐下，低聲問道：「六姑母和祖母在聊什麼呢？」
姜秀珍心跳有些快，撫了撫胸口，待氣息平了，想了想才道：「我把荷包蛋送去之後，就順勢在一邊站著，聽到老太太說了一句話……」她抬起頭，一邊想，一邊緩緩複述。「老太太說『個子會不會太矮了』，六姑奶奶說『養兩年就長高了』。老太太又說『她爹若是知道怎麼辦』，六姑奶奶卻說『那些地方是有進無出的，即使找回來，也已經被玷污了，不過一根繩子勒死罷了』……我還要聽，結果被六姑奶奶發現，六姑奶奶就讓我出去。後來她們說話聲音很小，我在外面根本聽不清。」
姜秀珍說著看向青芷，發現她臉色蒼白，連嘴唇都變得極白，不由有些害怕，忙道：「大姑娘，妳——」
青芷緩緩吐出一口氣，道：「我沒事。」

原來祖母和六姑母要賣掉自己，和前世一樣，打算把她賣進煙花窟。

前世是，這一世還是！

既然如此，算算時間，她該去找子淩表哥了……既要救子淩表哥，也要救她自己！

第十九章

轉眼就到了五月初十。

每月逢十是學堂休沐的日子，鍾佳霖有空便陪青芷進城。

青芷已經提前製出了兩瓶玫瑰香油和六盒玫瑰香膏，抄好的書也備好，只等著鍾佳霖過來一起進城。

韓氏趁王氏還沒起身，烙了兩個蔥油餅用油紙包了，讓青芷帶著路上吃。

青芷收好油紙包，揹著書篋出門。

一出大門就看到對面塘邊立著一個清瘦的青衣少年，正是鍾佳霖，心中不由歡喜，忙跑過去。「哥哥。」

鍾佳霖轉身含笑看著青芷。「走吧！」

青芷一邊走，一邊想著心事。

算算時間，如今司徒娟已經有了身孕，司徒鋒也到七姑父身邊做車夫，她記得前世的司徒娟是在這年十月進溫家，她得去找子淩哥哥，和子淩哥哥商議。

青芷記得這時候的溫子淩應該在溫涼河橋一帶，溫家在那裡開了一個燒瓷器的窯，是他在管的。

不過，如今最重要的是怎麼讓子淩哥哥相信自己的話？

城南巷依舊是舊日模樣，不久前剛下過雨，街道上鋪著的青石顯得潔淨異常，大約是盛夏緣故，道路梧桐樹的葉子越發顯得綠意盎然。

這次董先生沒在梅溪書肆，是個叫永安的夥計在書肆裡招呼。

結罷帳，青芷裝作無意地問這個夥計。「董先生最近似乎很忙吧？董女醫近來在南陽城嗎？」

鍾佳霖正在整理書篋，把新領的宣紙和書冊放進書篋中，聞言，手中的動作微不可見地頓了頓。

記得上次來梅溪書肆聽到董先生和弟弟談話，說是宮裡來了一位許內相，宣了董女醫進宮照料貴人。

永安嘆了口氣，道：「京中來人，宣了我們家姑奶奶進宮，我們大公子送姑奶奶進京，如今這鋪子是小的看著……」

鍾佳霖垂下眼簾，握著書冊的修長手指微微有些發白。

青芷又搭訕了幾句，才和鍾佳霖一起出了梅溪書肆。

去涵香樓的路上，鍾佳霖有些沈默，清俊的臉上沒有表情，只是默默趕著路。

青芷習慣了他的沈默，也不打擾他，跟著鍾佳霖穿行在熙熙攘攘的人流中。

涵香樓的老闆娘麗娘子今日不在，招呼青芷的是上次的女管事胡京娘。

胡京娘是老闆娘的貼身丫鬟，很得信任，涵香樓的日常事務都是她處理。

結了玫瑰香油和玫瑰香膏的帳之後，胡京娘笑道：「虞姑娘，妳這些玫瑰香油和玫瑰香膏賣得特別快，我們老闆娘讓我問問虞姑娘，下個月再來送貨，能不能儘量多送一些？」

青芷想了想，道：「我儘量吧！」

她的玫瑰香膏和玫瑰香油之所以暢銷，除了確實比市面上的同類商品要好得多，還有一個原因是產量低，形成供不應求的局面，這樣涵香樓就會一直高價收購自己的玫瑰香油和玫瑰香膏。

因此她不會一下子把產量提高很多，只會逐次提高產量。

見青芷要告辭，胡京娘忙笑道：「虞姑娘，上次放在我們涵香樓賣的那些香包、香囊的帳，我也給妳結了吧！」

青芷聞言笑了。「這都是我娘做的，不知賣得怎麼樣？」

胡京娘含笑著拿出帳冊讓她看，道：「令堂的針線活真是不錯，上面繡的詩詞更是心思玲瓏，賣得特別快，上次送來的全都賣完了。」

想到韓氏也能掙些零花錢了，青芷自是為母親開心。「我娘的針線活一般的繡工也比不過，不知過了端午節，涵香樓還收不收香囊、荷包這些東西？」

胡京娘當即道：「虞姑娘，我們涵香樓平時除了胭脂水粉、香膏、香油，還搭配著賣各種荷包、香囊。不過這個但凡是女子都會做，令堂若是想長久做下去，須得和別人不一樣，譬如上次送來的香包、香囊上繡著詩詞，這個主意就不錯。」

青芷想了想，笑盈盈道：「我回家就叮囑我娘，讓她多做些與眾不同的花樣，繡些詩詞、曲子詞，下個月送過來。」

胡京娘笑了。「行，下個月做好送過來吧，還是放在我們涵香樓寄賣，賣一個我們就抽一個的成。」

鍾佳霖看著青芷和胡京娘笑盈盈的，妳一句、我一句地談著價錢，不由微笑。青芷年紀小小，卻著實聰明敏銳，做事細緻。

離開涵香樓之後，青芷得意得很，攬住鍾佳霖的胳臂。「哥哥，想吃什麼？妹妹請你。」

鍾佳霖瞥了青芷一眼，見青芷毫無姑娘的自覺，便晃了晃手，擺脫了青芷，然後道：「我們還去吃城南巷那家蔣家老餛飩吧！」

青芷聞言雀躍地道：「好呀！哥哥，我早就想吃他家的芝麻糖火燒了。」

到了餛飩店，青芷要了一碗薺菜蝦仁餛飩，鍾佳霖要了一碗薺菜鮮肉餛飩，又要了兩個糖火燒。

點完餐，鍾佳霖低聲道：「青芷，我去外面透透氣。」

青芷知道鍾佳霖對蝦子過敏，想著他不喜歡聞店內的蝦子鹹腥氣味，便道：「哥哥，餛飩做得很快，你早些回來。」

鍾佳霖答應一聲就出去了。

青芷坐在座位上默默算著帳。

她在梅溪書肆結了二兩銀子，在涵香樓賣了兩瓶玫瑰香油和六盒玫瑰香膏，一共結了十兩銀子，香包和香囊又結了二兩銀子，加起來一共是十四兩銀子；去掉爹爹抄書的一兩銀子和娘做香囊香包的二兩銀子，她自己還留下十一兩銀子。上次買的白蘋洲臨水地是四兩銀子一畝，她可以再買二、三畝地……

青芷正在算帳，這時老闆娘下好了兩碗餛飩，用托盤送過來。

青芷忙把帳結了，卻發現鍾佳霖還沒有回來，有些擔心。

「哥哥呢？」她探頭往外看。「哥哥——」

沒有人答應。

青芷心裡頓時有些空，忙起身去看。

剛走到餛飩店門口，就見鍾佳霖穿過街道，從對面走過來。

正午的陽光穿過梧桐樹葉，在他清俊光潔的臉上、繡著青竹紋路的雪白儒袍上映出斑斑駁駁的陰影，彷彿他和樹蔭融在一起。

看到鍾佳霖走過來，青芷有些空落落的心瞬間被填滿，胸臆中似乎鼓蕩著一股暖洋洋的微風，令她手腳都是輕飄飄的。

她忍不住笑起來，眼睛亮晶晶的。「哥哥，你回來了！」

鍾佳霖抬眼見是青芷，也笑了起來，臉頰上一對深深的酒窩時隱時現。「青芷，餛飩煮好沒有？」

青芷走上前，忍不住撒嬌。「哥哥，餛飩早就煮好端上來，糖火燒也烤好了，就等你了。」

看到青芷這樣依戀自己，鍾佳霖心底一片柔軟，輕輕「嗯」了一聲，隨著青芷一起進了餛飩店。

吃完午飯，鍾佳霖招手示意老闆娘會帳，老闆娘笑道：「小哥，你妹妹已經會過帳了。」

鍾佳霖看了青芷一眼，沒有說話。

青芷正拿著糖火燒在吃，見鍾佳霖看向自己，便瞇著眼睛笑。

鍾佳霖不由也笑了。

待青芷吃完糖火燒，他從左邊袖袋中掏出一個小小的錦袋，遞給青芷。

青芷有些好奇，接過錦袋，一邊鬆開繫帶，一邊道：「哥哥，是什麼呀？」

鍾佳霖沒有說話，黑泠泠的雙眼專注地看著她正在解繫帶的手。

青芷右手拿著小錦袋，左手攤開接著，小心翼翼地從裡面倒出一對銀光閃閃的耳墜——細細的銀線，末端掛著一顆瑩白圓潤的珍珠。

和上次爹爹給她買的那對珍珠耳環一模一樣，只是她的那對耳環被祖母要走了。

凝視著手心的珍珠耳墜，青芷的眼睛濕潤了。

她掩飾地垂下眼簾，手指輕輕撥弄著墜著的珍珠。

看著這比黃豆大不了多少的珍珠，鍾佳霖俊臉微紅，低聲道：「青芷，上面的珍珠有些小，等我掙的錢多了，再給妳換大一些的珍珠耳墜。」

青芷心裡又酸又澀，又有些甜，抬眼看向鍾佳霖，大眼睛裡籠著一層水霧，眼中卻帶著笑。「哥哥，謝謝你！等你有錢了，給我買這麼大的珍珠耳墜，好不好？」她用手指比出一個酒盅口大的圓圈，比劃著讓鍾佳霖看。「一定要這麼大的珍珠！」
鍾佳霖不禁莞爾。這世上有這麼大的珍珠嗎？青芷真可愛！
他柔聲道：「好。」
青芷吃了太多苦，將來自己有了能力，一定好好照顧青芷。
青芷珍而重之地把這對珍珠耳墜又放回錦袋裡，小心翼翼地繫緊繫帶，把錦袋收進袖袋裡，才看向鍾佳霖，認認真真地道：「哥哥，爹爹給我買的那對珍珠耳墜被祖母搶走，給了三姑母家的石露兒，你送我的這對耳墜子我可得藏好，免得又被祖母搶走了。」
鍾佳霖心裡有些酸澀，輕輕地答了聲「是」。
青芷心情激盪，深吸一口氣。「哥哥，我們去找子淩表哥吧！」
見鍾佳霖挑眉看著自己，如同前世一樣，青芷心中滿是溫馨，輕聲解釋道：「哥哥，上次咱們在白蘋洲遇到七姑父帶著一個妖嬈的女子，那女子看上去似乎懷孕了，這可不是小事，咱們得把這件事告訴子淩表哥。」
鍾佳霖點點頭，提著書篋起身道：「走吧！」
青芷一邊跟著鍾佳霖出去，一邊道：「七姑母家在城東南的溫涼河橋開了一個燒瓷器的窯，如今是子淩哥哥在那裡管著，咱們直接去找他。」
鍾佳霖握住青芷的手，一邊走，一邊低聲道：「這件事妳先別告訴七姑母，等和子淩表哥商議了再說。」
他之前在書院見過溫子淩，注意到溫子淩性格活潑，看似輕佻，做事卻有章法，溫東外室懷孕這件事還是和溫子淩商議更合適。

溫涼河橋東邊是一大片丘陵，丘陵的土與南陽城別處不同，呈現奇異的青白色。用這樣的土燒出的瓷器呈現玉青色，胎質細膩；釉面色澤瑩潤，撫之如玉，似玉卻非玉，因此溫涼河橋一帶建了不少瓷窯。

溫家的瓷窯就在溫涼河邊。瓷窯外面建了個簡陋的院子，房子是舊瓦房，連正經的院牆都沒有，直接用竹籬笆弄了院子，大門外就有個小小的碼頭。

碼頭旁搭著一個涼棚，上面攀爬著翠綠茂盛的葡萄藤，溫子淩穿著件白紗夏袍，腰間鬆鬆圍了條寶藍色繡花腰帶，正一腳踩在石檯子上，站在葡萄架下看新出的瓷器，旁邊幾個工匠陪著他。

溫子淩瞧著是美少年的模樣，動作卻粗魯得很，指著竹編箱子裡的梅瓶。「梅瓶是風雅的器具，玉青瓷的梅瓶從來不缺買家，只是這樣的歪嘴梅瓶，你們打算賣給誰去？看老子年紀小想糊弄老子，是不是？張允，把老子當初定的規矩背一遍，讓這些大爺聽聽！」

靜立一邊的張允站了出來，背著手，一本正經地背起來。

那些工匠尷尬地站在那裡，硬著頭皮聽張允背完，才磨蹭著推了為首的那個工匠出來，向溫子淩認錯。

溫子淩耷拉著眼皮，道：「這樣吧，沒規矩不成方圓，這次按照咱們的規矩來，王立平、韓大郎各罰銀二錢，徐四郎獎銀四錢，張允你去記下來。」

張允答了聲「是」，翻開帳冊記錄起來。

溫子淩擺擺手讓那些工匠走了，自己端起茶壺痛飲起來。

他正喝得痛快，忽然聽到身後傳來一個熟悉的聲音。「子淩哥哥。」是青芷的聲音。

溫子淩扭頭一看，青芷和那個叫鍾佳霖的少年一起過來了。

他正要說話，忽然想起自己衣履不整，忙把腳從石檯子上收回來，又理了理衣襟，重新束了束腰帶，把衣襬理正，才笑著迎上去。「你們怎麼來了？」

溫子淩是第二次見這個叫鍾佳霖的少年，可不知道怎麼回事，總覺得鍾佳霖雖然曾是流浪街頭的小乞丐，但身上自有一種氣度，在他面前，再粗俗的人也會變得溫良恭儉讓起來，似乎不好意思表現得粗俗無禮。

青芷笑咪咪地道：「我和佳霖哥哥進城辦事，正好有事要找你說，就過來了。」

溫子淩見兩人走得又累又熱，便吩咐張允。「去把浸在井裡的西瓜取出來。」

張允放下筆，跑去取西瓜。

溫子淩又問青芷。「午飯吃了沒有？我這裡有廚子，讓廚子給你們下一碗肉臊子涼麵吧！」不待青芷回答，他又大聲叫張允。「張允，叫胡師傅過來！」

張允剛跑進院子，忙轉身答了聲「是」。

青芷見溫子淩忙成這樣，笑了起來。「子淩哥哥，我們吃過午飯了。」

溫子淩忙又吩咐張允。「不用叫胡師傅過來了，快些把西瓜拿過來！」

張允被溫子淩指揮著忙成陀螺，跑來跑去好幾趟，終於安排好竹椅子和放在紅漆托盤裡、切好的冰鎮西瓜，又按照溫子淩的吩咐去準備潔淨手巾和水盆。

溫子淩在切成月牙狀的西瓜上梭巡了一圈，挑選出最完美的一塊，遞給青芷，然後招呼鍾佳霖。「佳霖，你也別客氣，快些吃吧！」

鍾佳霖大大方方地道：「謝謝表哥。」

他伸手拿了一塊瓜，秀氣地吃起來。

溫子淩也咬了一口，看向青芷。「青芷，這瓜是不是很甜？」

青芷剛吃了一口，只覺得冰涼沙甜、入口即化。「真的很甜。」

溫子淩見她喜歡吃，開心得很，又選了一塊比較完美的放在青芷面前。

吃完西瓜，青芷接過張允遞來的涼手巾，擦了擦手，見身邊沒有外人，便開口道：「子淩哥哥，我有一件很重要的事要和你說，這件事不能讓不相干的人知道。」

溫子淩見她雪白晶瑩的小臉板著，大眼睛幽黑沈靜，明明是個小姑娘，可是瞧著嚴肅得很，心中好笑，可是一錯神撞上鍾佳霖的視線，蓄勢而發的大笑頓時戛然而止。一面對鍾佳霖，他又變得溫良恭儉讓起來，一本正經地起身道：「青芷，我們去河邊說吧！」

青芷「嗯」了聲，起身隨著溫子淩過去了。

她要和溫子淩說的話，不能讓哥哥聽到。她希望在哥哥心目中，自己永遠是那個善良單純的妹妹。

溫子淩一直走到一株老柳樹下，覺得足夠遠了，才停下腳步，扭頭看著青芷。見她一臉嚴肅，他終於忍不住笑起來，伸手摸了摸她的髮髻。「青芷，什麼事？」

但他心中卻道：小丫頭長得跟軟綿綿的小甜杏似的，怎麼頭髮不像想像中那麼柔軟啊？不是都說性格倔強的人，頭髮才硬嗎？難道青芷的脾氣很倔強？

青芷遊目四顧地看了看四周，確定無人了，上前一步，壓低聲音道：「子淩哥哥，前段時間我和哥哥跟著舅舅去白蘋洲辦事，看到七姑父摟著一個妖嬈的女人立在一條畫舫上。我舅舅認出了那女人，說那女人是七姑父的車夫司徒鋒的妹妹司徒娟，如今被七姑父養在外面。」

青芷看著溫子淩，繼續道：「夏天衣裙薄透，我看得清清楚楚，司徒娟的肚子已經大了起來。」

溫子淩臉上玩世不恭的笑容漸漸消逝，顯出一絲冷酷來。

他凝視著青芷，輕問：「青芷，妳確定？」

青芷點點頭。「我舅舅和佳霖哥哥都可以作證。」

七姑母虞蘭瞧著厲害，卻是個沒心機的；溫子涼年紀還小，又一向在外讀書，做不了什麼。只有子淩哥哥，雖然看著玩世不恭，可是膽大心細，做事果斷，是個做大事的人，這件事須得和子淩哥哥商議。

而且她要解自己的難題，怕也要靠子淩哥哥。

溫子淩抬手在青芷瘦弱的肩膀上拍了拍，緩步走到河邊，靜靜看著緩緩流淌的河水。

夏日的溫涼河草木蓊蓊鬱鬱，河上船隻來往不絕，也給岸邊的瓷窯帶來了生意和繁華。

就像他如今管著的這個瓷窯一樣，溫家正逐漸發達起來，溫子淩絕對不允許有人想要不勞而獲，搶走這一切，傷害他的母親！

片刻之後，溫子淩瀟灑地轉身，笑看著青芷。「青芷，這件事我知道了，我會處理的。」

青芷鬆了一口氣，補了一句。「子淩哥哥，司徒兄妹心機深沈，想要的可不只是進入溫家家門而已，你可不能心慈手軟啊！」

經歷前世之後，她終於明白了人心能有多黑暗，不是單純善良不招惹對方，對方就會放過你的。

溫子淩笑了起來，想轉移話題。「青芷，妳喜歡什麼顏色的衣料？」

但青芷兀自蹙眉思索著，根本沒聽到他的話。

她忽然抬起頭來看著溫子淩。「子淩哥哥，你去逛過煙花巷嗎？」

第二十章

溫子淩嚇了一跳，忙低聲道：「妳這孩子亂說什麼！妳可是女孩子，跟誰學的渾話?!」

溫子淩雖然才十四歲，可是跟著父親溫東學做生意，已經開始跟著應酬，煙花巷自然也去過幾次。只是他年紀尚小，不過跟去聽聽曲、喝喝酒，未曾在煙花巷留宿過。

青芷抬眼看著他，黑白分明的大眼睛水淩淩的。「子淩哥哥，我去醫館找大夫開藥，遇到別人家的婆子也去取藥。婆子說，她家主子前段時間梳攏了一個清倌人，誰知那清倌人是仇人安排的，已經染了髒病，害她家主人也染了髒病，如今下面都爛透了，住的屋子氣味難聞得很，侍候的人都是捂住鼻子進去的，大夫也說這種病沒救。」

溫子淩聽到後來，才明白她說的是什麼事情，俊秀的臉不由得有點紅，轉身就走，口中嘟囔著。「人小鬼大的臭丫頭，別胡說啦！真是的，哪有小丫頭說這個的……」

青芷見他耳朵都是紅的，知道溫子淩應該對這段話印象深刻，而且心裡怕是留下陰影了，便悄悄地鬆了一口氣，也跟了過去。

兩人在河邊說話的時候，鍾佳霖一直坐在葡萄架下喝茶，間或抬頭看一眼青芷，又垂下眼簾。

見青芷和溫子淩過來，他放下茶盞，含笑起身。

溫子淩臉上餘暈未消，一雙桃花眼水汪汪的，想了想又覺得自己太幼稚，不像個哥哥模樣，得教訓教訓青芷，於是當著鍾佳霖的面斥責青芷。「以後不該看的書不要看，不該聽的話不要聽，不好的事情不要說。小姑娘家家的，就該繡繡花、養養草，像個姑娘樣子！」

青芷笑咪咪。「我會繡花、會養草啊，不過我若是只繡花養草，我家後面園子的活誰做？莊稼誰種？將來誰養活我？」

經歷了前世的起起伏伏，她明白了一個道理——即使是女子，最終也須得靠自己！

鍾佳霖瞅了青芷一眼，心道：我養妳啊！

雖然相處的時間不長，自己也不是重情的人，可他對青芷有種莫名的好感，就像對自己的親妹妹，很願意對她好一些。

聽了青芷的話，溫子淩一下子愣住了。

看著青芷單薄的小身子，想到了王氏對青芷母女的折磨，心裡莫名有些酸楚，伸手摸了摸她的鬟角，認真道：「青芷，妳別怕，若是將來做了老姑娘，就到哥哥家，幫哥哥帶孩子，哥哥養著妳。」

對他來說，養一個青芷而已，又不是什麼難事。

青芷笑容燦爛。「哥哥，我比你小，活得也會比你久，你可得保重你的身子，別去煙花巷裡胡混，將來多活幾年，好養著我這老姑娘一輩子。」

溫子淩發現自己和青芷的溝通繞了個彎，又回到原處。

他張了張嘴，實在無話可說，當真是說不過青芷，最後悻悻道：「青芷，妳又胡說了。」

鍾佳霖站在一邊，含笑看著溫子淩和青芷，心裡思索著：溫子淩和青芷挺親暱的，不知道親上加親有沒有可能？溫子淩性格強悍，青芷若是嫁給他，不怕被婆婆欺負……

不過青芷還小，再看兩年吧！

又聊了幾句，青芷便要告辭離去。

見他們要回去，溫子淩忙吩咐張允去套車，得意地笑著和青芷說道：「哥哥我新置辦的馬車，正好可以送你們回去。」

青芷笑咪咪道：「謝謝子淩哥哥。」

鍾佳霖也微微一笑。「多謝表哥。」

溫子淩看向青芷。「最近手裡零花錢夠用嗎？」

青芷知道他又要給零花錢了，忙道：「哥哥，如今我自己種玫瑰花賣錢，你不用給我零花錢了。」

溫子淩也不聽她說什麼，兀自掏出荷包，胡亂拿了一把碎銀子塞給她，口中道：「哥哥給妹子零花錢天經地義，和哥哥客氣什麼！」

青芷又是感動，又是想笑，握著碎銀子愣在那裡。

溫子淩收起荷包，手又伸到袖子裡，從袖袋掏出一個銀穿心金裹面的銀盒子，一把塞給青芷。「裡面有薄荷香茶，妳拿著吃吧！」

和前生一樣，子淩哥哥還是一見面就要給她零花錢，有什麼好的都要分給她……

青芷鼻子有些酸澀，眼睛也濕潤了，怕被溫子淩看到，低著頭把盒子放入袖袋裡，又珍而重之地把碎銀子放進自己的荷包，待心情平復了些，才抬眼看向溫子湊，微笑道：「謝謝哥哥。子湊哥哥，我倒是真的有一件事要拜託你呢！」

溫子湊心裡美滋滋的，伸手拍了拍青芷的腦袋。「說吧，只要哥哥能辦到。」

青芷一邊想，一邊道：「我預備做些香胰子賣錢，不過我買不起銀模子，就想著訂做些瓷模子用，不知道子湊哥哥這裡能不能燒製？」

溫子湊略一思索，道：「妳會畫圖吧？妳把圖形畫下來，再給我說一下尺寸，我去找燒窯師傅。」

青芷一聽，知道有戲，心中歡喜，道：「謝謝子湊哥哥，我還需要盛玫瑰香油的瓷瓶和玫瑰香膏的瓷盒子，我一併畫了吧？」

溫子湊見她眯著眼睛笑，跟小狗似的，不由得伸手摸了摸青芷的腦袋。「跟自己哥哥客氣什麼。」

他朝瓷窯方向大聲道：「老徐！老徐！你出來一下。」

片刻後，一個中年師傅跑出來。「來了、來了。」

青芷用方才張允記帳用的筆和紙畫了八個模子，又和徐師傅說了尺寸，這才問徐師傅。「徐師傅，這些模子可以做嗎？」

溫子湊立在一邊，直接道：「老徐，你這就去看著做吧，交給你了，做成了我請你去俞家樓吃酒。」

徐師傅答應一聲，拿了圖紙離開了。

青芷目送徐師傅離開，忽然踮起腳尖湊近溫子淩的耳朵，低聲交代道：「哥哥，你去吃酒可以，可千萬別去煙花巷請粉頭，萬一你也染了病那可怎麼辦？」

說罷，她快速跳開。

這小丫頭到底聽了多少渾話啊?!

張允很快便駕著溫子淩的新馬車過來了。

棗紅色的馬高大健壯，馬車嶄新，新漆的油漆閃著光澤，著實是新馬車。

鍾佳霖與青芷上了車，行駛了一段距離，青芷探頭往外看，發現溫子淩還站在那裡目送他們。

看著高眺俊秀的溫子淩，青芷不由微笑起來。

不管怎麼說，她一定要努力不讓子淩哥哥再經歷前生的悲劇！

她的身子靠回車壁上，細細思索。前世爹爹病重的時候，子淩哥哥已經去了，七姑母也被迫出家，若是子淩哥哥還在，他那麼熱心，自己的事若是求他，他一定會幫忙的……

子淩哥哥可千萬不能出事！

可是想一想，她又有些不確定起來，忍不住祈禱。子淩哥哥一定要抵住美色的誘惑啊！

鍾佳霖看了青芷一眼，見她兀自想著心事，大眼睛黑沈沈的，彷彿藏著無限的辛酸，他心情複雜，看了一會兒才道：「青芷，忘了跟妳說，蔡大戶已經答應讓咱們用學堂後面園子的地種玫瑰了。」

青芷正沈浸在往事中，聞言愣了一瞬，才道：「真的嗎？」片刻又笑了起來，大眼睛亮閃閃的。「太好了！哥哥，咱們這就去外祖母的村子買玫瑰花苗，好不好？花兒朱家的玫瑰花苗真不錯，出油率高，賣得也不貴。」

見青芷眼中滿是歡喜，鍾佳霖心裡總算舒服了點，含笑答應了。

青芷忙敲了敲車壁，吩咐張允。「張允，我要去王家營我外祖母家，你把我們送到王家營吧！」

「放心吧，大姑娘，到前面的十字路口就拐彎去王家營。」

到了下午，青芷和鍾佳霖雇人拉了一車玫瑰苗，和兩筐雞糞，開開心心地回到了蔡家莊。

她用從花兒朱那裡買的一株桂花樹做禮物，從外祖母高氏那裡換來了兩筐雞糞。

回到學堂，青芷和鍾佳霖又馬不停蹄地開始種玫瑰花苗。

他前幾日把地鋤了一遍，又分了壟，倒是省了許多事，兄妹倆齊心合力施肥、種玫瑰花苗，又澆了一遍水，才算是忙完。

這時已是夕陽西下，青芷一邊用胰子洗手，一邊道：「哥哥，以後種玫瑰賺的錢，咱倆平分！而且我會好好賺錢供哥哥讀書，哥哥只管用心讀書考科舉就是了。」

鍾佳霖聞言笑了。「多謝妳，不過錢不用分給我了，妳自己好好攢著吧！」將來嫁人，可以做體己帶過去。

但青芷心中自有主意，笑咪咪不多說了。

學堂這邊忙完，青芷這才回了家。

等得心急的韓氏聽到敲門聲，小跑著去開門，一眼看見女兒立在那裡，一直懸著的心終於回歸原處，雙手合十唸了聲佛。「阿彌陀佛，菩薩保佑！青芷，妳終於回來了！以後不許這麼晚回來了！」

青芷笑著撒了一陣子嬌，才問道：「爹呢？」

韓氏壓低聲音道：「在堂屋陪妳祖母說話呢。」

青芷躡手躡腳走到正房堂屋外，正好聽到王氏在問：「八郎，你不是說要去州城見學正大人嗎？怎麼還不去？」

青芷有些奇怪，州城距離南陽城雖然不算遠，卻也有一百多里地，距離可不算近，這時候祖母為何急著催爹爹出遠門？

屋子裡靜默片刻，才聽到虞世清略帶著些遲疑的聲音。「母親，我想著再等一段時間，待我多寫幾篇策論，再彙整了去見學正周大人——」

王氏似乎有些急，當即道：「你不是寫了好幾篇？快些去吧！男子漢大丈夫，怎麼婆娘似的，做事猶猶豫豫！」

虞世清索性打開天窗說亮話。「母親，兒子實在是缺少盤費……」

他這些年掙的銀子都是母親收著，也想出門一趟見見師友，交流舉業，可是母親若不掏錢，又談何容易？

王氏手裡那些銀子，如今都被女兒和蔡春和要走，剩沒多少是她壓箱底的錢，怎麼捨得給兒子花用？

默然片刻，王氏道：「我替你養著老婆、閨女，還給你買了一個小老婆，如今手裡哪有多餘的銀子？這樣吧，村人都說你小舅子這幾年做生意著實賺了些銀子，畢竟是至親，你去找他借些盤纏吧，自家親戚，哪有不幫補的？」

「……是，母親。」

母親說得輕巧，他除了之前口頭上答應讓韓成的兒子九月初一過來拜師就學外，從來沒幫補過韓家，反倒是韓成常常給韓氏母女衣料，自己怎麼好意思覥著臉去找韓成借錢？

王氏見虞世清面露難色，哼了一聲，道：「放心吧，你可是秀才，將來前途不可限量，他家自然要巴結著咱家呢！」

聽到這裡，青芷在心裡冷笑一聲，輕手輕腳地走開了。

姜秀珍正從灶屋出來，恰好看到堂屋外的青芷。

青芷做了個手勢，示意她去西廂房說話。

姜秀珍忙往堂屋看了一眼，快走幾步，隨著青芷去了西廂房。

青芷拿了一個小小的油紙包遞給她，笑咪咪道：「嚐嚐好吃不好吃？」

姜秀珍揭開油紙包，發現裡面是六枚花生米大的褐色小點心，瞧著頗為晶瑩，散發著甜蜜的薄荷氣息。

她小心翼翼拈起一粒放入口中，甜蜜而沁涼，似乎是薄荷糖，卻又帶著濃郁的茶香。

姜秀珍看向青芷。「這是薄荷糖嗎？」

青芷笑道：「這是薄荷香茶，既清香解穢又潔口開胃，若是吃了蒜，嚼一粒這香茶就好了。」

姜秀珍哪裡捨得嚼了?她含著香茶,微笑看著青芷,和她說話。

青芷和姜秀珍閒聊了幾句。「祖母今日忙什麼呢?她老人家沒生氣吧?」

姜秀珍回道:「今日六姑奶奶回來了一趟,沒待多久就走了,老太太瞧著心事挺重。」

她想了想,又道:「六姑奶奶聲音很低,我在外面,沒聽清她們在屋裡說什麼。」

兩人又聊了幾句,眼看著該去端飯了,便一起去灶屋。

晚飯很簡單,臘肉白菜燉粉條、玉米麵餅和玉米糁湯。

今晚只要給鍾佳霖一個人送飯,用不著提食盒,青芷便把玉米糁湯盛進瓦罐裡,在瓦罐口放上裝著臘肉白菜燉粉條的盤子,然後拿了個空碗倒扣在盤子上,又在碗底放了一個玉米麵餅,用麻繩提著出去了。

她一出門就碰上虞世清。

虞世清心事重重地道:「青芷,妳在家吃吧,我去給佳霖送飯。」

青芷把手裡提著的東西遞給虞世清,可是想到他也還沒吃飯,便道:「爹爹,我也沒什麼事,陪您一起去吧!不過您得等我一會兒,我再去用食盒盛些飯菜。」

虞世清點點頭,站在門口,看著對面黑魆魆的樹林和池塘發呆。

他心裡煩得很,不想看見自己的娘,可是這樣的念頭是不孝的,只能深埋在心底,便更加煩悶起來。

青芷很快地提著食盒過來了。

虞世清帶著女兒朝村東走去。這時，村子裡已經徹底黑了下來，不少人家已經點了燈，昏黃的光從窗或門縫裡透出來，飯菜的香味瀰漫在空氣中，令飢腸轆轆的青芷越發餓起來。她一邊走，一邊嗅著，輕輕道：「爹爹，蔡二狗家今晚燉了大骨頭，骨頭湯裡還放了八角和薑片。」

走到常四娘家門口，她又道：「常四娘家今晚又沒有開火，她家門口的氣息都冷冷清清的。」

經過蔡老大家的時候，她言之鑿鑿地道：「蔡老大家一定是用青椒炒了雞蛋。」

虞世清原本煩躁得很，可是一路被女兒插科打諢的，不由笑了起來。「青芷，妳又不是小狗，怎麼長了個狗鼻子？」

青芷見爹爹被自己逗笑了，道：「爹爹，我的鼻子可比一般人靈多了，說我是狗鼻子也不為過。」

虞世清想起青芷小時候剛會走路，饞得很，不知怎的摸到她祖母房裡，似乎是聞到了什麼，一直抱著他的小腿，結結巴巴。「爹，吃……吃……」

想到這裡，他原本在笑，眼睛卻濕潤了。小時候的青芷多饞嘴啊，又長了個狗鼻子，別人吃過什麼，她一進去就能聞到味道，吵著也要吃，卻什麼都吃不到，家裡能吃的零嘴都被王氏收起來，說是要待客用，從來不給青芷吃。

晚風輕輕拂過青芷的臉，她忽然開口問虞世清。「爹爹，祖母為何催你去州城見學正大人？」

虞世清想了想。「妳祖母一直盼著我上進。先前學正大人也在咱們南陽縣，曾是我的老師，周大人那時候當眾誇過我的文章，妳祖母大約是想著後年秋天，我要參加鄉試，因此讓我多和學正大人接觸。」

青芷眼睛看向前方，老實不客氣地道：「爹爹，祖母不懂這些的，應該是有別的原因。」

祖母是絕對不會這樣體貼地為爹爹考慮，應該是在打別的主意。

虞世清覺得女兒想得有些多，皺著眉頭道：「小孩子家懂什麼……」

他說著說著，想起自己親娘的為人，也有些不自信起來。

走到學堂外面，青芷伸手拉住虞世清的衣袖，示意他等一等。

夜色深沈，樹冠濃密，學堂屋舍和竹林一起融進黑暗中，唯有學堂的窗子裡透出燈光，一個瘦瘦的身影正端坐在窗前寫字。

青芷凝視片刻，笑道：「爹爹，哥哥在寫字呢！」

看到這樣勤學不倦的鍾佳霖，虞世清心情也變得好起來，含笑道：「嗯，佳霖天分極高，又勤奮好學，只要堅持求學，將來終非池中之物。」

鍾佳霖做事極為專注，正在練習虞世清佈置的策論，根本沒發現虞世清和青芷父女過來。

他一氣呵成完成了策論，正在檢查，忽然聽到外面傳來青芷的笑聲。「哥哥，該用晚飯了。」

鍾佳霖一抬眼，不由得也笑起來，又看到青芷身後的虞世清，忙起身行禮。「見過先生。」

虞世清微笑。「佳霖，先洗洗手用晚飯吧！用罷晚飯，我看看你剛才寫的那篇策論。」

鍾佳霖恭謹地答了聲「是」。

用罷晚飯，鍾佳霖和青芷一起收拾碗筷，這才隨著虞世清進了學堂，拿出自己剛寫的策論，恭敬地奉給虞世清。

虞世清翻來覆去把這篇策論看了好幾遍，神情越發凝重起來。

第二十一章

鍾佳霖平靜地立在那裡，等著虞世清的點評。油燈的光照在他清俊的臉上，濃長的睫毛在眼下落著絲絲縷縷的陰影。

雖然離開鍾家好些年，可是他清楚地記得父親教他讀書時說的話。「所謂策論，不過『經世致用』四字而已。」

青芷心裡有些緊張，專注地看著虞世清。

策論對讀書人的重要性，她心裡清楚。一個讀書人的心胸見識，在策論中最能夠表現出來。對於大宋朝來說，之所以在舉業中考察策論，其實是為了根據朝廷政務的需要，選拔既熟悉政治，又具有匡時補弊才能的讀書人進入朝廷。

就算是她，前世為了迎合趙瑜、與趙瑜有話題，也研究過不少策論。

虞世清抬眼看向鍾佳霖。「佳霖，你和先生說一句實話，這篇策論，是你自己寫的嗎？確定沒有借鑑和抄襲？」

鍾佳霖認認真真地道：「啟稟先生，這篇策論確實是學生寫的。」

虞世清聞言微笑起來，眼睛也似閃著光。「佳霖，你這篇策論，談的是人情和律法的關係，不但談得清清楚楚、明明白白，而且行文風清月白，靈思悠然，實在是一篇難得的好文！這樣的策論，將來無論考官喜好浮華還是簡明，這篇策論都不會被埋沒。」

聽了虞世清的評價，鍾佳霖依舊從容淡定，恭謹地行了個禮。

青芷開心極了。「爹爹，哥哥好聰明啊！」

鍾佳霖瞅了她一眼，嘴角不由自主翹起來。

青芷的稱讚直白得很，其實有些肉麻了，虞世清怕鍾佳霖驕傲，抬手拍了拍青芷的腦袋，然後看向鍾佳霖，語重心長地道：「佳霖，從縣試、鄉試到會試，一層層考上去，你會發現咱們大宋最不缺的便是聰明人，可是能夠走到最後的人卻少之又少，你知道為什麼嗎？」

鍾佳霖看著虞世清，聲音清淩淩的，頗為清朗悅耳。「先生，學生認為前朝宰相王安石的文章〈遊褒禪山記〉的一句話，可以解答這個問題。」

他略一思索，背誦了起來。「有志矣，不隨以止也，然力不足者，亦不能至也。有志與力，而又不隨以怠，至於幽暗昏惑，而無物以相之，亦不能至也。」

虞世清點點頭。「正是此理。」頓了頓，他又補充一句。「不過王安石的政論在本朝可是禁忌，私下裡提一提可以，若是應考，是絕對不能出現的。」

鍾佳霖垂下眼簾，答了聲「是」。

他近來閱讀前人文章，別人只是平常，唯有前朝宰相王安石的政論常常能引起他的共鳴，頗有一種心有戚戚焉之感。

虞世清看著這位天才學生，心情有些複雜，過了一會兒才道：「把《書經》拿出來吧，今晚我先給你講一段《書經》。」

佳霖這孩子太聰明了，明年春天，佳霖若是考上秀才，自己這點學問怕是教不了他了，須得給他另尋名師……

回家的路上，虞世清不時看了看女兒，一路無語。

臨睡前，青芷正在抄書，虞世清走了進來，立在一邊看了一會兒，這才壓低聲音交代青芷。「青芷，妳佳霖哥哥終非池中之物，將來怕是……」

青芷手裡握著筆，抬眼看向虞世清。

看著燈光中，女兒清澈的大眼睛，虞世清有些遲疑，沈吟片刻道：「妳年紀雖小，爹爹卻知道妳明白『齊大非偶』四字之意。」

青芷心思很快，略略一想，一下子明白過來——爹爹是擔心她喜歡佳霖哥哥啊！

她燦然一笑。「爹爹，放心吧，我把佳霖哥哥當親哥哥看的。」

前世的哥哥一心仕途，從不把兒女私情放心上，一直到她離世，哥哥也未曾定下親事，可見哥哥不是那多情之人。

而她自己也下定決心，再也不要像前世那樣多情，她要堅強起來，讓爹娘好好活著，掙銀子供哥哥讀書，發家致富做個快快樂樂的小地主。

既然如此，何必非要涉及情情愛愛呢？

見女兒確實沒有一般少女對美少年的羞澀和多情，虞世清心裡才鬆快一些。

他嘆了口氣，緩緩道：「佳霖是個難得一見的天才，將來參加科舉必然一帆風順，可是他只能在考中進士之後再談婚事……」

青芷渾不在意地道：「我知道啊，哥哥需要仕途上的助力，咱們幫不了他，他只能靠聯姻了。」她含笑看向虞世清。「爹爹，我只盼著哥哥出人頭地，將來別人不敢隨便欺負我！」

看著女兒的笑顏，虞世清歡喜和女兒能像大人一樣交流之餘，卻又有些淒涼。荀家的女兒一向和青芷交好，因為家人寵愛，天真爛漫不諳世事；自己的女兒才十二歲，卻因為家裡的搓磨，不得不提前長大。

青芷笑著拿出一塊碎銀子，道：「爹爹，這是梅溪書肆給您結算的抄書錢。」

接過這塊碎銀子，虞世清有些感慨，正要說話，外面卻傳來姜秀珍怯生生的聲音。「老太太請老爺過去說話……」

從窗子裡看到爹爹隨著姜秀珍進了正房堂屋，青芷拿了二兩碎銀子，去了明間。

明間內一燈如豆，韓氏坐在燈前給青芷做胸衣，見她過來，忙笑道：「青芷，正要叫妳呢，胸衣快做好了，待我做好，妳拿回屋穿上試一試。」

女兒已經十二歲，須得準備合適的胸衣。

青芷挨著韓氏坐下，見韓氏手中的白綾胸衣上用大紅絲線繡著層層疊疊的玫瑰花，不由笑了起來。「娘，我還用不著穿胸衣呢。」

韓氏慈愛地看了青芷一眼，柔聲道：「明年就需要了。」

青芷纏著韓氏放下針線，把手裡的碎銀子塞到韓氏手裡，輕輕道：「娘，這是香包賣的二兩銀子，您收起來吧！」

韓氏得知女兒手裡留有銀子，這才收下來。

青芷覺得身上有些黏膩，便道：「娘，咱們燒兩鍋水洗罷澡再睡吧！」

韓氏笑了。青芷越來越大，也變得愛洗澡，真是大姑娘了。

還沒等韓氏說話，青芷又自言自語道：「夏天熱得慌，略微動一動就是一身汗，若是不洗澡，明日身上就臭了。」

堂屋裡，只有靠東牆擺著的桌上放著一盞油燈，燈焰飄忽，照亮了周遭的一小片地方。

王氏坐在圈椅上，一雙白嫩的手撥弄著一粒碎銀子，耷拉著眼皮道：「就這一兩銀子？夠做什麼？」

虞世清背脊挺直地坐在那裡，臉脹得通紅，放在膝蓋上的雙手緊張得蜷縮又展開，囁嚅道：「蔡大戶家的束脩是一個季度給一次，如今還不到六月底……」

王氏皺著眉頭道：「這一兩銀子可不夠一家人的花銷。」

虞世清的臉熱辣辣的，忍著羞愧道：「娘，韓氏和青芷的花銷您不用管，她們自己管自己——」

王氏眉頭一揚，打斷他的話。「韓氏和青芷自己管自己？她們怎麼自己管自己？難道她們掙了錢沒交給我？這可不行！」

「這可不行」四個字被她說得斬釘截鐵，擲地有聲。

虞世清的身子佝僂下來，臉色蒼白，垂頭喪氣地坐在那裡。

正在這時，門外傳來青芷清脆的聲音。「咦，祖母管帳？既然如此，祖母，咱們來算算家裡的帳吧！」

竹簾子被掀起來，頭髮濕漉漉的青芷走進來，帶著玫瑰味的胰子氣息也隨著她飄了進來。

王氏又急又怒，當下用力拍了一下桌子，便要開始罵青芷。

青芷飛快地屈膝行了個禮，嫣然一笑道：「祖母，我們先算算這幾年爹爹拿回來多少銀兩，還有家裡的地租收入，得出一個總數，再算算家裡的各項支出。總數和支出兩個數目一減，最後得出的銀兩數目就是家裡這些年的積餘。祖母，我會算數，讓我來算算家裡應該有多少積餘吧，這樣您和我爹心裡也有數。」

她聲音清脆悅耳，語速稍快卻吐字清晰，根本不給王氏插嘴的機會。

王氏聽了，又是憤怒又是心虛，脹紅著臉道：「賤小蹄子，胡說什麼！滾出去！」

青芷一臉委屈。「祖母，青芷不知道自己哪裡做錯了，請祖母解說解說。」她又無辜地看向虞世清。「爹爹——」

虞世清乘機起身，向王氏拱拱手。「娘，青芷不聽話，我帶她回去，好好說說她。」說罷，他抓著青芷的手出去了。

一直到了西廂房門外，虞世清才停住腳步，低聲問青芷。「妳娘呢？」

青芷笑嘻嘻道：「娘在房裡洗澡。」

虞世清原本要進屋，聽說韓氏在房裡洗澡，倒不好進去了，便搬了兩張小板凳，父女兩個坐在院子裡的薄荷叢前說話。

韓氏洗罷澡出來。「我洗好了，你們都進來吧！」

虞世清聽到妻子溫柔的聲音，聞到一股濕漉漉的玫瑰芬芳，頓時身心鬆快，也不理青芷，起身跟韓氏進屋了。

青芷又坐了一會兒，掐了一片薄荷葉放在鼻端輕輕嗅著，心道：明日若是有空，去榨些菜籽油，等子淩哥哥讓人把香胰子模子送過來，就做幾塊薄荷香胰子試著賣去！

計議停當，她起身回了自己房間，一邊晾頭髮，一邊抄書，獨自在燈下忙碌著。

忙碌間隙，她往窗外看了看，發現王氏的房間還亮著燈，不由納罕。王氏是最會心疼她自己的，每日都早早睡下，怎麼今夜這麼晚了還不睡？

此時的王氏正坐在床邊泡腳。

她的腳浸在溫水裡，姜秀珍坐在小凳子上給她按摩腳底。

王氏瞧著面無表情，其實心裡正在謀劃那件大事。

如今萬事俱備，一切妥當，只等老八肯出一趟遠門了……

直到夜深人靜時分，待王氏的房間沒了光，青芷才輕手輕腳地關上窗子，插上窗門，把這段時間積攢的銀子和銀票都集中在一起，又拿了戥子和自己裁了宣紙縫製的帳冊，開始清點記帳。

秤重計算一番之後，青芷在帳冊上寫下日期和銀子數目——十八兩六錢三分。

她留下六錢三分的碎銀子預備零用，其餘銀票和碎銀子分別收進兩個荷包內，又貼到了床板下面。

忙完這些，她心滿意足地睡下。

她閉上眼睛，默默計劃著。母親的藥丸快要吃完了，過幾日拿了董女醫開的方子，進城去給母親配藥丸，正好問問舅舅，白蘋洲那邊買賣田地的經紀有沒有消息傳來？另外，不知道子淩哥哥預備怎樣對付司徒鋒、司徒娟兄妹……

晴朗的日子持續了十來天，這天早上青芷起來，趁著太陽還沒出來，跟著韓氏去後院摘綠豆。

綠瑩瑩的綠豆秧中點綴著一個個手指長的豆莢，有綠色的、黑色的，青芷和韓氏要摘的便是已成熟的黑色豆莢。

她們母女幹活索利，總共四畦綠豆秧，青芷和韓氏一個人兩畦，很快就摘完了。

青芷看著自己摘的一小筐綠豆莢，有些遺憾。「娘，咱們種的綠豆太少了。」

韓氏麻利地拿出洗得乾乾淨淨的舊床單，展開後鋪在向陽的一小方空地上，先把一筐豆莢倒下去，又拿過青芷摘的那筐倒下去。

青芷不再多說，跪在床單邊把豆莢均勻鋪開，讓豆莢充分曬太陽。如果太陽夠毒的話，這些綠豆莢曬到傍晚就曬乾了，到時候堆在一起用擣衣棒細細捶一遍，掃去輕一些的綠豆殼，剩下的就是綠豆。這一點綠豆夠他們一家喝幾頓綠豆湯了。

忙完園子裡的活計，青芷和韓氏才回了前院。

剛從綠豆秧裡鑽出來，她們手上臉上有些刺麻麻的，青芷洗完手，便聽到外面有人敲門，接著便有人說話，聽著似乎是張允的聲音。

她扭頭一看，果真是張允。

張允隨著姜秀珍走過來，見到青芷，忙拱手道：「見過大姑娘。」

青芷含笑福了福，權當還禮。

張允把一個桐木匣子遞給她。「大姑娘，這是我們大公子讓我給您捎過來的玉青瓷模子。大公子說了，那些瓶子和盒子還沒燒製好，待燒製好了，再讓小的過來。」

青芷接過桐木匣子，道了謝，特地叮囑道：「替我謝謝子淩哥哥，等我做好了香胰子，送他兩塊。」

張允又拱拱手，這才帶著虞蘭給王氏的衣料，去堂屋見王氏。

他進了堂屋沒多久就離開了。

青芷抱著桐木匣子回了房間，把桐木匣子放在書案上，開了匣子蓋。

匣子裡塞滿了刨花，刨花裡塞著好幾個玉青瓷模子，有心形的、正方形的、長方形的，也有圓形的、梅花形的，還有玫瑰花形的，總共六個形狀，小巧玲瓏，精緻異常。

青芷一個個拿起來看，心中滿是歡喜。菜籽油已經榨好，模子也得了，就只剩下採集薄荷做薄荷油了！

又過了兩日。這兩日，青芷忙得很，終於做成十二塊香胰子——六塊薄荷香胰子，六塊玫瑰香胰子。

青芷和荀紅玉約在河邊洗衣服。兩個女孩子一邊洗衣服，一邊說話，時不時笑起來，煞是熱鬧。

荀紅玉聞到青芷身上的薄荷味，好奇地湊近聞了又聞，問道：「青芷，這薄荷味道真好聞，妳從哪裡買的薄荷味香胰子？」

青芷瞇著眼睛笑。「我自己用薄荷和菜籽油做的。我還做了玫瑰香胰子，等一會兒洗完衣服，我去拿一塊送妳。」

荀紅玉有些性急，當下就要拉著她回去取薄荷香胰子。青芷拗不過她，只得答應了。

她們倆剛站起身，就聽到身後傳來慢悠悠的蹄子聲。

青芷和紅玉轉身一看，發現兩個女子並排騎著騾子，沿著大路走過來。

其中一個女子濃妝豔抹，穿著翠綠綢子對襟衫子，繫了條水紅裙子，露出一截雪白的胸部，正是有名的牙婆一枝花。

另一個女子白衣藍裙，打扮素雅，一張圓臉肌膚細膩，只是眼角已有了些細紋，倒是陌生得很。

青芷死死盯著那個白衣藍裙女子。

這個人她認識，這是宛州城裡最有名的牙婆李碧霞！前世就是李碧霞把她賣進杏花春館的，幸虧趙瑜救走了她。

只是李碧霞專門做高門大戶和有名煙花窟的生意，怎麼會和一枝花混在一起？

第二十二章

一枝花見李碧霞盯著立在河邊的青芷，忙湊近她，用蚊蚋般的聲音道：「那個大眼睛雪白皮膚的女孩子，就是奴說的人。」

李碧霞打量著青芷，駕著騾子，慢悠悠地走過去。

走出一段距離之後，一枝花便擠眉弄眼道：「怎麼樣，是個美人胚子吧？」

李碧霞思索片刻，慢慢道：「美倒是真美，可是買家要的可不只是美人，還得識文斷字，琴棋書畫都通曉……」

一枝花聞言，仰首哈哈一笑。「她姑母說了，這女孩子自小讀書的，字寫得也好看。至於琴棋書畫，反正她年紀還小，另外教一、兩年不就行了？」

李碧霞瞅了一枝花一眼，卻沒有說話。

這個買家是常在她這裡買人的，好的就是小姑娘和小童子，不管是男孩子還是女孩子，一過十四歲就不喜歡了。這個虞青芷今年十二歲，還沒怎麼發育，倒是正適宜。

一枝花見李碧霞不動聲色，便道：「妳看這個小姑娘，是不是聰明得很？她一直盯著咱們看呢！咱們可得小心點，別打草驚蛇。」

李碧霞冷笑一聲。「親祖母要賣她，她一個小姑娘能怎麼辦？」

兩人竊竊私語，騎著騾子漸漸走遠。

見那騎騾子的女子遠去，荀紅玉用肩膀碰了碰青芷，笑嘻嘻道：「青芷，走吧，給我拿薄荷香胰子去。」

青芷剛從前世的噩夢中驚醒，微不可見地打了個哆嗦，倚著荀紅玉熱呼呼的身子汲取力量。

傍晚的時候，虞冬梅帶著雷雨聲又過來了。

青芷去灶屋給虞冬梅煮茶，特地叮囑姜秀珍。「聽聽她們說什麼。」

見姜秀珍一雙清澈的眼睛看著自己，青芷便解釋一句。「我祖母一旦和六姑母湊一塊，就是為了商量著害人。」

而祖母和三姑母湊一塊兒，往往是商量著占誰的便宜。

姜秀珍抿嘴笑了，輕輕道：「我知道，我就是看妳有沒有別的吩咐。」

堂屋內，當著姜秀珍的面，虞冬梅倒也沒說什麼，只說五月二十二是她婆婆雷老娘的六十歲生日，要請王氏、韓氏和青芷去家裡作客。

王氏自然都答應下來。

虞冬梅還有體己話要和王氏說，便瞅了杵著的姜秀珍一眼，給王氏使了個眼色。

王氏淡淡吩咐姜秀珍。「妳去後面園子叫韓氏過來吧！」

待姜秀珍出去了，虞冬梅便按捺不住，歡喜地道：「娘，一枝花來找我了，說買家看上虞青芷，出價這個數。」她伸出五個手指頭。

王氏有些不敢置信。「莫不是五十兩銀子？」

虞冬梅笑著點點頭。「正是。」

其實一枝花和她討價還價了半日，最後約定青芷的身價銀子是八十兩，只是虞冬梅的人生信條是「人不為利，誰肯早起」和「人不為己，天誅地滅」，即使是自己親娘也照坑不誤，自然先昧下了三十兩。

聞言，王氏笑起來。「虞青芷這小賤人倒也生得好。」

雷雨馨在一邊坐著聽到了，「哼」了一聲，道：「祖母，我也幫忙和一枝花講價了，您得好好謝我呢！」

王氏最疼愛雷雨馨這個外孫女，當即道：「等祖母拿到銀子，先給妳打一支金鳳簪。」

雷雨馨笑咪咪地站起來，福了福。「謝謝外祖母。」說完又坐下去。

她和雷雨辰兄妹倆都懶得出奇，能不動是絕對不想動彈的。

虞冬梅也笑了。「娘，就定在我婆婆六十大壽那日吧！」

王氏笑著「嗯」了一聲。「早有早的好，免得夜長夢多。」

三人正說得高興，虞冬梅到底警惕些，忙道：「雨馨，妳去外面看看妳舅母來了沒有？」

雷雨馨答應一聲，懶洋洋地站起來。

正貼著牆壁偷聽的姜秀珍一聽急了，脫了繡鞋、踮著腳尖，沿著走廊往西狂奔而去。

青芷在灶屋門口張望，見狀忙笑著用托盤端了三碗荷包蛋走過去。「祖母，荷包蛋煮好了。」

雷雨馨既懶且饞，本來都走出堂屋了，可是心思當即就被青芷引過去。「青芷，放冰糖了嗎？」

青芷眼角餘光看到姜秀珍的身影消失在夾道口，鬆了一口氣。她擔心王氏和虞冬梅發現姜秀珍偷聽而打她。

「雨馨表姊，放了不少冰糖呢，妳先進去，我端過去就行。」

吃過荷包蛋，虞冬梅和雷雨馨母女就急匆匆離開了。

青芷在洗碗時，姜秀珍走進去，低聲道：「我聽到她們提到了一枝花，還說一枝花開價五十兩。」

青芷抬眼看向姜秀珍，大眼睛幽深。

想到王氏和虞冬梅母女倆的對話，姜秀珍有些害怕，低低道：「我聽到老太太說『虞青芷這小賤人倒也生得好』，雷雨馨在一邊說了一句『祖母，我也幫忙和一枝花講價了，您得好好謝我』，老太太就說拿到身價銀子給她打一支金鳳簪。」

青芷的眼神變得冰冷。

姜秀珍繼續道：「六姑奶奶又說要把日子定在她婆婆六十大壽那日。」

青芷看向她，眼底幽黑難明，低聲道：「我知道了。謝謝妳，秀珍，我會報答妳的。」

她不再是前世那個懵懂衝動的小姑娘，誰要害她，她就收拾誰！

姜秀珍臉色蒼白，眼中滿是恐懼。「姑娘，將來她們害我時，求您出手救救我……」

青芷「嗯」了一聲，眼神堅定。「妳放心吧！」

晚上，王氏叫了青芷過來，吩咐道：「明日是妳六姑母婆婆的六十大壽，我帶著妳和妳娘去雷家吃酒。明早早些起來，打扮齊整一些，免得丟了我的人。」

青芷恭謹地答了聲「是」，雙目幽深地望著王氏。

王氏頓了頓，又緩緩道：「我記得妳娘新給妳做了件白綾窄袖衫，明日就穿這件衣服吧，去別人家裡也喜氣些，別跟妳娘一樣，哭喪著臉像喪門星一般。」

青芷看了王氏一眼，垂下眼簾，答了聲「是」。

第二天，虞世清一大早起來，雇了馬車，親自陪著王氏、韓氏和青芷往雷家村去，姜秀珍自然也跟著去了。

雷家今日熱鬧得很，不只虞家來人，雷震的兩個妹妹也帶著丈夫、兒女回來了，還有一些旁的親戚，院子裡滿滿當當都是人。

大人們寒暄聊天的時候，青芷和姜秀珍趁大人不注意，悄悄溜了出去，在雷家轉悠著。

雷家是兩進的院子，前院待客，另外隔出雞圈和羊圈養雞養羊。

青芷和姜秀珍在前院轉了轉，發現雷家前院雖然雞多羊多，可是都用籬笆隔開，打掃得乾乾淨淨；院子裡種了兩棵蘋果樹，上面纍纍墜墜地掛著青色的小蘋果。

此時，客人都在前院堂屋坐著說話。

青芷給姜秀珍使了個眼色，穿過東夾道去了後院。秀珍忙跟了上去。

後院東邊有個葡萄架，鬱鬱蔥蔥，綠意盎然，只覺得涼風拂面。

青芷慢慢走近，前世的記憶一幕幕浮現。

見她熟門熟路走了過去，姜秀珍也趕忙跟上去。「姑娘，等等我。」

青芷穿過葡萄架，又穿過一片竹林，站在那裡。

她的面前是一堵青磚院牆，院牆上布滿青苔，顯見有些年月了；一扇沒有上漆的舊楊木門虛掩著，站在這裡，能夠聽到後門外潦河河水的流淌聲。

姜秀珍覺得有些陰涼，搓了搓胳膊，道：「大夏天的，這裡怎麼這麼冷？」

青芷擺擺手，示意不要說話，姜秀珍忙摀住嘴。

青芷上前一步，輕手輕腳把門打開一條縫，湊上去往外看。

後門外是一個青磚鋪就、一丈見方的小碼頭，河水一浪一浪地湧上來，小碼頭的邊緣長滿了青苔。

寬闊的河面上，船隻來來往往，小碼頭卻空空蕩蕩的。

青芷知道，用罷午飯，雷雨馨會帶她來葡萄架下納涼，還會給她倒一盞蜜糖水。而她喝下這盞蜜糖水之後就不醒人事，醒來已經在牙婆雇來的船上，而船已經行得遠了……

前世這件事是在她十四歲那年發生的，沒想到重生之後，這個陰謀整整提前了兩年。

見碼頭上空蕩蕩，沒有船隻停泊，青芷便打開門走過去。

姜秀珍很害怕，卻又擔心她，只得鼓足勇氣跟上去。

周圍僻靜，只有河水打在碼頭上發出的澎湃聲，以及風吹過河邊樹木的聲響。

青芷站在小碼頭邊緣，一抬腳就是洶湧澎湃的河流，那種感覺極為奇怪，非常危險，卻非常刺激，值得她去冒險。

姜秀珍怯生生地去拉青芷。「大姑娘，回去吧！」

青芷回首，嫣然一笑。

她的笑容燦爛，美得不似凡人，令秀珍有一瞬間的怔忡。

等她回過神來，已經被青芷拉著回去了。

臨近午時，壽宴終於開始了。

雷家的前院擺了不少桌子，男客在外面，女客在屋內，男人的猜枚聲、女人的竊竊私語、小孩子的哭泣打鬧，一時亂成一團。

青芷陪韓氏坐著，虞冬梅拉著一個少年走過來。「雨時，這是你舅母和青芷表姊。」

那少年拱手行了個禮。

青芷抬眼看過去，見這少年約莫十一、二歲，生得清秀，正是虞冬梅想讓虞世清過繼的庶子雷雨時。

雷雨時行罷禮，抬眼看向青芷。他沒想到眼前少女如此美麗，頓時有些懵。

雷雨馨在一邊見雷雨時看著青芷發呆，不由得冷笑，用肩膀把雷雨時擠到一邊，歪著腦袋打量青芷。

今日青芷打扮得格外好看，梳著烏油油的心形髻，穿著件白綾窄袖衫，繫了條石榴紅軟煙羅百合裙，越發顯得肌膚雪白，雙目晶瑩，甜美至極。

她心裡酸溜溜的，卻努力甜笑著道：「青芷，這裡人太多了，吵得人頭疼，我帶妳去後院玩吧！」

青芷也在打量雷雨馨。雷雨馨今日也穿了件白綾窄袖衫，只是外面罩了件大紅紗褙子。她燦然一笑。「好啊。」

雷雨馨卻是一愣。她還以為要費些功夫才能把青芷帶到後院去呢！

見雷雨馨表情微滯，青芷起身拉著雷雨馨的手。「雨馨表姊，我正嫌這裡有些吵鬧呢！」

這時，雷雨馨姑母家的兩個妹妹追打著跑過來，撞在雷雨馨身上，又飛快地跑遠了。

雷雨馨回過神來，拉著青芷就要去後院。

韓氏被人纏著說話，忙裡偷閒還關注著女兒，見青芷要跟著雷雨馨走，忙道：「青芷，別離娘太遠。」

青芷扭頭看著韓氏，大眼睛裡忽然浮現一層淚霧。

她知道母親是極疼愛她、極依戀她的，到哪裡都要把她帶在身邊，寸步不離。

她微微一笑。「娘，我陪雨馨表姊玩一會兒就回來。」

這一生，換她來保護柔弱的母親！

進了後院，雷雨馨轉身插上門閂。「我姑母家的那些表弟、表妹都吵死了，關著大門不讓他們進來鬧咱們。」

青芷今日柔順得令人納罕。她「嗯」了一聲，立在那裡等著雷雨馨。

雷雨馨引著青芷往葡萄架走去，葡萄架下放著潔淨的楊木方桌和竹編椅子。

安頓之後，雷雨馨笑盈盈地道：「我有些渴，家裡正好有槐花蜜，我去調蜂蜜水，咱們倆喝。」

青芷點點頭，目送雷雨馨離去，伸手摸了摸袖袋裡藏著的小匕首，起身看著葡萄架外面的竹林。

雷雨馨很快便端著兩盞蜂蜜水過來了，一個是白瓷盞子，一個是青瓷盞子，花紋極為普通。

她把白瓷盞子放在青芷面前，自己雙手微顫，端起青瓷盞子飲了一口，見青芷盯著眼前的白瓷盞子，頓時有些緊張，看向青芷。「青……青芷，妳、妳怎麼還不喝？」

青芷端起白瓷盞子，看了一眼盞子裡蕩漾的深褐色液體，送到唇邊。

雷雨馨緊張地看著青芷，等著她飲下第一口。

她娘說了，這藥是一枝花給的，藥性重，起效快，怕是喝了兩口，虞青芷就要昏睡過去。

青芷端著白瓷盞子，忽然上前一步，走到雷雨馨身旁。

雷雨馨坐在椅子上，仰頭看著青芷，一時來不及反應。

青芷快如閃電，左臂環過去扣住雷雨馨的下巴，右手端著白瓷茶盞，對準她的嘴就灌下去。

雷雨馨愣在那裡，一直到甜膩膩的蜂蜜水灌了滿口，她才反應過來，拚命掙扎起來。

青芷年紀雖小，看著也嬌弱，可是一直做農活，力氣大得出奇，左臂牢牢禁錮住雷雨馨的腦袋，右手放下茶盞，搔了雷雨馨一下。

雷雨馨最怕癢了，一搔癢就哆嗦，口中的蜂蜜水一下子嚥下去大半。

她拚命地咳嗽，青芷從椅背後壓著她，讓她反抗不得。

片刻後，雷雨馨不動了。

確定她昏過去了，青芷終於鬆了口氣，起身脫掉雷雨馨身上的紅紗褙子，拿在手裡，把雷雨馨擺成趴在方桌上的樣子，又把白瓷盞子放在雷雨馨手邊。

至於那個還盛著蜂蜜水的青瓷盞子，則被她放在對面。

忙完這些，她把那件紅紗褙子隨意搭在椅背上，飛快地跑了。

她動作極快，幾乎閃電一般跑到門口，拔出門閂打開門衝了出去。

雷雨時正帶著姑母家的兩個小表弟在附近的羊圈逗羊玩，見她出來，忙招手道：「青芷姊姊，過來看我們用狗尾巴草逗羊玩。」

青芷深吸一口氣，笑咪咪地走過去，學著雷雨時拿了根毛茸茸的狗尾巴草撩撥羊圈裡的公羊。

公羊被撩撥得急了，頂著羊角就撞過來，卻撞在柵欄上，發出「砰」一聲。

雷雨時看了青芷一眼，見她臉色白裡透紅，大眼睛亮晶晶的，嘴唇跟玫瑰花瓣般，心裡很喜歡，便試著找話題。「青芷姊姊，我大姊呢？剛才不是和妳在一起嗎？」

青芷把狗尾巴草探到公羊面前，口中道：「雨馨姊姊給我倒了一盞蜂蜜水，我不愛喝就出來了，她自己在喝呢！」

酒席上，酒意漸濃，女眷們也都開始猜枚划拳，熱鬧非凡。

王氏和虞冬梅算著時間，覺得差不多了，想到即將到手的白花花銀子，母女倆的嘴角忍不住往上彎。

虞冬梅覺得也該去了，便故意大聲和韓氏說道：「青芷和雨馨去了後院那麼久，怎麼還不回來？」

韓氏正擔心呢，忙道：「我們去看看吧！」

王氏便道：「我也跟妳們去後院轉轉，好久沒過來了，還怪想呢。」

姜秀珍連忙也跟上去。

到了後院門口，虞冬梅一眼就看到立在羊圈前的虞青芷，頓時一驚，當下便道：「青芷，妳雨馨表姊呢？」

青芷扭頭，笑嘻嘻道：「六姑母，雨馨表姊在後院裡面呢。」

虞冬梅宛如見了鬼般，厲聲道：「妳怎麼沒在後院？」

青芷轉過身子，懵懵懂懂地道：「我……我跟著雨馨表姊去了後院，她說要調蜂蜜水喝，我沒有喝，就自己先出來了……」她大眼睛裡滿是惶惑。「六姑母，到底怎麼了？您的臉都白了。」

韓氏這時候也察覺出不對勁，忙走到青芷身邊，緊緊把女兒抱在懷裡，身子微微顫抖。「青芷，不怕、不怕，有娘呢！」

鄉村的女眷們照例是愛瞧熱鬧的，聽到這邊不對勁，都跟了過來，三五成群圍在那裡看熱鬧，有的指指點點、竊竊私語；有的還嗑著瓜子，瓜子皮亂飛。

虞冬梅和王氏四目相對，兩人俱是臉色蒼白，渾身發冷。

王氏無力地抬起右手，指了指通往後院的門，虞冬梅當下衝進後院。

王氏惡狠狠地瞪了青芷一眼，也跟進去。

姜秀珍遲疑地看向青芷。

青芷輕輕道：「秀珍，我爹爹正在外面院子喝酒，妳叫他過來吧！」

姜秀珍這會兒也醒過神了，忙轉身飛跑去叫虞世清。

雷雨時眼神複雜地看著青芷的背影，沒有說話。

這時，虞世清踉踉蹌蹌地過來。「青芷，怎麼了？」

見到韓氏摟著青芷站在前面，他鬆了一口氣。

女眷們見到這位傳說中的虞秀才，好奇得很，自動分開一條路放他過去。

見虞世清來了，雷震帶著雷雨辰也來了，青芷才道：「爹爹，我也不知道怎麼了……六姑母和祖母走過來，見我在這裡玩，就嚇得臉都白了，非要追問我雨馨表姊在哪裡？」

她仰首看向虞世清，大眼睛裡滿是疑惑。「爹爹，祖母和六姑母是怎麼了？雨馨姊姊不就在後院裡嗎？她讓我喝蜂蜜水我沒喝，我自己出來了，雨馨姊姊自己留在那了……」

虞世清到底是經過一些世事的，想到自己母親和姊姊的為人，頓時有了些不妙的念頭，便拉著青芷也進了後院。

韓氏自然也跟上去。

一家三口剛走進後院，便聽到葡萄架那邊傳來虞冬梅撕心裂肺、如母獸悲鳴般的哭嚎。

「雨馨——雨馨——」

虞世清大步走了過去。

青芷跟過去，發現虞冬梅跪在地上摀嘴哭著，聲音壓抑而淒厲，手裡還緊緊拽著件大紅繡花褙子，王氏則一動不動地坐在椅子上。

看到青芷，虞冬梅一下子彈了起來，指著青芷厲聲道：「虞青芷妳這賤蹄子，妳把雨馨弄到哪裡去了！」

青芷害怕極了，忙躲到虞世清身後。「爹爹——」

虞世清擋在青芷前面，聲音堅定。「青芷，別怕，有爹爹保護妳。」

王氏頹然地擺了擺手，道：「先去河邊看看吧！」

雷雨辰是知道內情的，當即走到虞冬梅身旁，扶住虞冬梅。「娘，我去河邊看看。」

虞世清想知道到底發生了什麼事，卻不放心把女兒留在這裡，便一手拉著韓氏，一手拉著青芷，也跟了過去。

眾人出了那道小門，擠在碼頭上。

王氏扶著虞冬梅站在那裡，臉上已經沒了表情。

河面寬闊，船來船往，可是哪條船是李碧霞的船呢？

靜默片刻之後，虞冬梅吩咐雷雨辰。「你趕快去城裡找一枝花，越快越好……」

雨馨的紅褙子搭在椅子上，她身上穿的又是和青芷一樣的白綾窄袖衫，她是被李碧霞的人當作虞青芷給帶走了！

虞冬梅恨恨地看向青芷。

青芷大眼睛清澈平靜，似乎還不明白發生了什麼事？

雷雨辰答應一聲，急急擠了出去。

虞冬梅恨不得掐死青芷，開口問道：「虞青芷，到底是怎麼回事？妳不是和雨馨一起待在後院嗎？」

青芷緊緊依偎著虞世清，聲音裡滿是委屈。「六姑母，妳剛才都問過我一遍了，雨馨表姊說她進屋去調蜂蜜水喝，可她以前從來都不讓我喝的，我怕她喝的時候，我見了嘴饞，就自己先出來了……」

她故意和剛才說得不太一樣，可是細節雖然不一樣，大意卻是沒變的。

——未完，待續，請看文創風747《順手撿個童養夫》2

週年慶 2019 主打星

指定書單單本80元，
任選8本以上每本50元

此區會蓋

子澄《親愛的店長大人》

社區新開了一家浪漫咖啡屋，
店員個個是超級型男，
死忠顧客年齡層從一歲橫跨到八十一歲，
而且通通是女性！
但身為最受歡迎店員之一的潘聿卉，
卻對此有苦說不出——

朱映徽《夫君千千歲》

在繼父的強迫下，
蘇千筠假扮神明附身來騙人賺錢，
或許是壞事做太多遭到天譴，
她竟回到古代、被人圍困！
為了保命，她自稱神女唬住對方，
但他們卻要她嫁城主？!

喬敏《空降男友》

洪炘薇愛情事業兩得意，
還以為自己即將晉升人生勝利組，
誰知先殺出個董事長外甥擋她升職路，
再來個小三斷她姻緣路，
繼職位被搶、男友被搶，
現在連手上的案子也要被搶了？!

梁心《萌妻不回家》

韓明卉在一場夢境裡重溫前世，
記起與他的來世之約，
她不只承載了上輩子的記憶，
也延續著對他的愛情，
但他卻不記得過去的一切，
還把寵愛給了別的女人……

凱琍《小氣王子豪氣愛》

抽獎小天后王妙琪近來流年不利至極，
不但變身槓龜衰女，
連參加喜宴打包剩菜，
都能遇上小氣達人，含恨飲敗。
都怪此男外表古板，搶菜尾卻毫不手軟，
令她望空盤興嘆！
偏偏「孽緣」不只如此……

蘇曼茵《萌上小笨熊》

林俊雅覺得好友一定在陰她，
否則介紹的客戶怎會是他——
像貓般優雅的花美男，
她失聯十三年的初戀兼初吻對象！
他已不再像兒時叫她「小俊」，
每每喊她「俊雅」她就心慌……

更多書單請見官網→ love.doghouse.com.tw

※ 小叮嚀——

(1) 請於訂購後**兩日內**完成付款，最後訂購於2019/5/31前完成付款才算有效訂單喔！
(2) 活動期間親自至本社購買亦享有相同折扣，請先電話聯絡確認欲購書籍，以方便備書。
(3) 購書滿千元(含)以上免郵資。未滿千元部分：
郵資65元(2本以下郵資50元)／超商取貨70元，限7本以內／宅配100元。
(4) 特賣書籍因出書時間較久，雖經擦拭、整理，仍有褪色或整飾痕跡，故難免不如新書亮麗。
除缺頁、倒裝外無法換書，因實在無書可換，但一定會優先提供書況較良好的書給大家。
若有個人原因需要換書，需自付來回郵資。
(5) 各書籍庫存不一，若遇缺書情形可選擇換書或退款。
(6) 歡迎海外讀者參與(郵資另計)，請上網訂購或是mail至love小姐信箱
(love@doghouse.com.tw)詢問相關訊息。

狗屋．果樹有權修改優惠活動的實施權益及辦法。

文創風
746

順手撿個童養夫 1

國家圖書館出版品預行編目資料

順手撿個童養夫 / 平林著. --
初版. -- 臺北市 : 狗屋, 2019.05
冊 ; 公分. --（文創風）
ISBN 978-986-328-999-9（第1冊 : 平裝）. --

857.7 108004263

著作者 平林
編輯 張蕙芸
校對 黃薇霓 簡郁珊
發行所 狗屋出版社有限公司
地址 台北市104中山區龍江路71巷15號1樓
電話 02-2776-5889～0
發行字號 局版台業字845號
法律顧問 蕭雄淋律師
總經銷 知遠文化事業有限公司
電話 02-2664-8800
初版 2019年5月
國際書碼 ISBN-13 978-986-328-999-9

本著作物由廣州阿里巴巴文學信息技術有限公司授權出版

定價250元
狗屋劃撥帳號：19001626
網址：love.doghouse.com.tw E-mail：love@doghouse.com.tw